W0230806

Constanze Neumann

L'onda del destino

Traduzione di Marina Pugliano

Titolo originale dell'opera
WELLENFLUG

Traduzione dal tedesco di
MARINA PUGLIANO

© by Ullstein Buchverlage GmbH, Berlin.
Published in 2021 by Ullstein Verlag.
© 2024 SEM
IF – Idee editoriali Feltrinelli srl
Socio unico Giangiacomo Feltrinelli Editore srl
Prima edizione in "Sem Classic" aprile 2024

Stampa Grafica Veneta S.p.A. di Trebaseleghe – PD

ISBN 978-8893905084

FSC
www.fsc.org
MISTO
Carta
da fonti gestite in
maniera responsabile
FSC® C021683

Questo libro è stampato da Grafica Veneta S.p.A.
con un processo di stampa e rilegatura certificato 100% carbon neutral
in accordo con PAS 2060 BSI

www.semlibri.com

Ad Antonia

Più tardi

"La vita va avanti," disse mio nonno sfregandosi le mani di cui andava tanto orgoglioso. Dita lunghe e affusolate con unghie dall'ovale elegante. Mani come quelle di tutti gli uomini della sua famiglia.

Avevo dodici anni, lui se ne stava seduto in poltrona e guardava fuori dalla finestra. "In matematica sono sempre stato bravo," disse poi, "i numeri sono importanti. Il 26 marzo del 1943 hanno preso mio padre, il tuo bisnonno. E quasi lo stesso giorno di trent'anni dopo sei nata tu. La vita va avanti."

Non riuscivo a seguirlo tanto era lontano con i pensieri, né potevo chiedergli cosa nascondessero quei numeri. Era una conversazione nata per caso. Aveva visto il libro che stavo leggendo: *Quando Hitler rubò il coniglio rosa*, di Judith Kerr. La storia della ragazza che Judith Kerr era stata un tempo. Era fuggita con la famiglia dai nazisti, prima in Svizzera, poi in Francia e infine in Inghilterra.

"Judith," disse di punto in bianco sfogliando il libro, "la figlia di mia cugina Julia." Lo guardai stupita. Mio nonno non aveva fratelli, e nemmeno zii, zie, cugini o cugine. Non avevo mai conosciuto uomini della sua famiglia dalle mani belle.

Poi si alzò e uscì dalla stanza, barcollando come al solito e strascicando i piedi nello strano modo che sapevo. "Ha perso il senso dell'equilibrio da quel giorno lì," dicevano ogni tanto mia madre e mia nonna, "da quando lo hanno riempito di botte mentre tornava a casa dal campo." Erano ogni volta le stesse parole, parole che c'erano sempre state, facevano parte del mio mondo come i numeri del nonno.

Anni dopo, quando studiavo all'università, mi sono imbattuta negli scritti di Alfred Kerr, il padre della Judith di cui stavamo parlando, e mi sono ricordata della cugina di mio nonno, Julia Weismann, seconda moglie di Alfred Kerr. Ormai sapevo che mio nonno veniva da una famiglia numerosa e che tutti gli zii e le zie, i cugini e le cugine avevano lasciato la Germania. E non erano più tornati, le loro vite erano continuate altrove. Restavano solo alcune tombe nei cimiteri tedeschi e i documenti che avevo trovato in internet: atti di nascita, certificati di matrimonio e liste di passeggeri di navi dirette in Gran Bretagna, Stati Uniti, Brasile, India, Africa. Di loro si erano perse le tracce e io sapevo poco o niente.

Sapevo poco o niente anche di Heinrich Reichenheim, il mio bisnonno, che non aveva lasciato la Germania.

Poi arrivò il giorno in cui mio nonno cominciò a raccontarmi, di tanto in tanto, della sua infanzia e della sua famiglia. Erano frammenti che affioravano dal passato, ricordi di quando era bambino a Dresda, anni che erano stati felici prima di essere oscurati da ombre cupe. Raccontò della madre, che la famiglia del padre non voleva accettare perché non la riteneva all'altezza del suo mondo. Dell'unica visita alla nonna, la madre di suo padre, quella che non aveva nemmeno voluto vederlo. Di una cugina che era emigrata in Brasile e che dopo la guerra voleva prenderlo con sé.

Quando mio nonno è morto, mi sono tornate in mente alcune cose: un cucchiaino d'argento con le iniziali di suo nonno incise sopra; la foto di un dipinto a olio del 1881 che ritrae sua nonna, quella che non aveva nemmeno voluto vederlo, ancora giovane, con un abito da ballo bianco.

Una foto del padre con il suo adorato bassotto, scattata in un momento in cui non gli era più consentito uscire per strada con il cane.

La copia di una cronaca familiare del 1936, scritta per resistere alla minaccia di estinzione.

Avevo davanti a me tutte queste cose e non volevano combaciare, non mi raccontavano la storia che stavo cercando. Nella cronaca familiare ho letto più volte di fabbriche in Slesia e in Inghilterra, di negozi di tessuti a Lipsia e Berlino, di banchieri, politici e collezionisti d'arte. Quali destini si nascondevano dietro a quei fatti?

Erano numeri e date, come quelli cui mio nonno si era aggrappato per tutta la vita.

Ma non avevo ereditato le sue mani né il suo talento per la matematica. I numeri non mi parlavano, avevo bisogno di storie, anche quando di storie non ce n'erano più.

PARTE PRIMA

ANNA
1864-1905

1.

"C'era una volta una povera orfanella che viveva ai margini di un grande bosco, in casa di un carbonaio e di sua moglie. I due avevano un cuore di pietra e lei era costretta a lavorare per loro dalla mattina alla sera. Un giorno la moglie del carbonaio scoprì delle ragnatele in cucina e la rimproverò. La donna stava per schiacciare con la scarpa il ragno che stava nella sua tela, ma la fanciulla fu più svelta e lo mise in salvo portandolo fuori.

Un altro giorno ruppe una brocca e la moglie del carbonaio la cacciò via di casa. La fanciulla, in lacrime, corse nel bosco, si addentrò nel fitto degli alberi e vagò scavalcando rami e sassi per ogni dove, finché non giunse nel punto più ombroso e impenetrabile.

A sera, si trovò in una piccola radura ricoperta di muschio e, sfinita, si lasciò cadere a terra. Era già buio e il muschio verde scuro così morbido che la fanciulla, subito, si addormentò. Quando riaprì gli occhi, sul prato splendeva una luna luminosa, e la fanciulla vide un filo d'argento a cui era appeso un ragno.

'Allunga la mano, bambina mia, e sali su verso il cielo,' le disse.

E l'orfanella afferrò il filo, che era morbido e robusto come di lana finissima. Si arrampicò svelta e raggiunse così le praterie del cielo. Quando si guardò intorno, scorse il ragno che disse: 'Tu hai aiutato me, e quindi io aiuterò te. Hai un cuore gentile e puoi sceglierti uno sposo. Ma devi fare una scelta saggia tra due fratelli: Raggio di Sole e Chiaro di Luna'.

Fu così che si presentarono alla fanciulla due giovani. Da Raggio di Sole dovette distogliere lo sguardo, tanto l'abbagliavano i suoi occhi radiosi. Chiaro di Luna, invece, era pallido e gentile, e la fanciulla poté guardare il suo bel viso senza timore.

Così la fanciulla disse al ragno: 'Non posso andare con Raggio di Sole, è troppo l'ardore nel suo sguardo. Andrò con Chiaro di Luna'.

Non appena pronunciò queste parole, Chiaro di Luna le si avvicinò e la sollevò portandola fino in cielo. Ancora oggi l'orfanella vaga nella volta celeste con il suo sposo."

"E Raggio di Sole, papà, che fine ha fatto?"
"Non brillava come l'oro? Non era stupendo?"
"E le stelle sono le figlie dell'orfanella?"
"L'hai mai visto tu, dimmi, l'hai mai visto?"

Anna si strinse al padre e alzò lo sguardo verso di lui mentre Margarethe e Marie, le due sorelle minori, non la smettevano più di fare domande.

Lei non avrebbe preso nessuno dei due fratelli, né Chiaro di Luna né Raggio di Sole: lei avrebbe sposato suo padre. Otto anni compiuti a gennaio e aveva già deciso: non poteva esistere un uomo più bello e intelligente di lui.

"Isidor, ti prego, fai più piano! La tata ha appena messo a letto Henriette che ha bisogno di silenzio. E non inculcare nelle bambine quella strana storia del ragno, del Sole e della Luna! Nostro Signore combina matrimoni,

16

non crea ragni d'argento! Così è stato per noi, e così dice anche il rabbino."

La madre si arrabbiava sempre quando il padre raccontava a lei e alle sue sorelle quella favola che a loro piaceva tanto. Non disse mai dove l'aveva sentita e da chi. Non lo sapeva nemmeno la madre. Che raramente contraddiceva il marito, ma quando lui raccontava quella storia, il viso e il collo le si riempivano di chiazze rosse, segno inequivocabile che era arrabbiata. Non alzava la voce, in realtà, e teneva gli occhi bassi, come faceva il più delle volte, ma poi trovava sempre un pretesto per mettere fine all'ora del racconto. E il padre non si inalberava, anche se non gli piaceva essere contraddetto e gli bastava poco per montare su tutte le furie. Si limitava a sorridere e a distogliere lo sguardo fissandolo su qualche punto in lontananza. Chissà se sognava tutti i posti in cui era stato. I nomi, all'orecchio di Anna, suonavano esotici e grandiosi: Berlino, Londra, Bradford, addirittura Parigi.

Magari gliel'aveva raccontata qualcuno a Parigi o a Londra. Sì, forse proprio un marinaio di Londra che aveva fatto il giro del mondo e l'aveva sentita in qualche porto, su un'isola piena di piante e di alberi esotici. Oppure no, la foresta era quella della terra dov'era nato, la Slesia, ma a volte abbelliva la fiaba e raccontava di conifere e querce, di felci, funghi e bacche. E mentre la madre aveva nostalgia del paese, come lo chiamava suo padre, lui parlava solo con disprezzo dei vicoli angusti, della puzza, dei vicini ficcanaso e dell'aula sporca della scuola che frequentava da ragazzo.

Ma della foresta e delle dolci colline della sua terra, del verde brillante in primavera, di tutto questo parlava con nostalgia, anche con il nonno quando veniva a trovarli dalla Slesia.

"Se pensi ancora di andare in ufficio, sbrigati, il sabato sta per iniziare!"

Eccolo, il pretesto. Anna sollevò lo sguardo verso suo padre che le aveva messo un braccio intorno alle spalle e la stava stringendo a sé.

"D'accordo, vado, la carrozza mi aspetta. E tu, Anna, vieni con me."

Anna capì che sua madre avrebbe voluto controbattere ma si trattenne. Aveva già interrotto l'ora del racconto, adesso non poteva proibire quella gita e incorrere non solo nella collera del marito, ma anche in quella di sua figlia. "Cosa ci fa una bambina in ufficio," brontolava spesso, ma si guardava bene dal dirlo apertamente. Ad Anna quelle uscite piacevano, le piaceva il magazzino con le balle di tessuto, tutti quei colori e le sensazioni diverse che davano le stoffe al tatto. Le piacevano anche i libroni contabili dove venivano registrate tutte le merci in entrata e in uscita. Sapeva da dove provenivano i tessuti e le loro destinazioni, ripeteva tra sé le città e i paesi che vi erano menzionati. Suo padre se la prendeva comoda e le spiegava tutto, era felice quando lei indovinava di che tessuto si trattava e a chi lo aveva venduto. Hugo e Georg, i suoi fratelli maggiori, dovevano stare chini sui libri contabili insieme al padre, e spesso si lamentavano, soprattutto Georg. Non erano interessati ai tessuti e ai libri in cui i ragionieri inserivano giorno per giorno colonne di pagamenti. Il padre li aveva comunque presi con sé e già pensava di mandare Hugo a Berlino, nell'azienda dove aveva imparato il mestiere anche lui. La madre aveva fatto l'impossibile per ottenere un rinvio, e il padre era montato su tutte le furie.

"Che razza di figli maschi ho! Tutta questa fatica e tutto questo lavoro a che servono, allora! Toccherà a tuo marito portare avanti l'attività, Anna, tu sei l'unica che mi capisce!"

Dopo quel litigio, il padre e la madre non si erano più rivolti la parola, e la sera lui non era rincasato. Anna aveva sentito una delle domestiche sussurrare qualcosa su una certa osteria Italia e sua madre darle un ceffone. Nessun uomo rispettabile andava all'osteria Italia, e non era permesso nemmeno pronunciare il nome di quel locale.

Sara, la vecchia cuoca che la madre si era portata da Gleiwitz, il suo paese, in cucina l'aveva consolata. Chanele, così la chiamava quando il marito non sentiva, era la sua confidente; con lei parlava in yiddish, lingua che Anna capiva a malapena e il padre rifiutava.

"Noi siamo un'altra cosa," aveva gridato una volta lui, quando la moglie aveva timidamente obiettato che si trattava della lingua della terra dov'era nata.

"Dimenticati di Gleiwitz, dimenticati della Slesia! Non è per questo che ho lottato, non è per questo che viaggio in giro per l'Europa, non è per questo che ho chiesto la residenza e ho fatto di tutto per poter essere qui a Lipsia con la mia famiglia e la mia attività. Possiamo ottenere qualunque cosa se ci muoviamo al passo con i tempi. E quella lingua dell'Est qui non c'entra niente." Nella sua voce c'era una nota di disprezzo che aveva ferito la madre, Anna se n'era accorta.

"*Gadles ligt ojfn mist*," aveva mormorato la madre per non farsi sentire dal marito. Anna, però, aveva sentito bene e la sera, quando Henriette era andata a sedersi al suo capezzale per leggerle qualcosa, aveva chiesto: "*Gadles ligt ojfn mist…* cosa significa, Hennilein?".

Un lampo aveva attraversato gli occhi scuri nel viso troppo smunto e pallido della sorella, che era scoppiata a ridere.

"*Gadles* significa superbia. La superbia alberga nel letame." Fece una risatina. "Dove l'hai sentita, Annele?"

"Magari in cucina… chissà." Poi si era sforzata di concentrarsi di nuovo sul romanzo che stava leggendo, lentamente e a fatica, alla sorella.

Prima che la madre cambiasse idea e le proibisse di partire, Anna afferrò in un lampo il suo mantello e indossò gli stivali nuovi di pelle morbida e liscia.

"Non fate tardi, però," si limitò a dire piano la madre. Poco dopo erano seduti nella carrozza che sobbalzava sul selciato.

"E il filo, papà, il filo di lana su cui la fanciulla si è arrampicata per arrivare su fino in cielo?"

"Pettinato finissimo…" disse il padre, perso nei suoi pensieri. "Dobbiamo vedere se è arrivata la consegna dall'Inghilterra. La fiera inizierà già la prossima settimana. Il jacquard di mezza lana nei colori rosso, blu e giallo è quello che vogliono tutti, Anna, e da nessuna parte si tesse come a Bradford."

Con le dita tamburellava nervosamente sul sedile e Anna seguì il suo sguardo fuori dal finestrino. Mentre la carrozza attraversava il Brühl, vide i magazzini dei pellicciai, il viavai della gente affaccendata. Ogni giorno merci che arrivavano e venivano scaricate. Qualcuno aveva già steso le pellicce sui banchi, segno che il mercato sarebbe iniziato presto. Anna amava i giorni della fiera, amava l'intensa attività che animava l'ufficio del padre, tutti quegli stranieri che entravano, gli ospiti che si fermavano da loro: uomini d'affari con cui il padre coltivava legami stretti, che portavano regali e raccontavano storie. E amava i giocolieri e le fiere e il Großbosescher Garten di fronte al Grimmaisches Tor, che apriva per l'occasione. Pensò ai Kräppel e agli Spritzkuchen venduti alle bancarelle, ai mangiafuoco e agli ingoiatori di spade.

Quando la carrozza si fermò davanti all'ufficio, il padre aprì la portiera, smontò – avendo cura di non sporcarsi le scarpe lucide – e la sollevò per aiutarla a scendere.

Callmann & Eisner, manifatture inglesi, era scritto sull'insegna di ottone dell'edificio in Katharinenstraße, e lei vide suo padre posarvi lo sguardo per una frazione di secondo, come faceva ogni volta.

L'ufficio era un alveare in piena attività, commessi e ragionieri si aggiravano confusi, la babele di voci era così forte che uno degli impiegati, intento a redigere un documento in piedi davanti a uno scriviritto, intimò a tutti di fare silenzio perché non riusciva a concentrarsi.

"Oggi non ci sono consegne," e seguì il padre nel magazzino dove giacevano alte balle di stoffe delle più disparate e di ogni colore, dalle più spesse alle più leggere, panama, alpaca e orleans. Il padre si soffermò su un tessuto di lana grigio con sottili righe chiare.

"Ordito di cotone, trama di lana... Per l'esattezza, di filato pettinato inglese dello Yorkshire, mohair... bello robusto e lucente, con questo tessuto si può fare qualunque cosa, grembiuli e fodere, spolverini, gonne... Vieni qui, Anna, toccalo. Un tessuto mezzalana così robusto non lo trovi da nessuna parte in città. Lo producono in Inghilterra, dove sanno tessere stoffe più resistenti e raffinate che in Slesia. Questa non si consuma, non si strappa e ti dura per tutta la vita."

Anna l'accarezzò delicatamente.

"Mohair, Crossbred, Cheviot," mormorò, e come suonavano bene. Ricordò i nomi degli altri filati pettinati e vide che suo padre sorrideva soddisfatto. Ogni volta che poteva, cercava di saperne di più. Se era fortunata, il padre avrebbe iniziato a raccontare. Finché non lo interrompeva qualcuno, convinto che stesse solo perdendo tempo.

"Papà, parlami di Bradford," lo supplicò.

"Non ora, Anna, non è il momento. Dopodomani arrivano i Reichenheim; il consigliere di commercio ha telegrafato che porterà con sé Julius. E Adolph, il figlio più piccolo, non ha molti anni più di te. Julius è appena stato a Bradford e saprà dirti molto più di quanto possa fare io…"

Anna era contenta dell'arrivo di quegli ospiti, sebbene fosse un po' intimorita dall'austero Louis Reichenheim al quale suo padre, che pure da giovane aveva imparato il mestiere alla Reichenheim di Berlino e conosceva lui e i suoi fratelli da una vita, si rivolgeva ancora chiamandolo "esimio consigliere".

I Reichenheim erano stati un modello per suo padre, che descriveva la loro azienda con grandissimo entusiasmo. "Grandi fabbriche a Bradford e in Slesia," diceva, "di una modernità assoluta." I loro tessuti erano "i prodotti di eccellenza". Ne seguiva l'esempio, e ospitarli in occasione delle fiere per lui, l'ex impiegato, era motivo di grande orgoglio.

L'esimio consigliere arrivava da solo o con i suoi fratelli e, per quanto lei potesse ricordare, il figlio maggiore Julius non mancava mai. Magro e "debole", così sentiva dire a volte dal padre alla madre, il signor Julius era malato e andava spesso in sanatorio. Aveva una malattia al petto, quindi probabilmente non poteva sposarsi, anche se presto avrebbe compiuto trent'anni.

"Anna, vieni?" chiamò il padre mentre lei, accarezzando ancora una volta la balla di stoffa, persa nei suoi pensieri, vedeva Julius in piedi a bordo di una nave diretta in Inghilterra. Portava lo stesso impermeabile scuro dell'ultima volta che era venuto a Lipsia, e i suoi occhi azzurro chiaro guardavano con espressione seria la vastità del mare.

2.

L'ultima settimana prima della fiera era volata. Non c'era più tempo per accompagnare il padre in ufficio, perché Anna doveva aiutare la madre a sistemare la casa e preparare tutto per gli ospiti in arrivo.

Margarethe, che aveva sette anni, preferiva giocare con la piccola Marie. E Henriette, anche se di anni ne aveva già tredici, doveva riposarsi così spesso che non riusciva a starle dietro.

Quando il padre portò in azienda i fratelli maggiori, per Anna fu una coltellata. Perché avrebbe preferito di gran lunga andare in Katharinenstraße e partecipare ai preparativi per la fiera, piuttosto che dare una mano in casa. Alcuni venditori erano già arrivati il giorno prima, e il padre ne aveva incontrati due insieme a Georg e Hugo nella locanda di Sander. La sera erano rientrati tutti e tre felici e contenti, e persino Georg era di buon umore. Più tardi aveva raccontato ad Anna e Margarethe che un venditore della Galizia gli aveva mostrato uno scialle da preghiera come non ne aveva mai visti in vita sua: la ricchezza del ricamo, la vivacità dei colori. Anna si era sentita esclusa, ascoltando avvilita aveva messo da parte il lavoro di ricamo che di solito le dava piacere. Poi suo padre le si avvicinò, prese il telaio e lodò la decorazione floreale.

"Perché accanto ai fiori non ricami un ragno?" le aveva sussurrato all'orecchio, e i pensieri cupi erano stati spazzati via.

Come sempre, gli ultimi giorni erano trascorsi in un attimo, e non appena fu tutto pronto arrivarono gli ospiti: Louis Reichenheim, il taciturno Julius e il tredicenne Adolph. Julius si prendeva cura del vivace fratello minore, che mostrava di non avere neanche un briciolo dell'austerità paterna. Aveva riccioli bruni indomabili, occhi neri sotto sopracciglia scure e dritte, un viso affilato e qualche lentiggine sul naso.

Dalla porta aperta della stanza degli ospiti, Anna osservò Julius disfare i bauli pesanti e appendere nell'armadio tutte le sue cose e quelle del fratello. Nel frattempo Adolph, con una piccola fionda, sparava sassolini dalla finestra, finché Julius non gli intimò di smettere.

Poi, dal fondo del baule, Julius tirò fuori un'enorme bambola che presentò ad Anna, Margarethe e Marie durante la cena.

"Dalla Francia," disse, era una bambola meccanica e sapeva parlare e camminare. Il padre la mise in piedi con delicatezza, la bambola cantò una canzone, sbatté le ciglia sugli occhi azzurri e accennò qualche passo in cerchio. Anna fece per prenderla in braccio e accarezzarle i capelli biondi e setosi, ma la madre gliela tolse di mano dicendole di fare attenzione, i meccanismi erano delicati, e la chiuse nell'armadio.

Poi fu servita la cena e Louis Reichenheim richiamò il figlio minore perché mangiava troppo in fretta. Gli tolse di mano il coltello, che brandiva come una sciabola puntata verso il cielo, lo posò sul tavolo e si alzò. "Ora basta, abbiamo mangiato a sazietà. Venite, abbiamo molto di cui parlare."

Julius prese per mano il fratello che fece per protestare, e insieme andarono in cucina.

"Il signor Julius sa meglio di suo padre che i ragazzi a quell'età hanno sempre fame," disse la madre poi.

"Nemmeno Hugo e Georg mangiano così tanto e in fretta," obiettò Anna. I suoi fratelli avevano osservato con occhi sgranati lo spettacolo che Adolph aveva offerto a tavola.

"Baderò io a lui," disse la madre. "Il signor Reichenheim e sua moglie, alla loro età, non vedranno l'ora di avere dei nipotini. Il signor Julius farebbe meglio a sposarsi, invece di occuparsi del fratello."

I giorni della fiera furono lunghi ed esaltanti anche per Anna e le sue sorelle, che rimasero a casa e aspettarono il ritorno degli uomini per farsi raccontare tutto o quanto meno raccogliere qua e là frammenti di discorsi sull'andamento degli affari, su fatti curiosi o sensazionali. Infatti, non si faceva solo compravendita: con i commercianti arrivavano a Lipsia notizie da ogni angolo del mondo. Il tempo volava e Anna attendeva trepidante l'ultimo giorno, la gita dell'ultimo pomeriggio di fiera nel Großbosescher Garten.

Anna aveva temuto di dover rimanere con Henriette perché la sorella non stava bene. Si era vergognata di non essersi seduta al suo capezzale quel pomeriggio per leggerle qualcosa, e di aver aspettato con ansia di vedere se sua madre le avrebbe chiesto di rinunciare al viaggio.

Sua madre, invece, aveva ordinato alla cameriera di rimanere con Henriette, e adesso Anna, nel suo abito più bello – taffetà verde chiaro, colletto di pizzo e fiocchi verde chiaro nei capelli scuri –, sedeva in carrozza accanto a Margarethe e Marie. Il padre era nella seconda carrozza con i figli di Reichenheim. Il consigliere di commercio aveva preferito non unirsi a loro, doveva occuparsi ancora di certi affari.

Era una luminosa giornata di settembre, il cielo limpido, l'aria tiepida, l'odore dell'autunno, di foglie e funghi, un aroma forte. Il cielo era di un azzurro intenso e le fronde si stavano tingendo di giallo e di rosso.

Più si avvicinavano al Großbosescher Garten, più rallentavano il passo. Andavano incontro a una marea di carrozze, carri con i teloni bianchi carichi di mercanzie – li chiamavano "elefanti bianchi" – e frotte di gente a piedi, e sempre più la folla e il vociare si infittivano. Fra lingue straniere, risate e grida, Anna cercava con sguardo pieno di desiderio i giardini. Le carrozze si fermarono davanti al cancello in ferro battuto e lei saltò giù svelta, seguita dalle sorelle più piccole. "Rimanete qui," le richiamò la madre, e loro attesero da brave davanti al cancello spalancato, fino a quando anche il padre e i due figli di Reichenheim non le raggiunsero.

"I Kräppel dove sono?" Adolph era impaziente e i suoi occhi sprizzavano allegria. "Tutti vanno matti per i Kräppel, a Berlino non li abbiamo!"

Anna era dispiaciuta per Adolph, costretto a vivere in una città dove quelle prelibatezze non c'erano. Avrebbero potuto mandargliene un po' ogni tanto, pensò, mentre il ragazzo divorava con avidità quella pasta appiccicosa. Il padre, invece, non volle neppure assaggiarla. "Ha paura di sporcarsi il cappotto di zucchero," disse Georg ridendo, e dal modo in cui il padre sorrise, Anna capì che il motivo era esattamente quello, ma non voleva parlarne e tanto meno scherzarci su. Se c'era una cosa che suo padre odiava erano le macchie sui vestiti e il fango sulle scarpe. Tutto doveva essere ordinato, pulito e all'ultima moda. E niente era peggio dei tessuti scadenti e a buon mercato, che s'irruvidivano o si sformavano.

Rimasero impressionati da un ingoiatore di spade e da una signora che sembrava fatta di gomma. Anna si era fermata a bocca aperta davanti alla donna, che aveva braccia e gambe avvolte intorno al tronco e pareva non avere neanche un osso. Quando si risvegliò dallo stupore e si guardò intorno, gli altri erano scomparsi tra la folla. Pensò di riconoscere il cappello di suo padre e si lanciò all'inseguimento, ma la folla era come un grande corpo che spingeva e schiacciava, e ben presto il cappello del padre sparì dalla sua vista.

La calca sembrava aumentare sempre più, e all'improvviso Anna vide la cortina di fumo. Il profumo di castagne e mandorle abbrustolite che si era diffuso nel parco ora divenne acre e pesante, e lei iniziò a tossire. Non si trattava più delle nuvole di fumo delle caldarroste, ma di un fumo più denso e più scuro. Risuonarono le prime grida: "Al fuoco, al fuoco!".

Di colpo c'era fumo dappertutto e Anna riusciva a malapena a vedere a pochi metri di distanza. Dove si trovava l'ingresso, alle sue spalle o davanti? C'era un unico cancello nell'alta recinzione in ferro battuto che circondava il Großbosescher Garten, e quel cancello veniva aperto solo per la fiera, altrimenti rimaneva chiuso. Mentre stava ancora pensando, fu travolta dalla folla che spingeva e schiacciava. Le donne urlavano e piangevano, i cani abbaiavano, in lontananza sentiva i cavalli nitrire. Si stava scatenando il panico. Il fumo le raschiava la gola, Anna vide accanto a sé la signora con le ossa di gomma che spingeva e urlava proprio come gli altri, poi le fiamme divamparono nelle immediate vicinanze: doveva essersi incendiato uno dei chioschi di legno davanti ai quali si trovava un venditore di caldarroste.

Anna riusciva a fare qualche passo a stento, tossiva e le mancava l'aria, le lacrimavano gli occhi, poi cominciò a girarle la testa. A un tratto sentì una mano che la raggiungeva.

Suo padre si aprì un varco, la cinse con le braccia e si fece largo con lei nella ressa. Ormai il calore era diventato insopportabile e Anna non riusciva più a vedere a un palmo dal naso, tanto il fumo era diventato denso. Il padre gridava, lei non capiva cosa, ma avanzavano e finalmente raggiunsero il cancello. Le girava la testa, e quando finalmente si fermarono per riprendere fiato Anna perse i sensi.

Dopo che si fu ripresa, la fecero salire in carrozza e sua madre le tamponò la fronte con un fazzoletto umido.

"*Ajele poppejele,*" cantava dolcemente, e a sentire quella vecchia canzone Anna si tranquillizzò. Respirò avida di aria fresca.

"Mi hai fatto spaventare," la rimproverò la madre, "dove ti eri cacciata?"

Il padre le diede un bacio sulla fronte. Aveva il cappotto impolverato e strappato sull'orlo, la faccia imbrattata di fuliggine.

Julius e Adolph non erano combinati da meno. La giacca di Adolph era lacerata sulla manica e il colletto di Julius si era allentato. Anna si teneva la testa, ancora in preda allo stordimento. Poi Julius venne alla carrozza e le si avvicinò. Aveva in mano qualcosa che, lì per lì, lei non riconobbe.

"I suoi nastri, signorina Anna." Il viso di Julius sembrava una maschera nera da cui spuntavano due occhi chiari.

Anna si chiese come avesse fatto a trovarli in mezzo a tutta quella ressa.

"Grazie," disse timidamente, prendendo i nastri verdi sporchi.

La gita aveva posto fine, di punto in bianco, all'atmosfera euforica di quei giorni. Sorpreso, il consigliere di commercio guardò la giacca strappata di Adolph e le facce nere di fuliggine.

Anna notò che a infastidire il padre era soprattutto l'orlo strappato del suo cappotto elegante, ma anche il fatto che i suoi piani per la giornata, pensati a lungo e con cura, erano saltati: dovevano lavarsi e cambiarsi, la domestica andava avanti e indietro portando nelle stanze catini e brocche piene d'acqua perché potessero pulirsi viso e mani dalla fuliggine. Quando Anna si spogliò, vide che la fuliggine aveva annerito anche la biancheria intima, e sentì l'odore acre che sembrava provenire non solo dai vestiti, ma anche dalla pelle e dai capelli. Strofinò a lungo fino ad avere le mani indolenzite, ma non aveva ancora la sensazione di essere pulita.

La grande cena prevista per la sera poté iniziare solo molto più tardi, il padre era nervoso, e Anna – che, come sua madre, non partecipava e poteva solo gettare di tanto in tanto un'occhiata da dietro la porta della sala da pranzo – vide, seduti intorno alla tavola sontuosamente imbandita, il consigliere di commercio, Julius e Adolph, tutti con espressione grave. Chanele e la madre le ordinarono più volte di tornare in cucina, ma lei rimase in piedi accanto alla porta e cercò di seguire la conversazione, di cui afferrava solo qualche brandello: il consigliere di commercio parlava della fabbrica di Wüstegiersdorf e dell'indolenza degli operai di Bradford, di una grande vendita di stoffa scura a un commerciante di Odessa di cui non aveva mai sentito parlare, e dei prezzi del cotone che, dopo la crisi degli ultimi anni negli Stati Uniti, pian piano si abbassavano di nuovo. Anna si sporse per capire meglio.

Vide che Adolph era annoiato e guardava fuori dalla finestra. Stava giocando con un cucchiaino d'argento, facendolo roteare velocemente tra il pollice e l'indice. Gli adulti non gli badavano, erano tutti presi dalla loro discussione che si faceva sempre più vivace. Poi lo sguardo di Adolph cadde sullo spiraglio della porta, Anna fece un passo indietro, ma lui l'aveva già vista e il cucchiaino gli scivolò di mano cadendo a terra con un tintinnio.

3.

Le fiere davano un ritmo agli anni, dividendoli ciascuno in tre parti, ed erano più importanti degli anniversari e delle feste comandate.

Con le fiere arrivavano, tre volte all'anno, anche i Reichenheim. Capitava che venissero in cinque o sei, Julius era sempre presente e Adolph lo era sempre più spesso.

Entrambi i figli erano "cagionevoli", così diceva il padre, raccontando dei sanatori e delle terme che Julius e suo fratello dovevano frequentare. Quando erano a Lipsia sembravano in salute, non erano pallidi come Henriette, né il pomeriggio dovevano mettersi a letto.

La vita di Anna era scandita dalle fiere. Suo padre la portava con sé in ufficio sempre più di rado, e le visite da Berlino, le vivaci conversazioni a tavola, gli scambi sui buoni e cattivi affari spezzavano la monotonia della vita di ogni giorno. Ora, spesso e volentieri, il padre le diceva di stare al capezzale di Henriette, di ricamare, di esercitarsi al pianoforte come Margarethe, o di aiutare la madre nelle faccende domestiche.

Da Parigi il padre fece arrivare una governante che avrebbe parlato con le sorelle solo in francese. A Chanele, l'anziana cuoca, proibì di pronunciare anche una sola parola di yiddish e giurò di rispedirla a Gleiwitz se ne avesse sentita ancora una.

Lo yiddish si poteva parlare solo quando veniva a trovarli il nonno di Gleiwitz.

"*As men hot chaßene mitn schwer, schloft man mit dem ber,*" Anna sentì dire una volta da Chanel in cucina. Più tardi tentò di ripeterlo a Henriette, ma non riuscì a mettere insieme tutta la frase.

"*Chaßene mitn schwer,*" disse alla sorella, "di più non ricordo."

"Sposare il suocero. Mmh..." rifletté aggrottando l'ampia fronte pallida.

"Sarebbe come se papà sposasse il nonno," disse Henriette.

"Ma non l'ha fatto," obiettò Anna indignata. Aveva nove anni e sapeva di non poter sposare suo padre, che era sposato con sua madre. Avrebbe sposato un altro uomo scelto dai genitori, proprio come il nonno aveva scelto suo padre per sua madre.

"Chi è che sposa il suocero?"

Anna e Henriette non avevano notato che la madre era entrata nella stanza.

"*As men hot chaßene mitn schwer...* Ha detto questo? La Chanele non riesce proprio a tenere la lingua a freno!"

La madre si era arrabbiata e Anna aveva notato che per due giorni non aveva più rivolto la parola alla cuoca.

Henriette ripeté il proverbio ad Anna qualche giorno dopo: "*As men hot chaßene mitn schwer, schloft man mit dem ber*". La sera Chanele si sedeva spesso con lei e le parlava in quella lingua che suonava straniera e familiare, suoni scuri e morbidi in cui intrufolarsi. Henriette non aveva dovuto faticare molto per convincere Chanele a ripeterle quel proverbio.

"Se sposi tuo suocero, dormi con l'orso," tradusse Henriette. Poi si tirò su a sedere e spiegò ad Anna che si diceva così quando si amava il nonno come lei amava il suo. E che l'orso non era un orso cattivo, ma uno buono e caro. Come in *Biancarosa e Rosarossa*.

"E perché la mamma si è arrabbiata tanto?"

Henriette non lo sapeva, cambiò argomento e raccontò ad Anna una delle sue storie, favole che aveva sentito raccontare dalle cameriere, quella di Wasserlisse, di Spilhahulla e di Mohra, di streghe e maghi che aiutavano le persone o le spaventavano, le trasformavano con un incantesimo o le rapivano per portarle nel loro mondo.

Il nonno era basso e aveva un pancione tondo, gli piaceva mangiare e bere e trascorreva molto tempo con Anna e le sue sorelle. Ogni volta riempiva Henriette di regali, collane e braccialetti, un cuscino da ricamo e fili di tutti i colori. Nel pomeriggio andava in ufficio con il padre e i fratelli, mentre Anna se ne stava seduta sul divano a ricamare. Con la mente vagava, spesso si pungeva e i petali venivano fuori sbilenchi.

Il nonno si fermava per quindici giorni, poi ripartiva. "Me ne torno a casa," diceva, e per due giorni la madre aveva gli occhi gonfi di pianto. Il padre andava su tutte le furie, la vena del collo gli si ingrossava, segno che era meglio tenersi alla larga. A volte si alzava, prendeva il cappotto e il cappello e correva fuori. Le domestiche lo seguivano sempre con gli occhi sgranati. Una volta Anna ne sentì una sospirare: "Ma quant'è bello".

Dopo qualche giorno, la partenza del nonno era dimenticata, la madre era troppo presa dalle sue faccende, il padre partiva per uno dei suoi viaggi, il medico veniva a visitare Henriette, Anna e Margarethe litigavano per delle sciocchezze.

E Anna aspettava la fiera successiva.

Nel 1866, l'anno in cui compì dieci anni, la fiera autunnale fu annullata. Era scoppiato il colera, la gente si era asserragliata in casa e sulla città gravava una pesante cortina di paura, malattia e morte. Era una radiosa giornata di agosto con il cielo azzurro e il caldo dell'estate, quando la notizia dei primi casi di colera si diffuse per le strade a macchia d'olio.

La madre proibì ad Anna e agli altri figli di uscire di casa. Il padre dovette disdire le lezioni con la maestra di pianoforte, e se Anna cercava di sgattaiolare fuori e veniva scoperta, la madre andava su tutte le furie.

Anche il padre, a quel punto, fu costretto a rimanere in casa.

"Come devo fare? Bisogna che veda se è tutto a posto," gridava furibondo, e quando la madre scoppiò in lacrime e gli chiese di chiudere l'azienda almeno per qualche giorno, il padre si alzò da tavola e se ne andò sbattendo la porta.

Anna e Margarethe approfittarono del trambusto per uscire di nascosto. Era una noia mortale starsene chiuse in casa tutto il giorno. Anna si domandava cosa fosse il colera. Le faceva venire in mente una vecchia, una strega delle fiabe, che bussava alla porta e portava quel male che terrorizzava tutti. Si aspettava quasi di incontrarla per la via solitamente trafficata e vivace, piena di negozi, tipografie e librerie. Ora per strada si vedevano solo pochi passanti, camminavano spediti e a testa bassa. Esitanti, le due sorelle fecero qualche passo. La mano di Margarethe era sudata – o forse era la mano di Anna? Incerte, si scambiarono uno sguardo.

"Forse è meglio rientrare prima che la mamma se ne accorga," disse Margarethe con un filo di voce. Anna stava per ribattere e prenderla in giro per la sua vigliaccheria. Ma anche a lei quella strada silenziosa faceva un effetto inquietante, in strano contrasto con la luce del sole e il canto degli uccelli. Tornarono quasi di corsa e si guardarono intorno prima di rientrare in casa di soppiatto.

Il giorno dopo, si ammalarono prima Hugo e poi Henriette. Alle quattro del mattino, Anna sentì il fratello lamentarsi e chiamare la madre. Il mattino dopo vide la madre andare nella sua camera con il tè e le bende. Il medico arrivò, la stanza fu oscurata, le lenzuola cambiate. Tutti si muovevano in punta di piedi e parlavano a bassa voce. La sera, mentre sedeva al capezzale di Henriette, Anna notò il sudore sulla fronte della sorella. Sembrava ancora più pallida del solito e spariva quasi sotto le coperte. Gli occhi erano cerchiati.

"Non vuoi alzarti nemmeno domani? Ti aiuterò io, solo per un'ora," suggerì Anna.

"Mi piacerebbe molto," mormorò Henriette con un sorriso che sembrava tormentato. "Ma oggi non mi sento bene, fa un gran caldo, vero? Faccio fatica a respirare e ho mal di pancia. Ti dispiace aprire la finestra?"

Cercò di tirarsi su a sedere e all'improvviso si premette la mano sulla bocca. Quando si sporse per vomitare, la madre si mise accanto al letto e allontanò Anna.

"Vattene!" gridò, e la fermezza della sua voce non ammetteva obiezioni. Anna si alzò e la madre la spinse fuori dalla stanza. Prima che la porta si chiudesse, Anna vide la sorella tossire e un altro fiotto uscirle dalla bocca.

Dopo di che, la casa sembrò ancora più silenziosa. Persino Chanele non sbatacchiava più le pentole in cucina, e senza dire una parola portava brodo di carne e minestra con l'uovo o camomilla nelle stanze dei due malati e aiutava le domestiche a bollire il bucato.

In quei giorni Anna non vide né Hugo né Henriette, vedeva a malapena anche sua madre che si teneva lontana dai pasti comuni per stare vicino ai due malati.

Il padre parlava a monosillabi, si sedeva a tavola con loro solo brevemente e dopo tre bocconi spariva senza dire una parola.

Anna e Margarethe cercavano di ingannare il tempo giocando con le bambole ma, come al solito, dopo un po' finivano per litigare. Di norma, se non interveniva la madre per mettere pace, ci pensava la domestica. Oppure a farle ammutolire era lo sguardo stanco di Henriette.

Adesso, però, bastava una piccolezza perché Anna e sua sorella iniziassero a battibeccarsi e una portasse via il giocattolo all'altra. Marie allora scoppiava a piangere, detestava che le sorelle più grandi bisticciassero, ma dato che ormai erano per lo più lasciate a se stesse nella stanza dei giochi, nessuno badava a loro. Come se fossero in trance si strappavano di mano i balocchi, a volte si tiravano i capelli, finché una non faceva male all'altra che a sua volta scoppiava a piangere. Poi una delle domestiche entrava nella stanza e gridava: "Basta". Oppure: "Ma non vi vergognate!".

Spesso non potevano uscire dalla camera nemmeno per sedersi a tavola, era Chanele ad andare da loro con del pane e del brodo o della carne.

"Quando possiamo andare di nuovo da Henny?" chiese Anna una sera. Era una fresca giornata di settembre, le prime foglie erano cadute dagli alberi e nel pomeriggio, quando aveva aperto la finestra, l'aria sapeva già di fumo e la stanza si era riempita di freddo. Le strade erano ancora deserte, il colera spingeva a stare in casa. La carrozza del dottore si fermava davanti alla loro porta quasi quotidianamente, e Anna l'aveva già vista al mattino.

Chanele, che per il terzo giorno consecutivo aveva portato degli gnocchi in salsa bruna, rispose in modo evasivo quando le chiesero di Henriette.

"Non ora, prima deve guarire." Poi lasciò svelta la stanza. Anna aveva mangiato di malumore gli gnocchi ormai quasi freddi.

Quella notte non riuscì a chiudere occhio. Ascoltò il respiro regolare di Margarethe nel letto accanto al suo e, nell'altro, quello un po' più superficiale di Marie. La luce argentata della luna invadeva la stanza, faceva freddo, e Anna aveva i brividi. Pensò al Chiaro di Luna della fiaba, alla sua espressione mite. La faccia della luna non le piaceva, era spettrale, e desiderò un'oscurità profonda in cui potersi nascondere. All'improvviso sentì dei rumori e delle voci, poi un tonfo, come di una sedia che si rovesciasse. Si alzò dal letto e con cautela aprì la porta. La voce di suo padre si mescolava a quella del medico che gridava "Presto, presto", poi parole che lei non capiva, parole in quella lingua che a suo padre non piaceva. Lentamente Anna scese le scale, sentiva i piedi nudi incollarsi ai gradini di legno e tremava di freddo. La porta della stanza di Henriette era aperta, il medico e i suoi genitori stavano in piedi accanto al letto.

Lo sguardo di Anna cadde sul viso smunto, di un pallore che non aveva mai visto prima, e sugli occhi, e si spaventò. Non erano né aperti né chiusi e questo dava alla sorella, che era sempre gentile, un'espressione sorniona, quasi malvagia. Lanciò un grido. I genitori si voltarono di scatto.

"Che cosa ci fai qui, torna subito a letto!"

La madre prese Anna per un braccio e la trascinò su per le scale. "Torna a letto, non hai nulla da fare qui."

La spinse in camera, inciampò in una scarpa lasciata in giro sul pavimento, non si curò del chiasso che stava facendo né del fatto che anche Margarethe adesso era sveglia, rispedì Anna a letto e, dopo averle ordinato di non muoversi più e di dormire, uscì dalla stanza chiudendosi la porta alle spalle.

Anna rimase seduta sul bordo del letto come paralizzata. Non riusciva a rispondere alle domande della sorella, scossa com'era dai tremiti e dai singhiozzi. E quando Margarethe le posò una mano sulla spalla, si divincolò e si infilò nel letto con la piccola Marie che continuava a dormire come se non le importasse niente di quel baccano. Si strinse al corpo magro della sorellina e respirò l'odore dei suoi capelli morbidi, finché i tremiti si placarono e si addormentò.

Il mattino dopo, la casa era immersa in un silenzio plumbeo. Il cielo aveva ripreso il suo azzurro autunnale, il sole splendeva di una luce fredda. Quando Anna si svegliò, Marie e Margarethe stavano ancora dormendo, eppure lei aveva la sensazione che fosse già tardi, ormai giorno fatto. Nessuna delle domestiche era venuta con il catino.

Con delicatezza, aprì la porta di uno spiraglio. Non osò uscire dalla stanza. Il silenzio era quasi insopportabile, le pareva di essere sola in una casa infestata dai fantasmi. Non sapeva cosa fare. Quindi tornò a letto e chiuse gli occhi. Come mai Henriette aveva quell'aria così strana?

Doveva essersi riaddormentata, perché sobbalzò di paura quando vide la governante in piedi davanti al letto.

"Vestitevi, presto, vostro padre vuole parlarvi, vi attende in sala," disse tirando fuori in fretta i vestiti dall'armadio e aiutando la piccola Marie a prepararsi.

"Ieri sera vostra sorella è morta," disse il padre tagliando corto. Nella grande sala, stavano in piedi di fronte a lui che si teneva appoggiato al tavolo, la camicia del solito candore, ma i capelli arruffati.

Anna lo guardò incredula.

"Ma stanotte mi ha guardata. Aveva un'aria molto strana, teneva gli occhi aperti, l'ho visto," disse, anche se in quel medesimo istante dubitò di aver lasciato davvero la sua stanza quella notte.

"È morta," ripeté il padre, "e ora tornate in camera vostra e non muovetevi da lì. Dobbiamo seppellire vostra sorella." Fissò lo sguardo fuori dalla finestra e ad Anna sembrò che non stesse più parlando a loro, ma a se stesso. "Dobbiamo seppellirla, è morta…" Si girò verso di lei con un movimento così brusco da farla trasalire.

"Anna, ora sei tu la sorella maggiore. Hai tu la responsabilità delle sorelle più piccole. E devi dare una mano a tua madre, ormai non sei più una bambina. Sei grande abbastanza."

Di punto in bianco batté il pugno sul tavolo, sembrava arrabbiato e Anna non sapeva perché. Quando il padre lasciò la stanza, sentì salire le lacrime. Più tardi, dalla finestra, vide la carrozza del dottore, poi un'altra carrozza con una bara. La piccola Marie si mise alla finestra accanto a lei.

"La Wasserlisse è venuta a prendersi Henny? Raccontava sempre di lei e ora è venuta a prendersela, non è vero?"

"Non c'è nessuna Wasserlisse, nessuna Mohra e nessuna orfanella che sposerà Chiaro di Luna," disse Anna con voce ferma. Non sapeva da dove le venisse quella certezza. Henny, sua sorella, che le aveva raccontato e letto così tante storie da quando sapeva sillabare e mettere insieme le prime parole, che le aveva spiegato tutte le cose che non capiva, Henny non era con la Wasserlisse nel suo regno in fondo al lago, non fluttuava nelle praterie celesti con

Chiaro di Luna o con Raggio di Sole, e né la Spilhahulla né la Mohra l'avevano rapita. Era morta. Morta come
tutti quelli che venivano portati via nelle casse di legno.
Sentì la certezza farsi strada, afferrò la mano di Marie e la
strinse con forza nella sua.

4.

Le settimane successive alla morte di Henriette passarono come in un sogno: il corpo esile coperto dai drappi bianchi sotto i quali Anna immaginava gli occhi socchiusi, e quasi non osava guardare. Poi il funerale, la bara, il Kaddish recitato dal padre in presenza del minian, che comprendeva anche i suoi fratelli. Hugo era lì, di nuovo in salute, ma pallido e smagrito. Nessuno dei fratelli degnò di uno sguardo le sorelle, che rimasero in disparte con Chanele, ora la cuoca passava sempre più tempo con loro perché la madre non c'era. Anna si era subito resa conto che era nella stanza di Henriette e che si rifiutava di uscire. Da quando Henny era morta, aveva visto la madre solo al cimitero; lì era stata sorretta da una delle zie che erano arrivate da Gleiwitz con il nonno. Anna era rabbrividita al rumore della terra che cadeva sulla bara di legno: un suono sordo, definitivo.

Durante la shiva che seguì il funerale, Anna si sentì come prigioniera, perché nessuno di loro uscì di casa. Il padre sedeva su uno sgabello basso e recitava il Kaddish al mattino e alla sera, quando con lui c'erano uomini della comunità a sufficienza.

Nessuno si occupava di Anna e delle sue sorelle, solo Chanele si assicurava che mangiassero regolarmente.

Neanche dopo la settimana di lutto tornò la normalità. A prima vista, tutto era uguale a prima: il padre andava in ufficio, i fratelli lo accompagnavano o andavano a scuola, e ricomparve anche la giovane maestra che impartiva ad Anna e Margarethe lezioni di pianoforte. Ma Henriette aveva lasciato un vuoto, anzi no, un abisso. Ogni volta che Anna passava davanti alla sua camera, i passi si facevano felpati, camminava in punta di piedi. Il nonno e la zia non ripartirono perché la madre ancora si rifiutava di uscire dalla camera di Henriette.

Una volta che Anna si sedette accanto al letto e le afferrò la mano, la madre trasalì e la allontanò. Aveva lo sguardo assente, come se nemmeno vedesse la figlia.

Anche il padre era assente. Non aveva più tempo per sedersi a tavola con lei, né per chiederle della scuola, del francese e del pianoforte, o per esaminare i suoi ricami.

Le settimane passarono, arrivò l'inverno e cadde la prima neve. Anna rimase alla finestra a osservare i fiocchi che scendevano fitti come in una danza. Si levò il vento, e la danza divenne un vortice, i grossi fiocchi volteggiavano sempre più veloci.

C'era in lei una vaga nostalgia della vita com'era prima della morte di Henriette, del chiasso a tavola, dei litigi delle domestiche in cucina, degli improperi di suo padre quando rientrava dall'ufficio e la cena non era ancora pronta. Sentiva la mancanza di Henriette, ma il dolore si era ammorbidito, sembrava essersi scavato un nido dentro di lei, riempiendola, adesso le apparteneva e non era più una trafittura come all'inizio.

Una sera Anna era a letto sveglia, come capitava spesso nelle ultime settimane. Né il padre né la madre si erano presentati a cena, le bambine avevano mangiato da sole con i fratelli, il nonno e la zia. Sentì il padre rincasare solo molto tardi.

In cucina le domestiche bisbigliarono di nuovo qualcosa sull'osteria Italia, ma stavolta la madre non sembrò preoccuparsene, rimase in camera di Henriette.

Anna uscì dalla sua stanza, scese le scale e vide il padre che, senza accorgersi di lei, entrava in camera di Henriette. Sul comodino di fianco al letto c'era un lume acceso. Sul letto era seduta la madre, la schiena dritta, i capelli sciolti, con fili d'argento che Anna non aveva mai notato prima, perché li portava sempre raccolti. Lo sguardo della madre era fisso sulla porta, ma vuoto, non la vedeva. Il padre era inginocchiato davanti al letto con la testa nascosta nel grembo della moglie. Anna sentì un singhiozzo soffocato. Poi vide la madre accarezzare la testa del marito con compassione, come si calma un animale ferito.

In silenzio, Anna fece dietro front e tornò in camera sua.

Passato l'inverno, con il sole, gli uccelli che iniziavano a cinguettare e i bucaneve, tornò anche la vita di prima. La madre si occupava delle sue faccende, a volte rideva di nuovo con loro e dalla mattina alla sera era indaffarata. Adesso Anna le vedeva fra i capelli anche quei fili d'argento, ciocche sottili che striavano il bruno.

Il padre riprese a mangiare a casa, a tavola c'era un gran vocio, parlavano tutti insieme. Il nonno e la zia erano partiti quando la neve si era sciolta; avevano promesso di tornare in estate, "Forse già dopo la fiera di Pasqua," aveva detto il nonno. Come sempre, la madre era diventata malinconica e aveva raccontato loro di Gleiwitz: il castello, il Klodnitz, il canale e la fonderia.

Il tempo del lutto era finito. Anna attese il momento

giusto, era domenica, di mattina presto, e sapeva che suo padre stava andando in ufficio.

"Posso venire con te? È tanto tempo che non lo faccio…" Anna guardò implorante il padre che già teneva in mano il cappello.

Lui la guardò sorpreso.

"Anna, adesso sei grande e hai da fare altre cose che venire con me," disse inflessibile. "La fiera si avvicina, i Reichenheim arriveranno presto e voglio che ti comporti come mi aspetto che si comporti una figlia."

Detto questo girò sui tacchi, si mise il cappello e uscì di casa in gran fretta.

Il 22 gennaio 1867 Anna aveva compiuto undici anni. Non era più una bambina.

5.

Sulla strada da Gleiwitz a Sohrau, maggio 1852

Conosceva bene quel sentiero, e non solo il sentiero, ma ogni pietra e cespuglio e arbusto, gli uccelli rapaci che volteggiavano in cielo sulla sua testa, gli alberi del fitto bosco di latifoglie, dove una luce verde filtrava tra le felci e l'edera che coprivano il terreno formando un tappeto spesso.

Isidor Eisner camminava spedito, aveva fretta, come sempre, la strada era lunga, ci volevano sei ore e lui intendeva risparmiare i soldi della corriera. Tanto per cambiare, sì, ma stavolta voleva risparmiarli, prima non li aveva proprio.

Quando la vista si aprì sul paesaggio, si fermò. Guardò verso sud-est, in lontananza il profilo azzurro dei Beschidi Slesiani, montagne che da lì sembravano dolci colline, ma che gli avevano detto fossero alte.

Isidor non c'era mai stato, anche se aveva viaggiato per il mondo in lungo e in largo. E adesso che cosa ci faceva là, dove la Slesia finiva e iniziava l'Impero asburgico? Nient'altro che montagne azzurre, e le guardò di nuovo mentre riprendeva fiato. Il profilo lontano di quelle montagne che vedeva sfumare davanti a lui gli indicava che non mancava tanto a Sohrau.

Era partito da Gleiwitz al mattino, e lì la campagna era piatta, completamente. C'erano volute ore di cammino perché diventasse un po' più collinosa e in lontananza si intravedessero le montagne. A quel punto Sohrau non era più molto distante.

Isidor Eisner era nato lì, uno di nove figli; il padre era un maestro panettiere. Vicoli e appartamenti angusti in cui vivevano più famiglie, tre bambini in un lettuccio, quattro per banco a scuola, la bacchetta dell'insegnante che li colpiva tutti indistintamente, ovunque angustia e sporcizia, puzza e gente che gridava.

Nove figli, cosa ne sarebbe stato di loro, erano tollerati, ma non c'era spazio per altrettante nuove famiglie che volessero sfamare a loro volta dei figli.

La panetteria del padre, dove il forno veniva riscaldato e la farina impastata dalle due del mattino, sfamava a malapena loro.

Isidor si sedette sull'erba alta, ne strappò un filo, se lo infilò tra le labbra e si lasciò cadere all'indietro. Chiuse gli occhi ed eccolo di nuovo nella panetteria, la stessa angustia e lo stesso calore, si vide riscaldare il forno, tirare su sacchi di carbone, aiutare il padre a infornare il pane, trascinarsi a scuola e farsi largo per ottenere un posto a sedere, con la camicia strappata e i segni delle bruciature che si era fatto al lavoro, scrivere e leggere e fare di conto in barba alla stanchezza.

Mai più.

Mai più avrebbe rivisto quei vicoli angusti e le case basse, la scuola e la panetteria di suo padre. E nemmeno le montagne azzurre, mai più.

Nonostante la stanchezza e la camicia strappata, a scuola era stato attento, si era impegnato, e l'insegnante

46

non aveva mancato di elogiarlo, aveva detto al padre che Isidor era dotato, che poteva fare strada. Se può studiare, aveva chiesto il padre, possiamo mandarlo a studiare le Scritture, e l'insegnante era sembrato perplesso. "Gli faccia frequentare un apprendistato," aveva detto dopo una pausa, deve imparare qualcosa, ora che qui si tesse e si fila dappertutto, i commercianti di stoffe hanno bisogno di manforte.

Il padre era rimasto deluso, voleva un figlio da mandare a studiare il Talmud, che fosse devoto e pregasse da mattina a sera.

Starsene seduto in una stanza angusta chino sulle Scritture tutto il giorno, poveretto, alla mercé del suocero che avrebbe dovuto sfamare lui e la sua famiglia: no, non era quello il sogno di Isidor. Suo padre lo aveva poi mandato a Gleiwitz, da Ludwig Schlesinger, proprietario di un'azienda di tessuti. Lì avrebbe imparato, e Isidor era felice. Non si era voltato indietro quando aveva lasciato Sohrau e imboccato la strada per Gleiwitz, aveva camminato in fretta, ci sarebbero volute sette ore, gli avevano detto, ma lui era arrivato in poco più di cinque. Tutto quello che voleva era andarsene, lasciare l'angustia dov'era vissuto fino ad allora e andare là, da Ludwig Schlesinger, che gli avrebbe insegnato come commerciare in tessuti. Durante il tragitto, che aveva fatto di volata, sognò di grandi viaggi e fiere, di affari e soldi a palate, di tessuti pregiati e bei vestiti.

Aveva quindici anni, e quando arrivò a Gleiwitz fu sopraffatto da quello che vide: una città con piazze eleganti e strade ampie, grandi fiumi e giardini stupendi. Non si stancava di guardare.

Ma poi l'angustia lo raggiunse di nuovo, il bugigattolo nella casa di Schlesinger, che doveva condividere con un altro impiegato, l'angustia nel letto di notte e in ufficio, dove non gli fu affidata la contabilità né poté accompagnare Schlesinger nei suoi colloqui con i partner in affari, ma fu messo a spazzare il magazzino, riordinare e smistare. Doveva mangiare magri avanzi con la servitù, e a volte aveva provato nostalgia del forno di suo padre. Ludwig Schlesinger aveva impiegato molto tempo prima di accorgersi di lui, e ancora di più per prenderlo sul serio. A prenderlo sul serio fu più svelta la giovane moglie, che Schlesinger aveva sposato dopo che la prima era morta di parto.

Isidor aveva poi scoperto uno degli impiegati più anziani scrivere cifre sbagliate nei libri contabili e far sparire dalla cassa qualche moneta. Alla fine Ludwig Schlesinger gli aveva affidato il registro di cassa e lo aveva portato con sé alla fiera di primavera a Lipsia, poi a Berlino. Non erano andati a piedi, avevano viaggiato con la corriera passando da Oppeln, Breslau, Grünberg e Francoforte fino a Berlino, oppure da Görlitz, Bautzen e Dresda fino a Lipsia. Durante questi viaggi, il vecchio Schlesinger gli aveva insegnato tutto ciò che sapeva: come contrattare, come riconoscere la qualità dei tessuti, come costruire una rete di relazioni e contatti che avrebbero dato slancio all'attività. Le ore interminabili trascorse tra gli scossoni di quella carrozza scomoda, di cui Schlesinger si lamentava sempre, erano state le preferite di Isidor, che ogni volta non stava nella pelle all'idea di salirci sopra.

Isidor aprì gli occhi e guardò il cielo azzurro. Sentì il grido di un falco, presto sarebbe sceso in picchiata per catturare un topo.

Dopo essere stato a Lipsia la prima volta, Gleiwitz non gli sembrò più tanto grande e maestosa come all'inizio. Sì, le strade erano più larghe che a Sohrau, ma anche qui c'era poco spazio per gli ebrei, persino per un commerciante come Schlesinger. Molte famiglie vivevano stipate in case ebraiche, e il denaro non serviva a nulla se non ne veniva assegnata loro una.

Lipsia e poi Berlino gli tolsero il fiato, si sentiva piccolo in mezzo al trambusto di carrozze, cavalli e passanti che andavano sempre di fretta. Le fiere di Lipsia lo affascinavano, la babele di lingue, la folla di mercanti ebrei che venivano da lontano, Odessa, Lemberg, Minsk, San Pietroburgo, Praga, Budapest. Pensava di aprire un negozio qui, dove gli ebrei facevano affari nei grandi cortili nel cuore della città, sul Brühl, con prodotti affumicati e stoffe provenienti da tutta Europa.

Compiuti diciassette anni e diventato da tempo l'uomo di fiducia di Ludwig Schlesinger, una volta, durante il viaggio di ritorno dalla fiera di San Michele a Lipsia, in autunno, Isidor tentò di convincerlo che dovevano lasciare Gleiwitz e andare a Lipsia: gli ebrei lì stavano meglio, era quello il posto giusto per fare fortuna.

"I sassoni," aveva detto il vecchio Schlesinger con asprezza, "diffida sempre dai sassoni, in Prussia siamo più liberi, se vuoi andartene, allora vattene a Berlino." Lo aveva guardato di sbieco e gli aveva fatto l'occhiolino e, come spesso accadeva, Isidor non capì se il vecchio fosse serio o si stesse prendendo gioco di lui e del suo entusiasmo. C'era della bonarietà in Ludwig Schlesinger, scherzava con tutti, ma Isidor sapeva che nel condurre i suoi affari era molto avveduto.

In presenza della giovane moglie di Schlesinger si sentiva a disagio. Rosalie aveva solo qualche anno più di lui, e a volte pensava che gli sorridesse. Gli metteva nel piatto i pezzi di carne migliori, gli lavava i vestiti con cura e un giorno, in occasione del bagno settimanale, venne di persona a portare l'acqua calda e gli riempì la tinozza. Si spaventò, soprattutto quando lei infilò la mano nell'acqua, come per caso, per controllare la temperatura. Vide l'attaccatura dei capelli ramati sotto la parrucca e respirò il suo odore: un miscuglio di miele e rose, gli sembrò, dolce e speziato. Lei lo guardò con i suoi grandi occhi scuri, i denti bianchi che rifulgevano tra le labbra morbide. Chiuse gli occhi, immaginò di sentire il tocco della sua mano, poi lei sparì.

Poco dopo, il vecchio Schlesinger, raggiante di felicità, gli annunciò che poteva continuare il suo apprendistato a Berlino presso Nathan Reichenheim & Figli, il suo più importante partner commerciale, che aveva aziende tessili in Slesia e in Inghilterra. Isidor stentava a credere alla fortuna che gli stava capitando, solo per un istante pensò a Rosalie, al fruscio dei suoi abiti, ai suoi sguardi e ai capelli scuri sotto la parrucca.

Concordarono che Isidor sarebbe andato a Berlino e dopo qualche anno avrebbe sposato la figlia maggiore di Schlesinger, Alwine, una ragazza tranquilla e timida di cui Isidor non si era quasi nemmeno accorto.

"Ho bisogno di un partner a Lipsia," disse Schlesinger. "Alwine è una ragazza adorabile, insieme sarete felici. E Lipsia ti piacerà, ragazzo mio, con i sassoni te la caverai. Vi darò una dote adeguata, non deve mancarvi nulla, e tu la farai fruttare molto."

Poi gli diede un pizzicotto sulla guancia. "Sei un bel ragazzo," mormorò, "torna quando avrai conosciuto il mondo."

Quelle parole gli rivennero in mente più tardi, lì per lì era emozionato, troppo emozionato per accorgersi di ciò che lo circondava a Gleiwitz, non di Alwine, e di Rosalie solo per poco, un momento a tarda notte in cui era andato in cucina a cercare un pezzo di pane perché aveva fame. Lei doveva averlo aspettato al varco, gli aveva preso la mano e all'improvviso la sentì premere le labbra sulle sue. Allora lui le si avvinghiò e la strinse forte e lei si divincolò e rise, non così, non con questa foga, prima impara come si fa e poi torni.

Ripensò a quelle parole più volte nel corso degli anni, durante i suoi viaggi a Parigi, a Bradford e a Londra, tra le braccia delle donne che gli avevano mostrato tutto quello che c'era da sapere. Continuava a pensare a Rosalie, non a quella ragazzetta di Alwine, e sognava, un giorno, di poter stare con lei. Una donna la trovava ovunque – nei locali di Berlino, la cameriera del ristorante Sander a Lipsia durante la fiera di Pasqua, nel porto di Dover, nei bordelli di Bradford, oppure quella ballerina di Parigi, in una serata di bagordi le aveva anche promesso di sposarla – ma nei suoi sogni c'era sempre e soltanto Rosalie. Lei lo aveva accompagnato in tutti i viaggi che lo avevano fatto diventare un uomo.

Nei cinque anni trascorsi come commesso a Berlino presso Nathan Reichenheim & Figli, non tornò mai a Gleiwitz o a Sohrau, il tragitto era troppo lungo.

Anche là, come a Gleiwitz, in poco tempo era diventato un uomo di fiducia; i fratelli Reichenheim lo mandavano volentieri in viaggio per controllare che fosse tutto in ordine.

Isidor amava quei viaggi, in carrozza o, meglio ancora, in treno o in piroscafo. Non più nella classe più infima, ma in seconda. Sapeva che un giorno avrebbe potuto viaggiare in prima, risparmiava ogni centesimo e il vecchio Schlesinger gli aveva promesso una buona dote. I fratelli Reichenheim lo sapevano e presto iniziarono a trattarlo come un futuro partner commerciale. Isidor ammirava l'impegno politico di Leonor Reichenheim, l'elegante moglie di Louis Reichenheim e la condotta in società di quest'ultimo in una città come Berlino, una città enorme e in continua crescita, che attirava gente come una calamita ed era in fermento ovunque: nella politica e nell'economia, persino nei mattatoi e nei mercati, sempre troppo pochi per sfamare la città in espansione. Veloce, veloce, veloce, era questa la parola d'ordine, l'irrequietezza era palpabile, il movimento, il desiderio di raggiungere la vetta: avanti, sempre avanti, di più, ancora di più.

I suoi viaggi preferiti erano quelli in Inghilterra, sembravano durare un'infinità di tempo da Berlino a Bruxelles e Calais, poi in piroscafo fino a Dover, da lì a Londra e poi, passando per Leeds, a Bradford. Isidor ci mise poco a imparare la lingua, e in men che non si dica fu in grado di dare istruzioni, chiedere informazioni e negoziare con i partner commerciali inglesi.

Per il viaggio di ritorno, a volte sceglieva un percorso che lo portava a Parigi, e ben presto si fece capire anche lì, frequentava i teatri e l'Opera e non si stancava mai della bellezza della città e delle donne.

Cinque anni passarono in un soffio e Isidor capì che era arrivato il suo momento quando incontrò Marcus Callmann, commerciante di Lipsia e partner dei Reichenheim, che gli propose di diventare socio della sua azienda. Doveva solo tornare a Gleiwitz per sposarsi e portare sua moglie a Lipsia.

Isidor drizzò la schiena e allungò il collo: una formica o un piccolo maggiolino dovevano essersi intrufolati nel colletto aperto. Ormai i Beschidi si stagliavano scuri contro il cielo azzurro, il sole era calato da un pezzo. Doveva muoversi se voleva essere a Sohrau prima del tramonto. Suo padre lo stava aspettando, per l'ultima volta.

Gli accordi con Marcus Callmann erano stati presi e lui aveva fatto domanda all'Unione dei commercianti di Lipsia per aprire una filiale. Tutto era pronto perché voltasse le spalle alla Slesia, quella terra di piccole città con i loro vicoli angusti, gli stabilimenti tessili e le fonderie, oggetto di contesa fra re e principi, perché qui erano in tanti a lavorare per loro un'infinità di ore fino a morire di stanchezza, eppure la paga che ricevevano era sempre troppo bassa per sfamare la famiglia.

Come gli era sembrata piccola Gleiwitz quando era arrivato qualche giorno prima. E quanto era scalcinata la casa di Schlesinger. Il cuore gli batteva all'impazzata mentre varcava la soglia. Non per Alwine, alla quale non aveva mai pensato in tutti quegli anni, lei faceva parte solo in astratto della sua vita, del suo piano. No, la donna che aveva immaginato era Rosalie, il suo sguardo e quelle labbra morbide che aveva sognato tante e tante notti.

Isidor strappò altri tre fili d'erba e guardò il cielo, dove già si disegnava una pallida falce di luna. Erano passati cinque anni, Rosalie aveva dato alla luce due figli, il terzo sarebbe nato poche settimane dopo. Non la riconobbe, le mancavano due denti, aveva gli occhi stanchi e quasi non si accorse di lui. Pensò alla ballerina di Parigi e giurò di non cercarla mai più, voleva ricordarla com'era stata quella sera: giovane, bella, innamorata di lui, aveva finto di aspettarlo.

Alwine non l'aveva ancora vista, poi il vecchio Schlesinger era andato a prenderla. In cinque anni, la timida ragazza si era trasformata in una giovane donna, non bella, ma graziosa, e sotto i vestiti semplici Isidor riconobbe delle forme femminili. Non fu difficile per lui sorriderle e prenderle le mani, e stringergliele. A Lipsia si sarebbe vestita in modo diverso, lui avrebbe assunto una domestica per aiutarla in casa e lei avrebbe anche cambiato acconciatura. A Berlino e a Lipsia le donne non portavano più le parrucche, e di tanto in tanto lei avrebbe dovuto comparire al suo fianco. Schlesinger aveva concesso alla coppia cinque minuti da soli e Isidor era riuscito a baciare la mano della sua sposa. Dopo di che non l'aveva più vista e Schlesinger aveva avuto molte cose da discutere.

Isidor si alzò per rimettersi in viaggio, camminò spedito verso le montagne azzurre e Sohrau, la sua città natale, per prendere congedo prima del matrimonio con Alwine.

6.

"Un po' più stretto sulla spalla, bisogna togliere qualcosa. Non muoverti, Margarethe, resta ferma così un momento."

Anna si alzò e mostrò alla ragazza mandata dal sarto la piega che le dava fastidio. Quella era già la terza prova, Margarethe dava evidenti segni di impazienza, ma Anna era inamovibile.

Sua madre aveva assistito alla prima prova e poi aveva lasciato la faccenda in mano a lei. Alla fine, quando tutto fu pronto, suo padre guardò i nuovi abiti ed espresse il suo giudizio. Mille volte aveva detto ad Anna quanto fosse importante che facesse attenzione a ogni dettaglio, che il guardaroba per il viaggio a Berlino fosse scelto con gusto. No ai colori troppo vivaci, sì a quelli non appariscenti ma eleganti, ai tessuti migliori e soprattutto ai tagli più moderni. Aveva elencato tutte le occasioni per le quali avevano bisogno di abiti nuovi: il viaggio in carrozza, che durava circa sei ore ed era uno strapazzo; poi le mostre da visitare, la gita al Tiergarten, uno o due concerti e i tè dai Reichenheim. Suo padre parlava sempre molto dei Reichenheim, dei loro affari, di Louis Reichenheim, il consigliere di commercio che intimoriva Anna ancora adesso che aveva quindici anni. Quando suo padre raccontava di come vivevano i Reichenheim a Berlino, di solito si riferiva ai fratelli di Louis Reichenheim, Moritz e Leonor, con le rispettive mogli Sarah e Helene. Parlava della grande casa di Moritz Reichenheim nel quartiere di Tiergarten, dei ricevimenti e dei balli che vi si tenevano, dei viaggi nel lontano Egitto e dell'immenso giardino, un giardino con serre dove Moritz Reichenheim coltivava orchidee, fiori che Anna non aveva mai visto prima. E poi dell'eleganza e del gusto raffinato di Helene Reichenheim.

Suo padre aveva annunciato già all'inizio dell'estate di essere intento a organizzare un viaggio a Berlino con Anna e Margarethe. Prima aveva detto di voler visitare lo zio Siegmund, che si era trasferito a Berlino. Anna aveva chiesto con stupore chi fosse questo zio Siegmund che non aveva mai sentito nominare prima.

Suo padre si era arrabbiato: Anna lo aveva interrotto ed era una cosa che lui non tollerava.

"Zio Siegmund, Anna, è stato qui all'ultima fiera. Il nastro che ti ha portato non te lo ricordi più?" aveva tuonato, e sua madre le aveva fatto segno di tacere non appena l'aveva vista pronta a replicare. Più tardi le aveva spiegato che lo zio Seelig si faceva chiamare Siegmund. Così come suo padre non era più Isaac, ma Isidor. Quindi sarebbero andate a trovare lo zio Seelig, e dopo quella notizia Anna e Margarethe passarono la notte in bianco tanta era l'euforia. C'erano ancora mille domande che non erano riuscite a fare. La madre non sarebbe andata con loro? E perché no? E quanto tempo si fermavano? E chissà com'era questa Berlino di cui si parlava sempre più spesso dopo la guerra e la nascita del Reich, questa città dove tanta gente si trasferiva e tutti i sogni potevano realizzarsi.

Tre giorni dopo, durante la cena, il padre aveva lasciato cadere lì, come di sfuggita, che sarebbero arrivati degli inviti da parte dello zio e della zia Martha. Margarethe aveva chiesto se sarebbero andate anche a un ballo, ma il padre aveva risposto stizzito che erano troppo giovani e che per il momento qualche invito nel pomeriggio sarebbe stato sufficiente per conoscere Berlino.

Margarethe sognava i balli di cui le parlavano le ragazze più grandi della sinagoga o le figlie di Marcus Callmann, partner commerciale del padre. Ma Anna sapeva che il padre immaginava un futuro per lei e le sue sorelle a Berlino. Lipsia era diventata troppo piccola per lui.

Era stato sempre il padre a incaricarla di occuparsi del suo guardaroba e di quello di Margarethe. Anna ne era stata orgogliosa, come sempre quando discuteva con lei di qualcosa e la trattava come un'adulta.

Dalla morte di Henriette non le aveva più parlato dell'attività, lei – e questo le diventava sempre più chiaro ogni anno che passava – era la primogenita responsabile delle sorelle più piccole, e fino al giorno del suo matrimonio il suo compito era aiutare la madre in casa. Era ovvio che non si sarebbe sposata a Lipsia, perché molti inviti furono gentilmente declinati. Andavano in gita insieme al partner in affari del padre e alla sua famiglia, frequentavano la sinagoga e assistevano a qualche concerto, ma al padre non interessava stringere rapporti più stretti con le altre famiglie di Lipsia. Né che le figlie si accorgessero degli sguardi che lanciavano loro i figli delle altre famiglie.

Nell'ambiente della sinagoga alcuni padri cercavano di accattivarsi le simpatie del suo e avevano messo gli occhi su lei e la sorella, e alcune mogli erano molto gentili con la loro madre e le invitavano a piccole festicciole. All'inizio, qualche volta la madre aveva accettato, ma solo per essere poi costretta a disdire poco prima con qualche pretesto. Le lezioni di francese, il pianoforte, il caldo, il freddo. Si arrendeva, come ormai faceva sempre dalla morte di Henriette. La debole resistenza che prima manifestava di tanto in tanto, adesso era scomparsa del tutto. Trascorreva più tempo possibile con la piccola Marie, si assicurava ogni giorno che la bambina non fosse troppo magra o troppo in carne, che mangiasse il giusto. Una volta, dopo un lungo disturbo di stomaco di cui il medico non era venuto a capo, convinse il marito a lasciarla andare a Karlsbad con la bambina per un soggiorno di cura. Anna e Margarethe avevano riso per quella eccessiva preoccupazione, ma il padre aveva acconsentito al viaggio senza muovere la minima obiezione.

Due settimane dopo, quando la carrozza carica di valigie e casse si fermò davanti alla porta, e insieme al padre e a Margarethe salì e salutò con la mano la madre, la piccola Marie e Chanele, ferme sulla strada ad asciugarsi gli occhi con i fazzoletti, Anna pensò a quanto fosse diventata piccola sua madre, come se la morte di Henriette, anni prima, l'avesse schiacciata. Quel viaggio a Berlino era un altro passo che l'allontanava dalla madre e dall'infanzia, un passo verso la vita nuova e diversa che il padre aveva pianificato per lei e per le sue sorelle. Certa che il padre mettesse sempre in atto i suoi piani e che, come spesso assicurava, il futuro sarebbe stato radioso, si sentì invadere da un senso di felicità. Fece un breve cenno di saluto alla madre, poi si voltò e si strinse nello scialle. Il viaggio sarebbe stato lungo e scomodo, ma il padre aveva promesso alle figlie di raccontare dei viaggi di Moritz Reichenheim in Italia.

Lipsia le sembrò piccola, tutto era angusto, persino le panche della sinagoga con le famiglie che si accalcavano per prendere posto. Pensò per un istante a Clara, la sua compagna di scuola, che era andata a trovare qualche volta. Si scambiavano lettere, e Clara le aveva scritto un lungo componimento in versi nell'album delle poesie in pelle rossa con i bordi dorati. Ad Anna piacevano la spensieratezza e l'esuberanza di Clara, le sue risatine e il suo debole per tutte le cose dolci, e prima di andare da lei chiedeva sempre a Chanele di preparare delle torte. Clara sembrava piacere anche alla madre, solo suo padre aveva sempre mantenuto le distanze, per quanto non fosse mai in casa quando la ragazza veniva a trovarla.

Erano passati mesi da quando Anna aveva scoperto che tre giorni prima si era tenuta a casa di Clara una piccola festa di compleanno, di cui lei era all'oscuro. Una ragazza a scuola ne aveva parlato per caso proprio mentre Anna era lì accanto. Evitando il suo sguardo, Clara aveva cambiato discorso.

Solo allora Anna si era resa conto che Clara era un'ospite abituale, ma non l'aveva mai invitata a casa sua. Perché non ci aveva fatto caso? La lettera successiva di Clara l'aveva gettata via senza nemmeno aprirla. A scuola continuavano a rivolgersi la parola ma di sfuggita, non c'era più nessuna intimità fra loro.

Quando Margarethe le aveva chiesto di Clara, Anna aveva risposto in modo evasivo. Non voleva dire alla sorella che la sua amica le mancava, ma che era arrabbiata con lei. Era una rabbia che provava anche verso se stessa, per non aver capito che la madre di Clara non avrebbe mai preparato una torta per lei; che in casa loro lei non era un'ospite gradita.

Da quel giorno aveva sognato Berlino sempre più spesso. Le feste a cui sarebbe stata invitata, gli inviti che avrebbe fatto a sua volta, gli abiti da favola e l'uomo che avrebbe sposato. Nei sogni la sua faccia era scomparsa, da tempo ormai non era più quella di suo padre. Adesso, in carrozza, provava a immaginarla, ma il padre interruppe le sue fantasticherie e iniziò, come promesso, a raccontare del viaggio di Moritz Reichenheim in Italia.

7

"Anna, svegliati, siamo arrivati!"

La voce di Margarethe la fece tornare da molto lontano, Anna stava sognando Venezia, una città senza strade
in mezzo al mare, dove non c'erano carrozze né cavalli ma
solo acqua, onde e barche. E loro sedevano proprio su
una barca che dondolava sempre più forte. Anna si svegliò di soprassalto.

Ora, dopo quel lungo viaggio, si era persa il tanto desiderato arrivo a Berlino. La carrozza si fermò davanti a
un grande palazzo nel centro della città: ovunque guardasse, edifici che incutevano un timore reverenziale, una
strada ampia con carrozze e pedoni, carri trainati da cavalli e strilloni che vendevano le edizioni della sera, e in
fondo alla strada l'acqua: il canale della Sprea. Una chiesa
in mattoni rossi con due campanili e un'aria austera come
quella degli altri edifici e insieme un che di palazzo son-
tuoso, ma senza leziosità. Anna si sfregò gli occhi delusa.
Quanto l'aveva sospirata, Berlino, chiedendosi di continuo quanto mancasse ancora all'arrivo. Avevano dovuto
sostituire i cavalli, fare una pausa, scuotere la polvere dai
vestiti, e ogni volta la città non appariva all'orizzonte. A
un certo punto la vegetazione era cambiata, invece delle

latifoglie avevano visto pini altissimi, e il padre aveva detto che Berlino non poteva essere lontana. Pini e sabbia. Non selve oscure, ma terreno arido, povero, laghi, pianura, acqua ovunque. Acqua e luce.

Gli scossoni della carrozza e il racconto del padre sul viaggio di Moritz Reichenheim in Italia avevano finito per cullarla facendola scivolare nel sonno, il Brennero, Milano, Bologna, poi Venezia... e alla fine si era addormentata.

Ora la porta della casa davanti alla quale si erano fermati si aprì e lo zio Seelig corse verso di loro, seguito dalla moglie Martha, piccola e magra come il marito, e Anna dimenticò la delusione. Non sarebbero mancati il tempo né le occasioni per andare in giro per la città.

Erano partiti la mattina presto e ormai era quasi sera, l'aria si era decisamente rinfrescata e odorava di fumo e del gas dei lampioni che venivano accesi proprio in quel momento.

Il padre fu accolto a braccia aperte dallo zio Seelig che subito gli attaccò bottone. Non lo lasciava più andare e la zia Martha accompagnò Margarethe e Anna nella stanza dove avrebbero dormito.

Più tardi, a cena, Anna si sentì addosso tutta la stanchezza del viaggio e non riuscì a seguire il fiume di parole della zia. Il padre si era ritirato con lo zio, dicendo che aveva molto da fare e che la zia si sarebbe occupata di loro. Mentre Anna masticava un boccone di pane, la zia spiegava chi sarebbero andati a trovare.

Helene Reichenheim, moglie di Leonor Reichenheim, nota in società per la sua bellezza, aveva fatto recapitare un invito per il tè. E Sarah, moglie di Moritz Reichenheim, aveva scritto sul biglietto quanto fosse contenta di conoscere Anna e Margarethe. Avevano in mano le redini di due grandi case nella zona più bella della città, il

Tiergarten. Era là che si doveva vivere adesso, e non più in Werdersche Straße a Friedrichswerder, così andava dicendo Seelig da anni.

Anna si chiese se avrebbero rivisto Adolph e Julius, ma non osò chiederlo alla zia. La loro madre, moglie di Louis Reichenheim, era malata, e non era possibile farle visita. Adolph non vedeva Anna da una vita, entrava e usciva dai sanatori e non poteva venire alle fiere. Julius, invece, non se n'era perso una, ormai era sulla trentina e ancora scapolo.

Anna smise di ascoltare la zia, la stanchezza e l'eccitazione, mescolate insieme, scatenarono un vortice di pensieri e, non appena ebbe ingoiato l'ultimo boccone, chiese alla zia di scusarla. Mentre prendeva sonno, Anna sentì che il respiro di Margarethe era già profondo e regolare.

Quando si svegliò, ore dopo, stava spuntando l'alba. Dalla strada arrivava molto più rumore di quello cui era abituata a Lipsia. I soffitti erano più alti, il piumone le sembrava più pesante e insieme umido e freddo, si sentiva congelare. Pensò alle visite imminenti e si emozionò. A volte Leonor era venuto a Lipsia con il fratello, Louis Reichenheim, e aveva sempre avuto un'aria severa e assente. Lui e la moglie Helene, della cui bellezza la zia aveva fatto un gran parlare, avevano molti figli: Georg, ancora scapolo, uno studioso; Karl, che aveva sposato un'italiana; e Agnes, che assomigliava alla madre ed era poco più grande di Anna. I nomi degli altri fratelli non li ricordava più.

Anna si rigirava nel letto e pensava a Moritz Reichenheim, che ancora non conosceva, e alla moglie Sarah. Sarah, che veniva da Amsterdam e aveva portato con sé il nipote Arthur. La zia aveva fatto commenti sprezzanti su Arthur, dicendo che pensava ai suoi cavalli e basta, che gli interessava solo il divertimento, che lo si incontrava sempre a Hoppegarten, dove i cavalli della sua scuderia – Captain Joe, che razza di nome! – e le sue abilità di fantino avevano una risonanza clamorosa. Faceva anche girare la testa a tutte le ragazze.

Nei romanzi francesi che un tempo le leggeva Henny, le giovani donne si innamoravano, ci si scriveva lettere, ci si fidanzava e ci si sposava. Qualche complicazione c'era, ma alla fine ci si rincontrava, saltava fuori una lettera che era andata smarrita, un padre che non vedeva la cosa di buon occhio aveva un ripensamento, e poi si celebravano le nozze. Lei e Margarethe si sarebbero innamorate? Magari di uno di quei giovani ai quali volevano presentarle?

Quando Anna e Margarethe comparvero per la colazione, la zia le esortò ad affrettarsi perché presto la carrozza sarebbe passata a prenderle, prima sarebbero andate a trovare Helene Reichenheim e poi al Tiergarten per un rinfresco allo Hofjäger.

Passarono per il Gendarmenmarkt e poi fecero una piccola deviazione per ammirare la Cattedrale di Santa Edvige, l'Opera, la Biblioteca Reale e l'Università. Anna non aveva mai visto edifici così imponenti, né il municipio di Lipsia né la borsa valori al Naschmarkt erano paragonabili, e Lipsia le sembrava una città giocattolo. La cattedrale e il duomo mostravano la stessa maestosità e lo stesso rigore, le piazze erano enormi, e quando raggiunsero il Tiergarten Anna quasi non credeva ai suoi occhi davanti a quella distesa infinita di verde. Il numero 19 di Tiergartenstraße, davanti al quale si fermò la carrozza, affacciava sul parco. Le sembrò di sentire uccelli cantare e versi di animali selvatici provenire dallo zoo vicino, ma non ne era sicura, forse era solo la fantasia che le giocava brutti scherzi.

Rimase colpita anche dalla villa di Leonor e Helene Reichenheim. Un'intera casa per una sola famiglia, con una scalinata che terminava davanti a un gigantesco portale d'ingresso, fiancheggiato da colonne. Quando scese dalla carrozza, Anna rabbrividì, era una limpida giornata di ottobre, ma nonostante il sole faceva freddo. Zia Martha spinse nervosamente lei e sua sorella su per l'ampia scalinata.

Venne ad aprire una domestica, prese in consegna i cappelli e i cappotti e le accompagnò in una piccola stanza dove rimasero in attesa per cinque minuti. La zia stava diventando sempre più inquieta, quando la porta si aprì e davanti a loro comparve una giovane donna. Aveva i capelli di un biondo chiarissimo, occhi altrettanto chiari e una carnagione bianca, in altezza superava Margarethe e Anna di un bel po'. Si avvicinò a zia Martha con passo deciso, le prese le mani e la salutò calorosamente.

"Sono molto felice che siate venute – e voi dovete essere Anna e Margarethe. Che bello, benvenute a Berlino! Io mi chiamo Agnes, e tu devi essere Anna. Posso darti del tu, vero?"

Agnes era tutt'altro che schiva, e mentre le conduceva nel salone fece in modo che abbandonassero ogni timidezza.

"*Maman!*" gridò. La sua voce argentina riecheggiò nella grande sala e Anna fu sopraffatta dalla cordialità di quella ragazza. Niente sembrava artificioso, tutto si fondeva in una bellezza spontanea, la semplicità dell'acconciatura che metteva in risalto il collo lungo e sottile, i piccoli orecchini, l'abito di tessuto finissimo, ma lineare nel taglio all'ultima moda. Ad Anna, i nastri e i fiocchi che lei e Margarethe avevano scelto di indossare dopo averci pensato su a lungo sembrarono superflui e addirittura ridicoli. Poi la porta si aprì ed entrò Helene Reichenheim.

Agnes era una versione più giovane di quella donna che doveva essere sulla cinquantina ed era bella come l'aveva descritta la zia. Non aveva la lievità e la giovinezza di Agnes, ma un'eleganza che incuteva timore, e Anna pensò al Gendarmenmarkt e a tutti gli splendidi edifici che avevano incontrato durante il tragitto.

Nell'ora che seguì, Anna cercò di non fare passi falsi e di mascherare la propria insicurezza e il nervosismo della zia. Mangiò con attenzione le meringhe al cioccolato che si sbriciolavano solo a guardarle, cercando contemporaneamente di rispondere alle domande di Helene Reichenheim. La zia rimase in silenzio, concentrata com'era sulla sua meringa. Dopo una tazza di tè, Agnes si spostò in giardino con Margarethe per mostrarle le serre, e Anna rimase sola con Helene Reichenheim. La bella signora le parlava con gentilezza, ma Anna si sentiva sotto esame, sapeva di essere giudicata. Quando Agnes e Margarethe tornarono, le sembrò che fosse trascorsa un'eternità.

Poco dopo, in carrozza, concordarono di fare una gita allo zoo la mattina successiva. Anna era felice. Il sorriso di Helene Reichenheim significava che aveva superato la prova.

Soddisfatta, si lasciò andare appoggiandosi allo schienale della carrozza che intanto attraversava il Tiergarten, finché non sentì un calpestio di zoccoli alle sue spalle. Si sporse dal finestrino e vide, in una nuvola di polvere, un giovane a cavallo che inseguiva la carrozza. In un attimo la raggiunse e fece segno al vetturino di fermarsi.

Quando la portiera fu aperta, la zia scosse la testa.

"Signor Reichenheim, ci ha spaventate! Posso presentarle Anna e Margarethe Eisner di Lipsia? Sono venute in visita con il padre."

"Certo che può," rispose il giovane con un inchino. Era alto e snello, aveva i capelli lisci castano ramato, occhi verde scuro e mento appuntito.

"Signore, non vedevo l'ora di incontrarvi, e dal momento che non porterete i vostri omaggi a mia madre prima di domani, non ho potuto fare a meno di venire a cercarvi."

Si inchinò di nuovo, prese la mano che Margarethe gli porgeva tremebonda, e la baciò.

"Arthur Prins-Reichenheim. Ad Amsterdam, la mia città natale, Prins sta per principe. Il mio però è un nome di famiglia, non appartengo all'aristocrazia, e la cosa non mi preoccupa. Ecco, ora sapete tutto di me. E lei?"

Si girò verso Anna, si inchinò per la seconda volta e anche a lei baciò la mano. Anna vide che sua sorella era ammaliata. Non toglieva gli occhi di dosso al finto principe.

"Anche noi siamo liete di conoscerla," disse Anna più compassata che poté. Di certo non voleva sembrare una ragazzina sopraffatta dall'emozione.

"Splendido!" esclamò entusiasta il principe. "Davvero splendido. Allora possiamo fare insieme una sosta allo Hofjäger e provare la limonata al lampone, che a Lipsia non viene sicuramente servita. Posso raccontarvi cos'altro offre Berlino e poi potrete decidere se continuare a fare visite noiose con vostra zia o se preferite seguire i miei suggerimenti."

Si interruppe di colpo e si rivolse a Margarethe, fissandola per un istante di troppo. "Cara signorina Margarethe, non ha idea di quanto le invidieranno i capelli, le signore qui adorano il suo colore, è il *dernier cri*, un biondo cenere, come direbbe il nostro adorato parrucchiere milanese."

Margarethe fece per rispondere qualcosa, ma sua zia si era già riavuta dalla sorpresa e disse con risolutezza che quella era già la loro meta.

"Margarethe!" disse Anna. La sorella seguiva con lo sguardo Arthur Prins-Reichenheim che si allontanava in direzione dello Hofjäger.

"Deve averci teso un'imboscata," disse la zia, "è davvero un pericolo per ogni ragazza, se la spassa con le ballerine, ha in mente solo i suoi cavalli ed è stato visto giocare d'azzardo." Ora quasi sussurrava: "Perché gioca d'azzardo! E perde tanto. Una brutta situazione. Beviamo la nostra limonata e poi torniamo a casa. Quindici minuti, non uno di più".

Margarethe sembrava non ascoltarle, con sguardo sognante seguiva la nuvola di polvere, e Anna si schiarì la voce.

"Margarethe, lascia che siamo io e la zia a parlare con lui, d'accordo?"

"Hai sentito cosa ha detto dei miei capelli? Che sono…"

"Biondo cenere," disse la zia in tono aspro, "biondo cenere, un colore di cui va matto Giulio Ferrara, il parrucchiere italiano che fa i capelli a mezza città. Non dargli retta. Ha capito subito su chi poteva fare colpo. È questo il suo grande talento, mia cara."

Il locale all'aperto, circondato da alti alberi di castagno, pullulava di gente ben vestita che cercava di accaparrarsi uno dei tavoli di ghisa verdi per prendere una limonata o un caffè. I più sembravano conoscersi, i gentiluomini si levavano il cappello, le gentildonne si scambiavano saluti, i bambini giocavano nella ghiaia, raccoglievano castagne e venivano esortati a stare attenti a non sporcarsi.

Quando Arthur Prins-Reichenheim le salutò da uno

dei tavoli più grandi, tutti si girarono a guardarlo e Anna si accorse che alcuni cominciavano a parlottare. Era impossibile non vederlo, non fosse altro che per la sua statura. Al tavolo con lui erano seduti due signori che salutarono a loro volta. Anna li riconobbe solo quando riuscirono a farsi strada tra la folla: Julius e Adolph Reichenheim.

Arthur, il braccio destro sulle spalle di Julius e il sinistro su quelle di Adolph, le stava chiamando a voce così alta che tutta la gente intorno poté sentire: "E così i miei cari cugini mi hanno privato di queste due signorine! Si lamentano delle noiose fiere di Lipsia, dei viaggi lunghi e faticosi, del troppo lavoro. E non una parola sulle bellissime allodole di Lipsia. Non vi perdonerò mai per questo! Lipsia, arriviamo!" gridò con finta indignazione, diede una pacca ai due, poi si affrettò a fare il giro del tavolo e sistemò tre sedie per Anna, Margarethe e la zia.

Julius le guardò con aria di scusa e si inchinò ad Anna.

"Signorina Anna, signorina Margarethe, che piacere rivedervi. Vi prego di scusare nostro cugino."

Ad Anna, Julius sembrò più maturo, quasi invecchiato. Gli occhi erano di un azzurro pallido, come lei li ricordava, ma i capelli chiari erano un po' diradati e rughe sottili gli solcavano il viso intorno alla bocca e sulla fronte.

Anche Adolph accennò un inchino e le baciò la mano. Doveva avere già una ventina d'anni. I suoi tratti giovanili erano gli stessi, i capelli aveva cercato probabilmente di sistemarli con la brillantina. Gli stavano appiccicati alla testa in folti ciuffi, ma la brillantina non era riuscita a domarli. Negli occhi aveva un'espressione beffarda e amichevole, e ad Anna tornò in mente il ragazzo selvaggio che a Lipsia aveva tirato pietre dalla finestra con la fionda. La zia mantenne la parola e dopo un quarto d'ora le esortò ad andare, Arthur protestò a voce alta e ci volle un'altra mezz'ora prima che la zia riuscisse a far incamminare le due nipoti verso la carrozza. Con un sospiro, si appoggiò allo schienale e guardò Margarethe e Anna.

"Che agitazione accompagnare due ragazze…"

Nel pomeriggio, il padre convocò Anna e si fece raccontare tutto.

"Abbiamo bisogno di un sarto, papà, qui diamo nell'occhio."

Suo padre la scrutò per un momento con attenzione. Poi le prese la mano.

"Fai venire il sarto, Anna, e fagli fare tutti i cambiamenti che credi. Siete due belle ragazze, e nessuno deve capire che venite da una piccola città."

Si alzò, ma sulla porta si girò di nuovo.

"Perché sai una cosa, Anna? Voi diventerete il cuore di questa società. Sarai tu a stabilire le regole del gioco, a decretare la moda, imiteranno le tue acconciature, il tuo arredamento, la tua casa, il tuo giardino, le tue carrozze. Qualunque viaggio farai, vorranno farlo anche gli altri. Tuo marito, tuo suocero, i tuoi cognati, e poi i tuoi figli e nipoti faranno la storia di questa città. Negli affari, nella politica, nella scienza e nell'arte. Il futuro appartiene a te. Non dimenticarlo mai!"

8.

I giorni volavano. Anna fece cambiare il guardaroba e mostrò alla domestica come sistemare i capelli. Quelli di Margarethe bisognò acconciarli tre volte, anche se la sorella si spazientì e alla fine non fu nemmeno soddisfatta, perché erano legati dietro in modo troppo semplice e Anna aveva vietato i boccoli.

Il giorno dopo, Anna salì per la prima volta le scale del palazzo dove abitavano Moritz e Sarah Reichenheim, e Sarah si rivolse a lei con grande naturalezza, mentre mostrava all'ospite la casa, l'ampio giardino che in realtà assomigliava più a un parco, i quadri alle pareti, e infine, davanti a un caffè servito in una bellissima porcellana bianca e oro, le parlò di Amsterdam, la sua città. Sarah Reichenheim non era più tanto giovane, ma era ancora bella. Aveva capelli neri e lucenti, la carnagione scura. Il suo guardaroba era più elaborato di quello di Helene Reichenheim, i colori più vivaci. Anche lei si presentò con elegante sicurezza e mostrò senza arroganza le cose che riteneva valesse la pena guardare. Il grande ritratto di famiglia non era fra queste, passarono oltre, ma Anna continuava a guardarlo e vide che gli occhi di Margarethe indugiavano sulla figura di Arthur in piedi tra i suoi genitori adottivi, era ancora un ragazzo, ma aveva lineamenti già ben riconoscibili, e così il suo fascino, anche in un dipinto a olio che intrappolava la persona ritratta nel tempo e nello spazio.

Sarah le accompagnò anche nelle serre e mostrò loro le orchidee che il marito aveva portato dall'Inghilterra e che coltivava, bianche e screziate di rosa, viola, grandi e piccole. Anna rimase incantata dalla bellezza dei fiori, ma cercò di non far trapelare la sua emozione. Poi, di punto in bianco, apparve Arthur, e Anna, lanciando a Margarethe un'occhiataccia, decise di salutarlo nel modo più sbrigativo possibile. Per quanto Sarah Reichenheim si fosse mostrata amichevole invitandole a fermarsi più a lungo, Anna era stata irremovibile nel dire che per questa volta era impossibile accettare l'invito: troppi impegni, il tempo che avrebbero trascorso a Berlino era sfortunatamente troppo breve. Colse lo sguardo arrabbiato di Margarethe, che però fu subito distolta da Arthur il quale, dopo aver protestato e averla rimproverata in tono scherzoso, l'aveva presa sottobraccio e con un pretesto l'aveva condotta in giardino.

"Arthur è così fin da bambino, tutti i cuori volano ai suoi piedi. Ha un fascino che seduce lui per primo, è un vero narcisista. Il che non sempre aiuta a costruire il carattere. Quanto vorrei che si sposasse presto," disse Sarah Reichenheim con un sospiro, e Anna non seppe cosa rispondere. Si guardò angosciata le punte delle scarpe che affondavano nel prato tagliato con cura, e poi chiamò la sorella che rideva gettando indietro la testa per qualcosa che aveva detto Arthur.

La decisione di congedarsi suscitò in Margarethe un'evidente irritazione, il che mise Anna in imbarazzo, e durante il viaggio di ritorno le sorelle non si rivolsero la parola.

La sera prima aveva già notato che Margarethe probabilmente era ormai preda di quello che nei romanzi si chiamava innamoramento. Quando le aveva chiesto spiegazioni, Margarethe si era chiusa in un silenzio ostinato fingendo di essere stanca, ma Anna, che era sveglia quanto lei, conosceva il respiro regolare della sorella quando dormiva, e passò molto tempo prima che sentisse quel suono familiare.

Il giorno dopo visitarono lo zoo e ammirarono la casa delle antilopi, che era stata completata solo a metà.

L'edificio ricordava un castello orientale. Le case per gli animali erano spesso più grandi delle case popolari di certi quartieri; avevano visto case strette e affollate, ingressi bui, bambini emaciati che giocavano in strada.

Avrebbe potuto girovagare per ore in quello zoo enorme, ma il programma prevedeva subito dopo la visita al Museo Reale, nel Lustgarten. Agnes, che le aveva accompagnate allo zoo, insisté affinché arrivassero in tempo, perché Georg, il fratello maggiore, aveva accettato di mostrare loro i dipinti dei maestri italiani. La zia aveva detto che Georg, in quanto figlio maggiore di Leonor Reichenheim, aveva lavorato nell'azienda del padre, ma coltivava una serie di altri interessi.

"Julius e Georg, i due cugini, saranno loro a portare avanti l'attività. Arthur, con i suoi cavalli da corsa, è un buono a nulla," aveva detto sbuffando in modo sprezzante, e Margarethe aveva difeso Arthur dicendo che era più giovane, aveva appena vent'anni, senza più genitori, aveva anche una varietà di interessi e non voleva lasciarsi legare all'azienda, ai tessuti, ai numeri e ai telai.

Anna stava per ribattere qualcosa, ma l'arrivo al Museo Reale la fece ammutolire: c'era un che di maestoso nell'enorme piazza con il castello da un lato, e dall'altro il museo che ricordava un tempio greco. Ci si sentiva minuscoli, pensò Anna. Ecco la capitale di un grande impero, la città dove risiedeva l'imperatore.

Georg, un giovane alto e biondo con la faccia seria, le salutò con fare amichevole e le condusse subito nel museo, come se avesse da svolgere un compito importante per il quale c'era poco tempo. Di quel museo Georg e Agnes conoscevano ogni angolo, avevano familiarità con ogni dipinto, ogni dettaglio, ogni particolarità.

Un'ora dopo, ad Anna girava la testa: Filippo e Filippino Lippi, fra Beato Angelico, Sandro Botticelli, Caravaggio, i nomi avevano un suono morbido e un esotismo seducente. Passando davanti ai fiamminghi e ai francesi, con la coda dell'occhio aveva intravisto delle nature morte che avrebbe voluto osservare più da vicino, ma Georg non vi prestò attenzione, mostrò le più svariate Madonne con bambini sulle ginocchia, bambini paffuti che allungavano i braccini rotondi verso la mamma, Madonne che tenevano in mano un giglio e lo sguardo puntato sul bambino che avevano in braccio o sull'osservatore, bambini con le fattezze di piccoli adulti, un procuratore di Venezia, una Giuditta, un santo trafitto da frecce, con un colore di capelli e una carnagione che le ricordavano Arthur. Anche le sopracciglia scure e arcuate e le palpebre pesanti erano quelle di Arthur, solo che il naso del santo era più lungo e più curvo, il viso nell'insieme più delicato e affilato. Teneva la testa reclinata e la guardava con occhi pieni di sofferenza e insieme di arroganza.

Georg sottolineò la prospettiva, la luce, l'inclinazione della testa, il modo in cui le Madonne guardavano i loro bambini, la delicatezza dei loro veli, gli azzurri particolari dei pittori rinascimentali. Lei ascoltava e annuiva, neanche la zia diceva nulla, solo Agnes aggiungeva qualcosa di tanto in tanto, indicando un fiore o un cagnolino sullo sfondo, oppure il volto di una Madonna modellato sulla committente del dipinto.

A loro mancavano i rudimenti, si rese conto Anna. Lei e Margarethe, che contemplavano quei quadri estasiate e seguivano quasi con riluttanza Georg quando andava avanti troppo spedito, avevano bisogno di sapere molto di più sulla pittura italiana e di quei paesaggi fiamminghi su cui Georg, durante la visita, non voleva soffermarsi: "Per non parlare delle nature morte, per quelle ci vuole una giornata intera".

Frastornate, lasciarono il museo due ore dopo, e l'espressione di Georg era un po' meno seria.

"Siete sensibili all'arte e questo è bello. Non tutti sono ricettivi, e chi non lo è si perde molto della vita." Riprese il suo sguardo severo e senza troppi convenevoli si congedò.

Agnes rise di suo fratello e raccontò che era sempre di corsa e incalzava tutti, "ma io gli voglio un bene dell'anima, è l'unico che mi è rimasto dopo che gli altri si sono sposati così in fretta".

Quei giorni volarono, e al ritorno Anna tentò di raccontare alla madre ogni incontro che aveva fatto e ogni cosa che aveva visto. Dei figli di Reichenheim, di Arthur, di Georg e Agnes, di Julius e anche di Adolph.

Era tutto impresso nella sua memoria, le strade e le piazze, i giardini e i saloni, gli animali e i dipinti, le persone, le loro facce, i vestiti, i gesti. E soprattutto le parole del padre. Il suo posto era a Berlino, era quello il suo futuro. Questo però non lo disse alla madre, che le chiese con ansia se a lei o a Margarethe fosse piaciuto qualcuno di quei giovanotti. L'abbracciò forte e scosse la testa con decisione. Margarethe le aveva proibito di parlare di Arthur, che le aveva inviato un biglietto di saluti. La sorella l'aveva nascosto e Anna era contenta che il padre non l'avesse scoperto. Dovette insistere molto perché Margarethe le confessasse che Arthur le aveva scritto di essere rimasto impressionato dalla sua bellezza, e che non riusciva a credere che lei già partisse per Lipsia. L'aveva implorata di tornare presto a Berlino.

"Avrebbe dovuto chiedere a papà se poteva scriverti," la rimproverò Anna. "E poi tu sei troppo giovane per ricevere questi biglietti! Non devi farne parola con nessuno!"

A Natale, arrivò una cartolina di Agnes che mandava i saluti anche da parte dei genitori e del fratello Georg. Julius e Adolph fecero a loro volta recapitare un biglietto annunciando che sarebbero venuti a Lipsia per la fiera, e Sarah Reichenheim inviò dei fazzoletti di batista ricamati.

Margarethe aspettava ogni giorno un messaggio di Arthur. Che non arrivò mai.

Arthur non venne a Lipsia nemmeno per la fiera successiva. Quella sera Anna sentì Margarethe singhiozzare nel letto. La piccola Marie si coricò stretta stretta accanto a lei senza dire una parola. Una volta Anna cercò di parlarne con Margarethe, ma lei la guardò male.

"Hai fatto tutto il possibile per impedirci di passare del tempo insieme. Non ha nemmeno avuto la possibilità di conoscermi!"

"Se avesse avuto un tale interesse per te, avrebbe potuto scriverti, sarebbe venuto qui, Margarethe…"

"Lasciami in pace!"

Arthur non venne alla messa di Pasqua né a quella di San Michele. Margarethe aveva smesso di chiedere, ma Anna si rese conto che ogni volta lo aspettava, ogni volta contava sul fatto che sarebbe venuto anche lui, non solo Julius e Adolph e adesso ogni tanto il loro cugino Georg, dato che per Louis Reichenheim il viaggio a Lipsia stava ormai diventando troppo gravoso.

Quando suo padre mantenne la promessa di andare a Berlino più spesso e partirono tutti insieme, stavolta anche con la madre – era intorno a Capodanno, faceva un freddo cane e la neve fine ricopriva i tetti come zucchero a velo – nemmeno durante la loro visita a Sarah Reichenheim videro Arthur.

"Sono felice che Arthur si sia finalmente fidanzato. È andato a Vienna con mio marito per incontrare la futura sposa, e il matrimonio si celebrerà dopo Capodanno. Non vedo l'ora che porti qui Josephine, è una donna semplicemente meravigliosa. Sa conversare, è bella, piena di fascino e di umorismo, colta, versatile. Verranno a vivere qui a pochi passi, e con questa donna al suo fianco Arthur farà in fretta a dimenticare il gioco d'azzardo e i cavalli, di questo sono sicura."

Margarethe impallidì e Anna trovò subito una scusa per congedarsi.

Margarethe trascorse i restanti giorni del suo soggiorno a Berlino a letto, e sua madre rimase con lei.

Così Anna andò a pattinare da sola con Adolph, Agnes e il fratello Georg sul Neuer See, nel Tiergarten. L'aria era limpida e fredda, il ghiaccio scricchiolava sotto le lame dei pattini, e fecero un giro dopo l'altro finché Agnes non ebbe più fiato e si fermò.

"Venite, andiamo a bere una cioccolata calda!" disse.

Anna lasciò il ghiaccio controvoglia. Mentre si chinava per slacciare i pattini, una palla di neve la colpì. Adolph rise felice, poi le offrì il braccio e insieme seguirono Agnes e Georg.

Qualche giorno dopo tornarono a Lipsia, e al mattino Agnes e Adolph vennero a congedarsi dallo zio Seelig. Rimasero sulla strada a salutare la carrozza che intanto partiva, e Anna ricambiò il saluto finché i due non divennero sagome indistinte.

9.

Anna trascorse quegli anni vivendo già nel futuro che suo padre le aveva promesso. Lipsia le sembrava piccola, le vie anguste, il rumore proveniente dalle tipografie snervante. Anche i divertimenti della fiera la interessavano meno, sentiva di non essere più una ragazzina, di doversi preparare per qualcosa di più grande, di più importante.

Continuava a seguire il padre quando le proponeva una gita nella campagna di Rosental nei fine settimana d'estate, e le piaceva fare un picnic o giocare a volano con Marie. Quando suo nonno arrivò da Gleiwitz, lei reagì con la stessa rabbia di suo padre, non appena il vecchio si lasciò andare al suo consueto yiddish. Più di una volta la madre l'accusò di essere spocchiosa, mentre suo padre la difendeva, dicendo che Anna aveva ragione a non aggrapparsi al passato e a credere piuttosto nelle possibilità che le offriva il futuro.

Gli affari di suo padre andavano a gonfie vele e Anna sapeva che questo migliorava anche la sua posizione. Ora aveva quasi vent'anni e presto si sarebbe sposata, anche se gli occhi della madre si inumidivano quando il padre ne parlava. A Berlino, nel frattempo, non solo incontravano i Reichenheim, ma erano ricevuti dai Berend, dagli Arndt, dai Präger, dai Liebermann e dagli Oppenheim.

E sebbene Margarethe non perdesse occasione per parlar male di lei, Anna aveva stretto amicizia con Josephine, la moglie di Arthur, che sapeva conversare bene ed era divertente, proprio come l'aveva descritta Sarah Reichenheim. Anna amava l'accento viennese e ammirava la facilità con cui Josephine accettava le scappatelle di Arthur che, come si mormorava, non si era affatto allontanato dai suoi cavalli da corsa né dalle ballerine.

Da due anni, di tanto in tanto Adolph le scriveva. Quando partiva per andare in qualche sanatorio in Svizzera o nel Sud della Germania – cosa che accadeva ancora di frequente – inviava cartoline con vedute di montagne o case con le imposte alle finestre decorate di fiori, e a volte, per farle gli auguri di compleanno, un telegramma.

Alla festa per il matrimonio di sua cugina Toni con Carl Theodor Liebermann, un uomo con i baffi, la fronte alta e lo sguardo severo, Adolph aveva ballato tutti i balli con Anna, e alla fine aveva domandato se poteva chiedere a suo padre il permesso di intrattenere con lei una corrispondenza. Lei ne era stata felicissima, gli aveva sussurrato un sì all'orecchio e aveva raggiunto le amiche. Più tardi c'era stata una grande cena, si beveva Riesling e champagne. Adolph sedeva di fronte a lei e continuava a guardarla e a sollevare il bicchiere nella sua direzione. Anna vide che Margarethe la teneva d'occhio e in seguito sentì un commento sprezzante di una delle figlie Liebermann sulla capigliatura ribelle di Adolph.

Decise di non arrabbiarsi. Indossava un abito di taffetà di un giallo delicato che le metteva in risalto i capelli scuri, e si era accorta che tutti si erano girati a guardarla quando era entrata e poi l'avevano osservata mentre ballava la polka con Adolph.

Quella polka e il fruscio del suo vestito durante il ballo le tornavano in mente ogni volta che arrivava un biglietto o una lettera in cui Adolph le scriveva cosa stava facendo e che pensava a lei.

A darle una gioia particolare fu la lettera arrivata dopo che Georg, il cugino di lui, aveva chiesto la mano di Margarethe, cosa che aveva ferito Anna perché lei era la maggiore e quindi avrebbe dovuto fidanzarsi per prima. Georg, l'intenditore d'arte che a ogni loro visita le aveva accompagnate nei musei guardando di continuo il suo orologio da tasca. Georg, il figlio maggiore di Leonor Reichenheim, come Julius ormai avanti con gli anni, del quale tutti pensavano che sarebbe rimasto scapolo.

Suo padre andava a Berlino da solo sempre più spesso, ritirandosi per lunghi colloqui con il suo partner in affari Marcus Callmann. L'atmosfera in casa era tesa e Margarethe, con aria altezzosa e di sufficienza, non parlava che dell'imminente matrimonio. Anna ormai si aspettava che Adolph, da una settimana all'altra, le facesse una proposta; era più di un anno che le scriveva e le lettere arrivavano sempre più spesso. Era un po' più giovane di Georg, ma intanto aveva pur sempre compiuto venticinque anni.

Poi, una sera di gennaio, suo padre la convocò. Adolph aveva finalmente chiesto la sua mano. Si sarebbero sposate entrambe, lei e Margarethe, già in aprile, e poi si sarebbero trasferiti a Berlino. Tutti. Lui avrebbe continuato a gestire gli affari da lì trapiantandovi la sua parte di azienda. Lipsia apparteneva al passato.

"Anna, vuoi sposare Adolph? Insieme formate una bella coppia, ma è cagionevole di salute e dovrai prendertene cura. Tu sai di avere aperte davanti a te tutte le possibilità, a Berlino non mancherebbero i pretendenti…"

Anna non esitò un attimo, pensò al ragazzo che Adolph era stato, alla polka, alle sue lettere. Guardò il padre e gli gettò le braccia al collo. I suoi capelli erano ormai grigio argento, ma si vestiva con l'eleganza di sempre, e anche adesso stava attento che Anna non gli sgualcisse la giacca.

"Calma, piccola mia," disse con tenerezza. "Andremo tutti a Berlino. Ti ricordi cosa ti ho detto?"

"Sì, papà."

10.

Quando Anna vide il vestito di seta bianca che le lasciava le braccia e le spalle scoperte, rabbrividì.

La stanza era calda, dall'esterno il bagliore del lampione invadeva la penombra del tardo pomeriggio, inondando tutto di una luce fresca. Fece un passo indietro e si sedette sul bordo del divano rosso scuro.

Il giorno prima, Karl Gussow aveva fatto consegnare il quadro, un grande dipinto a olio, che stavano aspettando da settimane. Anna guardò fuori dalla finestra, il cielo era grigio, le nuvole una cortina bassa che sembrava premere verso il suolo. Ricordò i pomeriggi in cui Gussow era venuto a casa per ritrarla. Prima schizzi infiniti in tutte le pose immaginabili, minuti che diventavano ore in cui lei doveva sedere ferma, nessun movimento, la testa, per favore, dritta. All'inizio fremeva d'impazienza, non vedeva l'ora di scoprire il quadro, di scoprirsi come l'aveva dipinta quell'uomo. E ora che il quadro finalmente era lì, la curiosità era svanita, Anna si era lasciata assalire dalla timidezza e aveva rimandato il momento in cui avrebbe incontrato se stessa nell'immagine sulla tela. Adesso era sola in casa. Julius era in ufficio, la bambinaia e la balia erano andate in giardino con Gertrud e Heinrich: Anna badava sempre che ogni giorno i bambini trascorressero abbastanza tempo all'aria aperta. Aveva esitato prima di togliere il panno che copriva il quadro.

Il suo sguardo ora si soffermava sulla tournure che le gonfiava l'abito sul dietro: forse era stato un errore lasciarsi ritrarre in quella foggia. Entro un anno o due poteva non essere più in voga e tutto il ritratto sarebbe apparso démodé. Poi il suo sguardo salì più in alto, sui lineamenti da ragazza, i capelli scuri, divisi da una riga e appuntati semplicemente sulla nuca. Le orecchie erano piccole e un po' oblique, proprio come quelle di Gertrud e Heinrich. Il viso era il suo, lo riconosceva eppure le sembrava strano.

Chiuse gli occhi per un istante, di nuovo quella vertigine. Ormai familiare, e pur sempre spaventosa. In realtà non era una vertigine, ma la sensazione che la terra cedesse, come liquefatta, e lei vi sprofondasse.

Dal matrimonio con Julius questi attacchi, come li chiamava lei, erano diventati meno frequenti. Non ne aveva parlato con nessuno, non erano affari di nessuno, neanche della sua amica Josephine, né della sorella Margarethe e tanto meno di Marie, con cui forse avrebbe anche potuto confidarsi, se non si fosse sposata a Lipsia e non fosse stata così lontana.

Nel frattempo, le capitava raramente di pensare a Lipsia, al passato, solo di notte i sogni tornavano, e con loro gli ultimi anni. Di tanto in tanto anche i giorni della sua infanzia: quante volte lei e Margarethe avevano giocato a famiglia, padre, madre, bambini, con le bambole. Avevano cucito abitini per le bambole e pensato a menu serviti nei piattini delle bambole. In seguito avevano parlato e sognato una vita simile, in attesa che avesse inizio.

Le cose erano andate diversamente. Gli ultimi tre anni erano stati troppo brevi tra funerali, matrimoni e nascite, e

Anna aprì gli occhi con cautela per vedere se la ragazza del quadro sorridesse ancora, lo sguardo ancora rivolto all'insù.

La vertigine era passata, la terra sotto di lei sembrava di nuovo solida. Anna odiava quella sensazione, ricordava come l'avesse provata quasi ogni giorno in quegli anni che si era lasciata alle spalle. Era irritata dal fatto che fosse comparsa di nuovo, senza motivo, mentre guardava il quadro che tutti stavano aspettando.

La prima volta l'aveva provata al funerale di sua madre, solo in forma molto lieve però, e non era riuscita a identificarla. Anna non si aspettava che la madre morisse, ma poche settimane prima del suo matrimonio con Adolph e di quello di Margarethe con Georg, un telegramma da Karlsbad, poche parole appena, informò che la madre era morta durante il soggiorno di cura. I matrimoni di Margarethe e Anna furono posticipati di qualche mese e celebrati in modo meno sfarzoso di quanto originariamente previsto. C'era una quantità infinita di cose da fare, e le giornate erano sempre troppo corte: i fiori, il menu, la lista degli invitati, la disposizione dei posti a tavola, l'arredamento dei nuovi appartamenti – per lei in Alsenstraße e per Margarethe in Victoriastraße, non lontani l'uno dall'altro, ma nemmeno vicinissimi – i mobili scuri, pesanti, i tappeti orientali, le montagne di biancheria, le posate, i cristalli e le porcellane, i tessuti e le tende.

Per quanto si sforzasse, Anna riusciva a malapena a ricordare la giornata di aprile di cinque anni prima, quando si era svolto il doppio matrimonio, nessun dettaglio, il baldacchino nuziale o il suo vestito, il rabbino e la festa fra pochi intimi. Ricordava solo i fiori che aveva tenuto in mano, un esotico bouquet di orchidee bianche dal profumo inebriante.

E ricordava lo sguardo timido di Adolph quando si era trovato davanti a lei sotto il baldacchino nuziale. La vita che sognava da tanto tempo iniziava in quell'istante. Quel giorno, questa consapevolezza l'aveva attraversata come una scossa.

Allora tutto era nuovo ed elettrizzante. Berlino, una città straniera, era molto più grande di Lipsia. La gente sembrava andare sempre di fretta, le cameriere e la cuoca avevano un tono impertinente che Anna non aveva mai sentito a casa sua e che Josephine, la moglie di Arthur, alla fine le spiegò essere tipico dei berlinesi. Josephine si era accorta dell'insicurezza di Anna e l'aveva aiutata, scacciava le difficoltà con una risata, alla maniera viennese, e le dava la sensazione che ogni cosa fosse al suo posto.

Adolph, che anche da sposato sembrava un ragazzino e raramente andava a lavorare perché spesso doveva sottoporsi alle cure termali oppure gli veniva prescritto dal medico il riposo a letto, ammirava Arthur quanto Anna ammirava Josephine, e trascorrevano insieme molto tempo. Lo stile di vita della coppia, la loro sicurezza da persone di mondo colpirono Anna, che fu fin troppo felice di farsi contagiare dal loro amore per la vita, dai loro interessi, le corse dei cavalli, il teatro, il balletto. Anna imparò a cavalcare. Non dimenticò mai la prima volta, fu con una tranquilla cavalla dal manto bruno della scuderia di Arthur: quando le era montata in groppa le era sembrata enorme. Poi la sensazione di libertà, la gioia di stare su quel cavallo, e subito la certezza di poterlo governare e cavalcare attraverso il Tiergarten, dove tutti si giravano a guardarla.

Poi Anna era rimasta incinta e aveva pensato spesso alle allusioni di sua madre: era quello che succedeva in ogni matrimonio, poi ci si faceva l'abitudine, i bambini erano una benedizione e non bisognava aver paura, nella capitale c'era il fior fiore dei medici.

Margarethe era rimasta incinta quasi contemporaneamente, sua figlia era nata tre giorni prima della figlia di

Anna, Gertrud. Era avvenuto in primavera, gli alberi stavano cominciando a mettere su le gemme, il cielo era di un azzurro timido e le giornate si stavano allungando.

Adolph era innamorato della bambina, minuscola con un viso rosso che sembrava rincagnato. Era rimasto seduto accanto alla culla per ore, e al primo accenno di pianto l'aveva cullata finché l'infermiera non l'aveva allontanato perché la piccola aveva fame.

I primi giorni dopo il parto, Anna era stata come in trance. Non si aspettava i dolori del parto e Josephine, che non aveva figli, non aveva potuto metterla in guardia. Quel fagotto urlante con il grugno di un nano arrabbiato che le avevano messo tra le braccia le era estraneo, in più era tormentata dai seni dolenti, gonfi di latte. Più volte veniva disturbata dalla balia che entrava in camera da letto per allattare la bambina, quell'essere urlante che non aveva nulla di umano nella sua disperata avidità.

Le ci volle un po' di tempo per tornare a essere Anna Reichenheim, moglie di Adolph Reichenheim e madre di una figlia con la quale ben presto fecero le prime passeggiate, e che Adolph mostrava con orgoglio all'infinito flusso di parenti che venivano ad Alsenstraße carichi di regali.

Presto i dolori del parto non furono più che un ricordo sfocato, e nel piccolo viso di Gertrud Anna riconobbe i tratti di Adolph e quelli di suo padre.

Quando Anna iniziò ad abituarsi alla nuova vita e non ebbe più difficoltà a dare istruzioni alla balia, alla cuoca, alle cameriere, quando pensò a possibili ricevimenti in estate e compilò liste di inviti, ordinò una nuova carrozzina a Parigi e il suo corsetto tornò a stringersi consentendole di indossare i suoi abiti preferiti, era tutto finito, e a ogni passo la terra cedeva.

Vedova con figlia piccola. Il marito perso per un colpo del destino. Adolph, il suo sposo, il ragazzo con la chioma ribelle. No, non fu un colpo del destino, ma un colpo apoplettico, forse nulla di sorprendente, perché i figli di Louis Reichenheim erano tutti deboli di costituzione. Al mattino lei si era svegliata e lui no. Lui stava disteso accanto a lei, immobile, e lei ci mise un po' a capire che non si sarebbe svegliato mai più e che durante la notte, mentre lei dormiva, il suo cuore si era fermato. Ecco tutto.

Quando se ne rese conto, restò distesa a letto e non si mosse. Se fosse rimasta immobile, se si fosse resa invisibile, allora non sarebbe stato vero, allora non avrebbe dovuto alzarsi e cercare aiuto, allora si sarebbe riaddormentata e risvegliata e la vita avrebbe continuato a essere come fino al giorno prima: Adolph che non andava in ufficio perché preferiva tenere Gertrud tra le braccia, la cuoca che chiedeva se si aspettavano visite e se era necessario un consommé, il sarto che portava gli abiti modificati, tutti i piccoli e grandi obblighi che lei aveva lentamente fatto suoi. Fissò la carta da parati blu scuro della camera da letto, finché una delle cameriere non entrò nella stanza e iniziò a urlare.

Di quello che accadde dopo ricordava poco, solo il funerale al cimitero di Schönhauser Allee, un giorno di giugno in cui faceva troppo caldo per la stagione e lei era morta di freddo sotto i tigli, i faggi e i possenti aceri che formavano un tetto spesso di foglie. Gli alberi le sembravano una tomba e il fruscio delle loro chiome verde scuro nel vento estivo la fece trasalire più volte. Julius la sostenne al cimitero, davanti alla fossa vicino al muro in mattoni rosso ruggine. Fu Julius a occuparsi di tutto, ad annunciare la morte del fratello minore e a organizzare il funerale. Il padre di Anna, nel frattempo, si era trasferito a Berlino; dopo la morte della moglie nulla lo tratteneva a Lipsia, e lui trasferì l'attività nella capitale.

Anna percepiva tutto come attraverso un velo, passava molto tempo sdraiata a letto o sulla chaise longue. Si accorgeva dell'attenzione con cui la trattavano, adesso era una vedova ricca con una figlia, poteva decidere della sua vita. Non più una ragazza, ma una donna capace di prendere le sue decisioni.

Ma il terreno era come sabbie mobili, non solo al cimitero di Schönhauser Allee, dove il cuculo aveva cantato quando avevano calato suo marito nella fossa e lei aveva posato delle pietre sulla sua tomba, ma anche durante il giro interminabile di parenti che facevano le condoglianze. Erano gli stessi parenti che si erano congratulati per la nascita di Gertrud tre mesi prima e che ora le stavano davanti con facce tristi, preoccupate o confuse.

Spesso Julius la scrutava come se cercasse di scoprire se poteva esaudire qualche suo desiderio. Lei non ci faceva troppo caso perché era sovrappensiero, odiava l'incertezza, non sapere cosa sarebbe accaduto dopo. Non sapere chi era. Poco più che ventenne, vedova e madre di una figlia piccola.

Margarethe non era a Berlino, aveva lasciato la bambina alle cure della balia ed era partita per l'Italia con Georg. Ogni settimana arrivavano delle lettere sue, e tra le righe di conforto Anna leggeva una segreta soddisfazione per il fatto che ora si trovava in una situazione diversa.

"Tu apparterrai per sempre a questa famiglia, una delle più importanti della città e con braccia abbastanza grandi da accogliere tutti i suoi membri." Anna era seduta alla finestra, la lettera sulle ginocchia, quando il campanello suonò e suo padre entrò nella stanza.

Due mesi dopo il funerale – era una calda giornata di mezza estate, con qualche nuvola in cielo che annunciava un temporale – Josephine la convinse a fare una passeggiata a cavallo. Aveva bisogno di svagarsi, era pallida, sembrava quasi un fantasma. Attraversarono il Tiergarten e poi andarono in un caffè, contro la volontà di Anna che, in quanto vedova in lutto, non lo riteneva appropriato. Ma il "Figurati..." di Josephine non tollerava obiezioni.

"Sei libera," disse Josephine. "Sei un buon partito, puoi risposarti oppure no. E decidi per te stessa, non sei una vecchia zitella se non ne hai più voglia, hai avuto un marito, hai una bambina. Cos'altro vuoi, Anna."

Anna guardò Josephine in silenzio. Di nuovo sentì mancare la terra sotto i piedi e afferrò il bicchiere d'acqua. Fuori, il vento si alzava e scuoteva i rami del ciliegio giapponese, di cui a maggio aveva ammirato la pioggia di fiori rosa insieme a Adolph.

Quando lei e Adolph erano entrati sotto il baldacchino nuziale, tutto era stato studiato e prestabilito. Ecco come doveva essere, la sua vita doveva trascorrere così. Capiva cosa voleva dirle Josephine, lei pensava ai salotti di certe signore colte, ai loro carteggi con uomini famosi, alla vita libera che lì era possibile fare se si era indipendenti. Com'era lei adesso. Lei non doveva rendere conto a nessuno.

Anna ripensò a quanto, da ragazza, aveva insistito con suo padre perché la portasse in azienda, fra i tessuti. Com'erano al tatto le grandi balle di stoffa, com'era l'odore di quei locali dai soffitti alti, com'era il fruscio della carta dei libri contabili. Si era comportata in modo puerile, e suo padre aveva avuto ragione a non portarla con sé. Una volta le aveva promesso una vita fantastica a Berlino. La vita dei Reichenheim, la vita al fianco di un figlio di Louis Reichenheim, il maggiore dei fratelli Reichenheim, il capostipite. Era questa la vita che voleva condurre, nessun'altra.

Quando Julius Reichenheim, qualche settimana dopo, le chiese se voleva diventare sua moglie, lei rispose di sì senza esitare.

Il matrimonio fu celebrato fra pochi intimi. Anna era felice di poter entrare per la seconda volta, quasi inosservata, sotto il baldacchino nuziale con un uomo che, per quanto ricordasse, era sempre stato un adulto e le aveva portato, da bambina, la bambola che parlava e camminava e che sua madre aveva chiuso nell'armadio e tirava fuori solo in occasioni speciali. Durante la cerimonia nuziale si ricordò di quella bambola e pensò che a Gertrud sarebbe piaciuta. Guardò con curiosità gli occhi azzurri del marito, che le erano familiari e nei quali leggeva un futuro che non riservava sorprese.

Perché non si era sposato e lo faceva adesso? Di questo non parlarono mai, anche se tra loro si creò un'intimità molto più in fretta che tra lei e Adolph.

Julius, ovviamente, incaricò Kayser e Großheim, gli architetti che avevano appena costruito il municipio di Amburgo, di progettare una villa in Rauchstraße, nel quartiere di Tiergarten, dove sarebbero andati ad abitare.

Anna visionò tutti i progetti e i disegni insieme a Julius, vennero architetti e arredatori, un signore dell'azienda Adler costruì la cucina per le esigenze quotidiane di quindici persone e quelle straordinarie di quaranta, due forni, una cucina economica, un girarrosto e due lavelli di marmo.

Julius era irriconoscibile, viveva sommerso da progetti, ordini e decisioni da prendere quotidianamente. Ogni giorno andava in Rauchstraße e la sera riferiva ad Anna i progressi del cantiere.

Presto Anna rimase di nuovo incinta e le settimane e i mesi volarono. Adesso non stavano aspettando solo di trasferirsi nella nuova casa, ma anche il bambino, il piccolo che Julius desiderava tanto e che nacque nell'autunno del 1879.

Nella stanza, intanto, si era fatto buio e Anna si ricordò che non c'era più bisogno di aspettare la cameriera con il lume: poteva semplicemente accendere la lampadina. Lentamente si alzò, andò all'interruttore, lo girò e tornò davanti al ritratto che improvvisamente fu inondato da una luce fin troppo intensa.

Quella nel quadro era lei, Anna Reichenheim, sposata con Julius Reichenheim, madre di una figlia e di un figlio.

Quella che aveva seppellito prima suo marito, poi il suo bambino.

Si era alzata e si era avvicinata al dipinto. All'improvviso la donna ritratta le sembrò avere gli occhi sbarrati, come quelli di una morta. Tutti parlavano bene di Karl Gussow, ma in realtà era solo caro e pieno di boria. Un bellimbusto che dipingeva morti.

Si spaventò quando Julius le posò una mano sulla spalla. Non l'aveva sentito entrare. La mano era fredda, la sua guancia anche, doveva essere appena tornato a casa.

"Mia moglie è bellissima," disse abbracciandola. Anna vide i suoi occhi contornati da un sottile reticolo di rughe. Erano rughe di espressione, che dagli angoli delle palpebre disegnavano un arco su fino alle tempie.

Julius le diede un bacio, poi si sfilò il cappotto di lana pesante, mentre la porta si apriva e la bambinaia entrava nella stanza con Gertrud.

"Cara figlia mia, vieni qui, tesoro, guarda quant'è bella la tua mamma!"

Julius prese per mano la bambina che aveva timidamente varcato la soglia e la condusse davanti al quadro.

"La mamma sembra una principessa," disse dolcemente, scostandole dal viso i riccioli scuri che erano sfuggiti dalla treccia.

"Come Biancaneve nel mio libro di fiabe," osservò la bambina pensierosa, guardando Anna.

Julius la tirò su e la fece vorticare.

"Allora io sono il principe che ha sposato Biancaneve, adesso sono il re e la mamma è la regina e tu la principessa!"

Anna li seguì con lo sguardo mentre correvano fuori dalla stanza.

Quella notte dormì male. Due volte si alzò e andò nelle camere dei bambini, accarezzò i capelli di Gertrud e si chinò sul lettino di Heinrich. Poi si coricò accanto a Julius che dormiva profondamente, sdraiato su un fianco, calmo e misurato di notte come di giorno; non russava, non si rigirava, si infilava nel letto, incrociava le braccia e si addormentava.

Anna, invece, non fece che girarsi e rigirarsi: sognava il dipinto. Di fronte c'era qualcuno, era Adolph, ma lei non poteva vederlo in faccia perché era voltato di spalle. Gertrud stava seduta per terra accanto a lui, canticchiava una canzone e giocava con una bambola. Poi Anna vide che non era una bambola, ma un neonato, il bambino che aveva vissuto solo pochi mesi.

Quando quella mattina di febbraio, tre mesi dopo la nascita del figlio che Julius aveva tanto desiderato, sentì le grida della balia, capì subito cosa era successo. Si era messa a sedere alla sua toeletta e aveva guardato l'immagine nello specchio, i capelli scuri che ricadevano sulla vestaglia di seta verde chiaro. Si sentiva pesante, e aveva dovuto fare uno sforzo per alzarsi e muovere quei pochi passi fino alla stanza dov'era il piccolo che avevano chiamato Adolph in memoria. Teneva gli occhi chiusi, le manine strette a pugno a destra e a sinistra della testa. Era tranquillo, molto tranquillo, e Anna si era chinata su di lui. La guancia del bambino contro la sua era fredda. Poi la terra sotto di lei aveva ceduto.

A quel punto Anna si alzò di scatto, si raddrizzò e si guardò intorno. Julius, c'era Julius. Era sdraiato nella stessa identica posizione in cui si era addormentato. Stava congelando, ma la camicia da notte le si appiccicava addosso. Doveva cambiarsi e lentamente, in silenzio, si alzò, andò alla porta ed entrò in lavanderia. Non riusciva a liberarsi del sogno, aveva chiara davanti agli occhi l'immagine di Gertrud seduta per terra che giocava con il bambino. Di nuovo un funerale, una bara troppo piccola, un'altra lapide con il nome di Adolph Reichenheim nella stessa tomba di suo zio nel cimitero di Schönhauser Allee, e Julius che le voltava le spalle e si allontanava perché gli salivano le lacrime agli occhi.

Dopo la morte del piccolo Adolph, Anna non era più interessata alla villa di Rauchstraße. Julius continuava a chiedere la sua opinione, a mostrarle progetti e disegni, ma lei non riusciva a concentrarsi, era sempre stanca e ascoltava appena. Poi uno dei muratori precipitò giù dall'impalcatura e morì per le conseguenze della caduta. Gimpel, così si chiamava l'uomo che era precipitato da un'altezza di tredici metri mentre tirava su con l'argano delle pietre arenarie, perché l'impalcatura aveva ceduto sotto il peso dell'argano e delle pietre. Julius cercò di nascondere l'incidente ad Anna, ma lei venne a saperlo comunque, il fatto fece scalpore, l'uomo lasciava una moglie e tre bambini piccoli.

"Non mi trasferisco," disse Anna con un filo di voce a Julius una mattina. Erano seduti a colazione e lei sapeva che Julius aveva fretta. "Cosa?"

"Non mi trasferisco, non mi trasferisco nella casa dei morti."

Julius si alzò da tavola senza dire una parola, la baciò sulla fronte e uscì dalla stanza.

Ogni notte Anna sognava i morti, il bambino morto, il ragazzo morto che era stato suo marito e l'uomo che era caduto mentre lavorava alla sua casa. A volte Julius la svegliava perché la sentiva piangere.

Una mattina Julius arrivò con la notizia che nel giro di pochi giorni sarebbero partiti per Venezia. "Luce e calore," disse, "questo raccomandava il medico, vedrai come dimenticherai tutto."

Anna non aveva dimenticato il visino né in piazza San Marco, né durante le gite in gondola per i canali e le visite ai palazzi. In ogni chiesa, in ogni edificio che visitavano, c'era una Madonna con Bambino, un bambino appena nato.

Anche a Venezia la terra sotto di lei aveva ceduto, c'era acqua da ogni parte, ondeggiava tutto, e quando il sole tramontava, il caldo lasciava il posto a un freddo umido che le dava i brividi. Gli occhi dei bambini appena nati dipinti nei quadri la ossessionavano, e così gli sguardi delle Madonne che vegliavano su di loro.

Quando tornarono, Anna sapeva di essere di nuovo incinta, ma non ne parlò. Il trasferimento nella villa di Rauchstraße, che era ormai pronta, non le lasciava tempo, dalla mattina alla sera c'erano cose da fare perché la casa era grande. Le tende e i tessuti che mancavano ancora in alcune stanze, le istruzioni per il giardiniere, le istruzioni per la nuova cuoca, le tre cameriere che bisognava assumere per gestire la casa e i primi inviti riempivano le sue giornate. E ben presto quella villa vicino al Tiergarten e al giardino zoologico, che nelle prime settimane le era sembrata grande e cupa, divenne vivace e accogliente. Ma quando pensava al nuovo bambino che portava in grembo, la terra sotto di lei cedeva di nuovo.

"Adesso sta nascendo un nuovo tempo," disse Julius raggiante quando lei a un certo punto gliene parlò, e la strinse a sé. "Questa casa ci porterà fortuna, Anna, te lo prometto!"

Poco dopo il trasferimento nella villa di Rauchstraße, nacque Heinrich Siegfried Julius Reichenheim. Se il parto di Gertrud era stato lungo e doloroso, Heinrich nacque velocemente e con facilità, quasi senza sforzo, un piccolo neonato che non piangeva, emetteva solo suoni morbidi che sembravano sospiri di contentezza. Il faccino non era arrossato, stropicciato o rugoso, sembrava sorridere già pochi minuti dopo la nascita. Si agitò solo quando la balia lo tirò su, ma si calmò subito non appena fu tra le sue braccia.

L'amore per questo figlio la attraversava come un dolore, e solo controvoglia lo consegnava alla balia. Non poteva fare a meno di quel faccino, continuava a sentire la peluria morbida che sembrava seta, ammirava le piccole dita che alla cieca, lentamente, continuavano ad afferrare le sue. Trascorreva ore e ore seduta accanto al suo lettino nella stanza dei bambini, fino a quando Josephine non iniziò a prenderla in giro e quasi ogni giorno ad attirarla fuori di casa con qualche pretesto. Heinrich era nato a gennaio, e quando sugli alberi spuntarono le prime gemme, ripresero a cavalcare insieme. Nei suoi pensieri, però, Anna restava accanto alla culla con il bambino ed era in preda all'inquietudine finché non poteva tornare a casa e correre da lui. Poi il bambino emetteva quei suoni morbidi, quei vagiti dolci, e gli occhi cercavano e si fissavano nei suoi ogni giorno di più.

Il quadro di Karl Gussow venne appeso nel salone, Julius scelse un punto sopra il divano. Anna lo guardava di rado, non le piaceva, anche se tutti gli ospiti lo ammiravano e le facevano i complimenti. A un certo punto le sembrò una cosa di un'altra epoca, e a volte si sorprendeva a non riconoscere subito la giovane donna del dipinto.

11.

"I coltelli vanno lucidati di nuovo." Anna ne riappoggiò uno con il manico d'avorio sulla tavola e lanciò alla cameriera uno sguardo severo.

"Non si può apparecchiare in questo modo. Non vedi che l'incisione è tutta annerita?"

La cameriera fece un inchino, raccolse i coltelli e scomparve rapidamente in cucina.

Anna scosse la testa, esaminò le posate rimaste, che brillavano al sole del pomeriggio, i bicchieri di cristallo, le porcellane bianche e i tovaglioli di lino appena inamidati.

Sollevò una delle forchette. Le posate erano bellissime, ma difficili da lucidare per via degli intricati ornamenti incisi sulle lame. Il manico d'avorio era di un giallo chiarissimo, portava le iniziali JR, Julius Reichenheim. Anche quelle erano intrecciate, e quindi difficili da pulire. Era una cosa a cui non aveva pensato quando le aveva scelte, prima di sposare Julius. Bisognava fare in fretta, andavano puliti più di duecento pezzi.

Di nuovo tese l'orecchio verso la porta. Pensò di aver sentito delle voci e rimise la forchetta al suo posto.

Josephine doveva essere già arrivata, voleva aiutarla nella disposizione dei posti a tavola. Una cena per trenta persone, amici e partner commerciali dell'azienda. I parenti, i fratelli, lo zio Seelig, il padre e il suo socio. E poi altri commercianti, banchieri, due amici di Julius della Società geografica tedesca, il generale von Graberg e consorte, il giudice del tribunale distrettuale Dickel e consorte, nonché il consigliere sanitario Robert Koch. Alcuni di loro si conoscevano bene, ma Josephine sapeva meglio di lei chi poteva o non poteva sedersi accanto a chi.

"L'assegnazione dei posti è il più grande capolavoro di qualunque convivio," diceva sempre quando tutti i segnaposto erano sulla tavola e lei li passava in rassegna camminando su e giù con passo lungo ed elegante, si scostava i capelli scuri dal viso e pensava.

Lo zio Seelig non poteva sedere accanto a James Simon, i due erano in competizione per conquistarsi i favori di un cliente. Il padre, invece, era diventato sordo dall'orecchio sinistro, quindi bisognava mettere alla sua destra qualcuno con cui gli piacesse parlare, dal momento che per vanità ignorava chi sedeva alla sua sinistra. Quella era la prima cena che Anna dava dopo la nascita di Otto, il bambino nato un anno dopo Heinrich.

Poi Anna sentì delle voci alla porta d'ingresso e corse giù per le ampie scale dalla grande sala da pranzo dov'era stata allestita la tavola. Al penultimo gradino si fermò sorpresa.

"Julius? Come mai già qui? Non abbiamo ancora finito, sto aspettando Josephine."

"Anna, Josephine non verrà."

La voce di Julius era bassa e decisa. Quando le cose si facevano serie, suo marito parlava piano e la guardava fisso. Gli occhi azzurri, sbarrati, sembravano diventare più luminosi.

Anna si accigliò. "Perché? Se non mi aiuta lei, non saprei proprio…"

"Ha altri problemi," la interruppe lui, "problemi reali. Arthur ha perso molti soldi."

Anna scoppiò a ridere. "Lo fa sempre. Josephine non dimenticherà la nostra cena per questo. Non sarebbe la donna giusta per Arthur se si preoccupasse di qualche perdita al gioco."

Julius era ancora in fondo alle scale e la guardava dal basso.

Quanta agitazione per Arthur, insomma, che avesse quel carattere era risaputo! Anna, senza volerlo, tirò un gran sospiro. Lei e Julius non litigavano mai, ma quando si trattava di Arthur, avevano opinioni diverse.

Arthur era quello che era. Inaffidabile, interessato solo ai suoi cavalli e alla sua scuderia. Captain Joe. Un nome sciocco, bisognava ammetterlo. Ogni tanto giocava d'azzardo. Carte, baccarà.

Lei, Arthur, lo aveva inquadrato fin dall'inizio. Quando Margarethe si era innamorata di lui, lei aveva capito subito che non era un buon partito. Non un uomo da sposare. A meno di non essere come Josephine. Lei non si era nemmeno preoccupata del fatto che Moritz e Sarah, i genitori adottivi di Arthur, avessero donato la maggior parte del loro patrimonio per la fondazione dell'orfanotrofio di Weinbergsweg, invece di lasciarla in eredità ad Arthur e a lei.

Un giorno Josephine le aveva confidato di avere a Vienna un suo patrimonio che il fratello aveva investito per lei.

"Arthur pensa solo ai suoi cavalli. E a qualche ballerina ogni tanto," aveva detto tagliando corto.

Aveva perso di nuovo del denaro, quindi. A Josephine la cosa non avrebbe fatto né caldo né freddo.

"Spero che arrivi presto. Dove lo metto papà... accanto a Georg? E Margarethe? Non deve assolutamente trovarsi seduta vicino ad Arthur, non si farebbe scappare l'occasione per fare qualche osservazione tagliente."

"Anna, Arthur ha perso centocinquantamila marchi. Con quel Reuter che adesso incontra ogni sera. Al Savoy o all'Hotel du Nord. Da Hecht in Jägerstraße."

Anna si afferrò alla balaustra. Centocinquantamila marchi. Quando Arthur raccontava di aver giocato a carte o alla roulette e Josephine rideva, si trattava di piccole somme. Cento marchi qui, trecento marchi là. Ma centocinquantamila! Quanto valeva l'azienda? Quanto era costata la sua villa? Non lo sapeva, Julius non parlava di queste cose e lei, da quando si era sposata, aveva smesso di pensare ai soldi. Sapeva che la cucina era costata cinquemila marchi perché era apparsa su una delle riviste che ne parlavano. Una somma inverosimile.

Julius la raggiunse in cima alle scale, le prese la mano e la condusse nella sala piccola dove spesso prendevano il tè. Anna si sedette sul divano di velluto verde e guardò il marito in silenzio. I capelli sottili si stavano diradando e la fronte era molto più alta rispetto a un anno prima. Il reticolo di rughe intorno alla bocca e agli occhi era più profondo. "Non voglio importi niente. So quanto tu sia affezionata a Josephine. E quanto ti piaccia andare a cavallo. Ma Arthur non è una buona frequentazione. Mette in pericolo tutti noi, mette in pericolo tutto ciò che stiamo costruendo. Oggi io e Georg abbiamo deciso che Arthur sarà solo un socio occulto dell'azienda."

"Volete sbarazzarvi di lui?"

Nella sala piccola non faceva caldo, ma Anna cominciava a sudare. Era già autunno; quella mattina aveva indossato un vestito troppo pesante. Il grosso tessuto marrone le graffiava la nuca. Ma dopo la nascita di Otto gli altri abiti non erano stati ancora modificati. E lei non era riuscita a liberarsi dei chili di troppo.

"Arthur ha emesso all'ordine dell'azienda un assegno che non si può nemmeno incassare. In questo momento sta negoziando il debito con i suoi amici giocatori. Tutta la città ne parla. Ti rendi conto di cosa significa? Da quando sua madre è morta, le cose vanno peggio che mai. Se non è in scuderia è a giocare o a discutere con gli architetti sulla ristrutturazione della villa dei suoi. E il denaro che non si gioca a carte lo dà in pasto agli artigiani e agli allestitori."

Lei rimase in silenzio e guardò fuori dalla finestra. Dalla cucina al piano terra salivano delle voci. Dovevano aver consegnato l'astice per la maionese. E bisognava sperare che i crauti non fossero troppo acidi. Il cuoco era di Berlino e li preparava in un modo che a lei non piaceva. A Lipsia ci mettevano tanto cumino.

"E se riuscisse a recuperare il denaro? Dicevi che sta negoziando," disse lentamente.

"Anna!" Julius la guardò quasi con rabbia e lei trasalì. Non conosceva quello sguardo. Julius era un tipo calmo, non si scaldava mai. Cercava sempre di accontentare tutti. Suo padre, il fattorino, il cuoco, il cocchiere... Gertrud quando piangeva. Niente lo metteva più a disagio che trovarsi davanti a una persona infelice. Allora pensava che porre rimedio al male fosse compito suo.

"Pensi che tutto questo sia scontato?" Allungò il braccio e descrisse un semicerchio.

"Questa villa, l'azienda, il fatto che stasera trenta persone vengano a cena da noi. La fabbrica a Wüstegiersdorf, a Bradford, gli uffici a Berlino, le nostre case, la scuderia di Arthur? Cosa credi, che tutto questo lo abbiamo per gentile concessione? Tuo padre è figlio di un maestro panettiere. Mio padre e i suoi fratelli, quando hanno fondato l'azienda qui a Berlino, vivevano in miseria, le lettere che mandavano a mia madre a casa, a Bernburg, le scrivevano la sera a lume di candela in un piccolo appartamento alla periferia di Spandau. E questo per anni, finché non è arrivato il successo e abbiamo avuto i mezzi per cambiare vita. Ora occupiamo un posto importante in società, ma a condizione che abbiamo successo, che siamo ricchi e che lavoriamo contro i pregiudizi: pigri, avidi, sai cosa si continua a dire in giro. E quando abbiamo successo, dobbiamo stare ancora più attenti, Anna. Possono lasciarci in pace se ci comportiamo correttamente. Ma non se creiamo problemi, se diamo lavoro ai tribunali, se diamo adito a chiacchiere. Ci sarà un processo e Arthur dovrà testimoniare. Le voci faranno il giro di tutta la città. Sta mettendo a rischio le nostre finanze, ma anche le basi della nostra esistenza. Tu sai chi verrà stasera. Quante volte abbiamo invitato il giudice Dickel e il generale von Graberg? Hai mai preso un tè con uno di loro? No. E perché no?"

Continuava a fissarla e le afferrò le mani.

"Perché no, Anna?"

Lei sostenne il suo sguardo e rimase in silenzio. Il futuro appartiene a te, le aveva detto suo padre. Julius non ci credeva. Lui stava costantemente all'erta, era un continuo mettere in guardia, sempre più spesso parlava di battesimo. Per i bambini. Per il loro futuro.

"Sai cosa diranno? Se otterrà sconti da quei farabutti, diranno che non sa fare altro, è abituato a mercanteggiare. Se dovrà pagare fino all'ultimo centesimo, rideranno di lui. Io e Georg proteggeremo le nostre famiglie. E l'azienda. Non saranno tempi facili per noi."

Il piccolo orologio nell'angolo batté le cinque. Anna si liberò dalla presa.

"Julius, sai quanto tengo ad Arthur e Josephine. Ma ovviamente hai ragione tu."

Cercò di scacciare i brutti pensieri e di occuparsi della serata che l'attendeva. "E così dovrò stabilire la disposizione dei posti da sola. E badare che in cucina tutto proceda come si deve."

Si girò dall'altra parte per non fargli notare quanto fosse turbata. Chissà come stava Josephine? E quella perdita avrebbe gettato Arthur sul lastrico? E poi come avrebbero fatto ad affrontare la serata? Immaginò gli sguardi curiosi, le battute, e sentì montare la rabbia.

"Mi dispiace averti spaventata. Andrà tutto bene. Ma dobbiamo fare attenzione, Anna, non dobbiamo sentirci al sicuro. Non lascerò che Arthur metta a repentaglio tutto."

La baciò sulla fronte, le accarezzò il braccio e uscì dalla stanza.

Josephine non venne, lei e Arthur si tennero alla larga dalla cena e Anna dovette pensare alla disposizione dei posti a tavola da sola e alla svelta.

Zuppa, astice in maionese, prosciutto di Borgogna, salmone, crauti con allodole, arrosto di cervo, gelato di marroni, il tutto accompagnato da Lafitte Steinberger Kabinett, vino di Borgogna e champagne. La cena si svolse in modo impeccabile, le posate erano scintillanti, i crauti speziati, l'arrosto di cervo tenero. Il gelato Nesselrode era buono, i marroni ben schiacciati, si era tanto preoccupata che fossero rimasti dei pezzetti interi e che il dessert non risultasse abbastanza cremoso.

Gli ospiti si complimentavano con lei, lodavano la tavola, la cuoca, eppure Anna si sentiva a disagio. Si parlottava di Arthur, dei suoi rapporti con Reuter e Wolff, l'altro farabutto che, vestito da elegante gentiluomo attempato, si era intrufolato nei circoli dove si giocava al baccarà e alla roulette spillando soldi ai veri signori.

Il generale von Graberg e consorte non erano venuti, avevano mandato un biglietto per annunciare che la signora moglie del generale era indisposta.

"Non c'è da meravigliarsi," le aveva detto Margarethe, "è naturale che non vengano, chissà quante ne staranno dicendo sul nostro conto."

"Esageri, mia cara, come fai spesso," aveva risposto Anna con tono impertinente. "Se Arthur riuscirà a mettere Reuter e Wolff dietro le sbarre, lo ringrazieranno."

Margarethe si era limitata a sbuffare sprezzante e si era rivolta alla cognata Agnes per parlare di un quadro che il marito aveva appena acquistato.

"Quel tuo Arthur ci manderà tutti in rovina, è incorreggibile e inaffidabile!" aveva detto indispettita Margarethe al momento dei saluti. Anna stava per osservare che, quando vivevano ancora a Lipsia, non era stata certo lei ad aspettare per anni un segno da parte di Arthur, ma arrivò suo padre e la abbracciò.

"Anna, figlia mia, che splendida serata! E quanto sei bella, l'azzurro ti dona. Adesso devo andare, mi perdoni la stanchezza? Ero seduto accanto al vecchio Gerson, che è completamente sordo. Ho dovuto gridargli nelle orecchie per tutta la sera..." La baciò sulla fronte e scese rapidamente le scale come un giovanotto. Eppure aveva ormai sessant'anni, pensò Anna con un pizzico di orgoglio.

Ore dopo, mentre era seduta alla sua toeletta e si spazzolava la lunga capigliatura bruna, domandò:

"Hai saputo qualcosa?"

Julius scosse la testa. "No, probabilmente domani tornerà

a negoziare. E non so cosa sia peggio: se pagare la somma in silenzio o rendersi ridicolo con questo mercanteggiare."

"Manderò un messaggio a Josephine. La prima cosa da fare domattina. La poveretta sarà fuori di sé."

Julius si schiarì la voce.

"Non preoccuparti di Josephine. Raramente perde le staffe."

12.

Le cose andarono come aveva previsto Julius: ovunque si parlava delle perdite di Arthur al gioco, del suo tentativo di negoziare uno sconto e del processo che sarebbe stato celebrato nella primavera dell'anno successivo. Con Anna, Josephine evitava l'argomento, si comportava come se niente fosse accaduto, e lo faceva con una tale fermezza che Anna non osava nessun tentativo. Si conoscevano bene, ma era Josephine a decidere di cosa parlare. E se non voleva parlare di qualcosa, non c'era modo di farlo nemmeno buttando lì un accenno come di sfuggita.

Nel novembre del 1883, venne alla luce finalmente la bambina che Julius aveva tanto desiderato dopo la nascita dei due figli maschi, Heinrich e Otto: Luise Anna Sophie. La gravidanza era stata difficile, spesso Anna era stata costretta a stare sdraiata e aveva trascorso gli ultimi cinque mesi quasi sempre a letto. Se si alzava, le veniva la nausea e doveva vomitare. Di notte era irrequieta, faticava a prendere sonno e al mattino le lenzuola erano inzuppate di sudore. Julius aveva lasciato la camera da letto matrimoniale, neanche lui riusciva a dormire e le occhiaie diventavano sempre più profonde.

La prima notte che Anna aveva trascorso da sola nella camera matrimoniale era stata strana, ma poi la cosa cominciò a piacerle sempre di più. Amava quella camera con la sua elegante toeletta, le pareti dipinte di grigio tortora e le pesanti tende di velluto blu scuro. Quando stava un po' meglio, si alzava dal letto e si sdraiava sulla piccola chaise longue. I bambini andavano da lei una volta al giorno, solo Heinrich si intrufolava di soppiatto nella sua stanza ogni volta che poteva e le mostrava una delle sue piccole locomotive di legno con cui gli piaceva tanto giocare. Oppure le chiedeva di raccontargli una storia. Poteva ascoltarla per ore quando lei raccontava le favole di Henriette. O quelle di suo padre. Un pomeriggio, in fondo all'armadio della biancheria, Anna trovò un fazzoletto di lino bianco con un ragno ricamato sopra. E le tornò in mente la storia del ragno e del filo di seta. Quando Heinrich, più tardi, andò da lei, gli raccontò di Chiaro di Luna e Raggio di Sole.

"L'orfanella, mamma, sei tu? E Chiaro di Luna è papà?"

Anna non poté trattenere una risata e s'infilò il fazzoletto nella tasca della vestaglia. Il ragno era piccolo, due delle sue zampette erano venute un po' storte. Sua madre si era arrabbiata per quello strano ragno ricamato su un pregiato batista. Ai suoi occhi era uno spreco insensato, il fazzoletto non poteva più essere utilizzato per il corredo. Ma il nonno, che era appena venuto a trovarli, l'aveva ammirato quando, per un momento, la madre si era dileguata in cucina. Passò delicatamente la mano sui fili che formavano il corpo e le zampe del ragno, così fragili anche al tatto. Anna tenne il fazzoletto con sé per tutta la gravidanza. Non riusciva quasi a uscire di casa, la città affaccendata con tutto il suo trambusto, le sue magnifiche passeggiate, persino il giardino zoologico dietro l'angolo erano lontani, e Josephine andava spesso a trovarla per farle passare il tempo. Le portava le riviste di moda, le parlava di cavalli, delle nuove acconciature in voga e del suo imminente viaggio a Vienna. Arthur non lo nominava quasi.

Quando Anna chiese notizie a Julius, lui si limitò a scuotere la testa contrariato e a dire brevemente che come socio occulto lo vedeva ancora meno di prima e non voleva assolutamente sapere cosa stesse combinando.

Nonostante la gravidanza e il parto difficili, Luise era tranquilla e contenta. Come se nemmeno si fosse accorta delle dieci ore di travaglio che Anna, invece, non dimenticò facilmente. Luise piangeva di rado e di notte dormiva ore e ore di fila, tanto che per farla mangiare bisognava svegliarla. Anna si riprese in fretta e fu felice di poter uscire di casa, fare vita sociale e andare di nuovo a cavallo. Faceva il giro dei grandi magazzini, commissionava lavori al sarto, comprava personalmente tutti i regali di Natale, andava al Kaiserpanorama in Friedrichstraße con le amiche oppure si dava appuntamento con loro in qualche caffè. Aveva anche smesso di alzarsi di notte per ascoltare il respiro dei figli. Heinrich ormai aveva quasi tre anni e a volte Anna lo portava con sé quando s'incontrava con un'amica. Era ancora piccolo e delicato e sembrava un bambolotto nel suo vestito inamidato da marinaretto. Non si spazientiva, non piangeva, non strillava mai. Quando si annoiava, giocava con il manicotto di pelliccia della madre.

Una volta, poco prima di Natale, mentre passava dal Tiergarten per andare da suo padre, incontrò per caso Arthur.

"Anna, mia bellissima cognata," l'aveva sempre chiamata così, "mi saluti ancora, non è vero?" Si scostò i capelli dalla fronte e la guardò profondamente negli occhi. Poi l'abbracciò. Quando lei ricambiò lo sguardo con aria interrogativa e forse severa, lui si affrettò a spiegare: "*Corriger la fortune*, capisci? La situazione è un po' sfuggita di mano, ma non è così grave come dicono".

Anna non rise con lui. Si vide davanti la faccia seria di Julius e gli prese la mano. "Arthur, *corriger la fortune*? Ma la *fortune* ce l'hai già, e non c'è proprio nulla da correggere. Erano un mucchio di soldi. Come si fa a giocare somme del genere?"

"Cos'altro posso fare, mia cara? Anche prima non ero molto più che un socio occulto. Tuo marito e tuo cognato non mi vogliono in azienda. Lo capisco, certo; nemmeno io mi vorrei. Troppo pigro, ho altre cose per la testa... Ma fare il socio occulto, no, non fa per me, lo sai. Sono qualsiasi cosa, tranne che occulto. Ora tutta la città ne parla, e allora? Quanti sono a poterlo dire di se stessi? A Berlino?"

"Erano tanti soldi, Arthur..."

"Tanti? Anna, ragazza mia! Per tuo marito e tuo cognato sono somme ridicole. Dondolano la testa impensieriti, eppure spenderebbero centocinquantamila marchi per un francobollo raro o un dipinto a olio senza battere ciglio."

Anna si era resa conto che parlarne era inutile. Arthur non era cambiato, Arthur era incosciente, amabile, di bell'aspetto, affascinante. Gli chiese di Josephine e gli disse che sperava di vederlo per Natale. Sapeva che non sarebbe venuto, che non poteva venire. Si erano salutati rapidamente e Anna era riuscita a scrollarsi di dosso il pensiero di lui solo una volta arrivata a casa di suo padre.

13.

Dopo la nascita di Luise, Julius non tornò a dormire nella camera matrimoniale.

Era un dicembre ventoso e insolitamente mite, e le decorazioni natalizie sembravano fuori luogo con quelle temperature. Dopo lunghi mesi di isolamento, bisognava far entrare in casa un po' di vita, e Anna pensò di riunire la famiglia in Rauchstraße per trascorrere insieme Natale e Capodanno. In quel periodo Julius andava spesso a Wüstegiersdorf e a Bradford. Da mezze frasi e conversazioni tra lui e Georg, Anna aveva capito che gli affari non andavano bene, o almeno non come speravano loro. Non era preoccupazione, ma insoddisfazione quella che lei percepiva chiaramente in lui.

"James Simon sta facendo soldi a palate con i suoi capi in cotone. E così i negozi di abiti confezionati in Hausvogteiplatz," le spiegò suo padre. Di fronte a lei, Julius minimizzava: "Non devi preoccuparti di queste cose, cara," diceva. Oppure: "Hai già abbastanza pensieri con i bambini". E poi: "Ricordati che all'orfanotrofio aspettano la tua visita prima di Hanukkah". Per lui era importante che Anna si impegnasse a sostegno delle fondazioni e delle associazioni caritatevoli, soprattutto dell'orfanotrofio di Weinbergsweg, che Moritz e Sarah Reichenheim avevano donato e del quale lui stesso si era occupato dopo la loro morte.

Suo padre, che si stava sempre più ritirando dalla sua azienda nei pressi di Hausvogteiplatz per lasciare l'attività ai fratelli, aveva ripreso a confidarsi con lei come faceva un tempo, quando era bambina. Adesso viveva in Königin-Augusta-Straße sul Landwehrkanal vicino alla Potsdamer Brücke. Se prendeva la carrozza, arrivava da lei in dieci minuti, bastava percorrere la strada lungo il canale.

La moda era cambiata, lei stessa portava abiti in tessuti più leggeri. E gli abiti da uomo raramente erano realizzati con i robusti tessuti inglesi prodotti dalla Nathan Reichenheim & Figli.

"Per gli atelier di moda e i grandi magazzini gli affari vanno a gonfie vele," disse suo padre. "Come Gerson e Levin. Se fossi più giovane, venderei tutto e ricomincerei da capo."

Una o due volte Anna cercò di parlarne con Julius, ma lui cambiava subito argomento. Lei sapeva che per il marito l'azienda era un dovere, niente di più. Non era appassionato di tessuti come suo padre, era più interessato alle pubblicazioni della Società geografica tedesca e ai suoi francobolli che a stringere nuove relazioni commerciali. Julius faceva il suo dovere come aveva sempre fatto. E non ne parlava.

In quel periodo si vedevano poco, Julius era distratto e i suoi pensieri vagavano altrove. Continuava a dormire nella stanzetta che si era fatto allestire accanto alla camera dei bambini, e Anna non ne era dispiaciuta. Cinque gravidanze, cinque parti: amava i suoi quattro figli, ma erano sufficienti. A volte, la sera, restava a lungo seduta alla sua toeletta e si guardava allo specchio. Era alle soglie dei trent'anni, il viso un po' più rotondo, il seno più pieno, ma i capelli erano ancora bruni e lucenti come quelli di una ragazzina, e aveva la pelle liscia e uniforme. Poi, verso le dieci di sera, sentiva bussare dolcemente alla porta e Heinrich entrava. Lo abbracciava e lo baciava sempre, prima di riportarlo nella camera dei bambini.

Quando il tempo era bello, il pomeriggio Anna infilava Luise nella carrozzina e andava a fare una passeggiata con lei, Heinrich e Otto al Tiergarten. Oppure andavano allo zoo, la cui entrata non era distante da casa loro. A volte Gertrud, che ormai aveva sette anni e portava le sue lunghe trecce brune attorcigliate a chiocciola sopra le orecchie, li accompagnava.

Per il 22 gennaio, giorno del suo ventinovesimo compleanno, Anna aveva promesso ai bambini di andare allo zoo con il nonno. Heinrich amava lo zoo e la sera immaginava di sentire i versi delle scimmie, i barriti degli elefanti e persino il ruggito di un leone. Aveva una fantasia fervida e gli piaceva spaventare suo fratello Otto con quelle storie. Ora si trovava con Otto e Gertrud ai piedi della scala e non vedeva l'ora di uscire. Otto era più forte del delicato Heinrich. Andava su e giù per l'ingresso con i suoi stivaletti nuovi, gridando insistentemente: "Andiamo, andiamo!".

Anna guardò il grande orologio del nonno. Suo padre avrebbe dovuto essere arrivato già da quindici minuti. Strano, lui era sempre puntuale e non doveva fare tanta strada. Mentre chiamava la cameriera che doveva accompagnarli, si chiese se non si fossero dati appuntamento all'ingresso dello zoo. Se suo padre fosse stato in ritardo anche solo di cinque minuti, avrebbe mandato un fattorino per avvisarla.

"Forza, andiamo allo zoo, il nonno ci starà aspettando lì!" chiamò, si mise la mantella di lana marrone scuro intorno alle spalle, fissò il cappello con uno spillone e corse con i figli e la bambinaia giù per i gradini della grande scalinata esterna, passò il cancello in ferro battuto e poi via per la stradina stretta.

Ci vollero meno di tre minuti per raggiungere l'ingresso dello zoo. Ma Isidor non era neanche lì. Solo pochi andavano allo zoo in quella fredda mattina di giovedì. Avrebbero avuto le case delle antilopi e delle scimmie tutte per sé. E anche la caffetteria. Anna si guardava intorno con ansia. I bambini, sentendo barrire un elefante, si erano scatenati. Dopo tre quarti d'ora, Anna non ce la fece più e tornò a casa con i figli. Ormai le era chiaro che doveva essere accaduto qualcosa, e inviò un fattorino in Königin-Augusta-Straße e uno in Jerusalemer Straße, negli uffici del padre.

Verso mezzogiorno, Julius e suo fratello Hugo tornarono a casa, entrambi pallidi e seri, e condussero Anna in soggiorno.

La mattina, Isidor era andato a comprare il giornale ed era stato travolto da uno dei tanti enormi omnibus che attraversavano la città. Ultimamente l'udito lasciava a desiderare, probabilmente era sovrappensiero e aveva attraversato la strada senza guardare. Il vetturino non era stato in grado di fermare in tempo la grossa carrozza.

Anna non venne a sapere alcun dettaglio e immaginò il padre, bello e atletico nel suo elegante cappotto invernale, sotto le ruote del pesante omnibus.

Per giorni le fu insopportabile l'idea che il suo cappotto, i suoi capelli o le sue scarpe potessero essersi sporcati. Alla veglia funebre, si rese conto che l'incidente doveva averlo sfigurato: il corpo era stato subito infilato in una bara, che venne esposta chiusa.

Alla fine di febbraio, Julius andò in Svizzera con Anna. Contrariamente alle sue abitudini, aveva semplicemente deciso senza consultarla. Una sera tornò a casa e le disse che la settimana dopo sarebbero andati a Sils Maria.

Lei non fece obiezioni e la sera, prima di addormentarsi, sentì che era felice di lasciare Berlino. Nelle ultime settimane era diventato sempre più difficile per lei dirigere la cuoca, il giardiniere, le bambinaie, i precettori e le cameriere, dire a tutti cosa dovevano fare e come. Cosa bisognava cucinare per pranzo? Quante persone erano attese? Quando Otto andava in giardino, doveva indossare il berretto? Aveva già pensato a cosa piantare nelle aiuole? I bulbi andavano ordinati. Dalla mattina alla sera doveva prendere decisioni, c'era sempre qualcuno che voleva qualcosa da lei, la distoglievano continuamente dai suoi pensieri. Il pensiero di suo padre, il pensiero di Lipsia, della sua infanzia. Anche cavalcare le dava meno piacere del solito, anche se Josephine insisteva perché lo facessero insieme almeno due volte alla settimana. La pace e la contentezza che di solito la invadevano quando sentiva il cavallo sotto di sé, la sua forza e il suo calore, non volevano saperne di arrivare, e ovunque cavalcassero, con gli occhi cercava suo padre, la sua figura alta. La prospettiva di un viaggio in un altro mondo, via dalla città e da quel traffico, le carrozze, gli omnibus e i Kremser che riempivano Berlino ogni giorno di più, un po' la rincuorava.

Ma poi Anna insisté perché almeno Gertrud e Heinrich andassero in Svizzera con loro. Non erano mai stati in montagna.

Quando si lasciarono Berlino alle spalle, Anna sentì di essersi alleggerita di un peso. Le montagne la distraevano, la facevano pensare ad altro. L'aria limpida, la neve luminosa, l'entusiasmo con cui i bambini correvano nel bosco e non si stancavano mai di fare pupazzi di neve. L'Hotel Edelweiss, che Julius aveva scelto perché vi aveva soggiornato spesso da bambino, le sembrava un palazzo veneziano in mezzo alle montagne svizzere.

Tornarono a Berlino a metà marzo, e il ricordo di suo padre era solo un dolore sordo nel vedere certi gesti di suo fratello Hugo che si ravviava i capelli scuri proprio come il padre, o quando nel viavai di gente per strada scorgeva un uomo alto che camminava dritto e veloce come lui.

Dopo il loro rientro, Julius tornò a dormire nella camera matrimoniale. Ben presto Anna si rese conto di essere incinta e, ancora una volta, Julius fu contento che la famiglia crescesse. "Il quinto figlio," disse fiero, e Anna di nuovo si rallegrò del fatto che Julius trattasse Gertrud come sua figlia e non facesse distinzioni tra lei e i più piccoli. Anzi, le rivolgeva attenzioni particolari, da ogni viaggio tornava con un piccolo regalo per lei. Tanto la gravidanza con Luise era stata ardua, tanto questa procedeva senza complicazioni. Sebbene nell'estate del 1885 facesse un gran caldo, Anna non era mai stanca, né soffriva di nausea o vertigini. Fosse stato per lei, la famiglia avrebbe potuto benissimo trascorrere le vacanze in Italia, ma Julius non volle correre rischi e decise per Usedom.

Peter nacque il 7 novembre.

A volte Anna pensava con malinconia alla conversazione che Josephine aveva avuto con lei in caffetteria dopo la morte di Adolph. Josephine era libera da ogni vincolo e poteva viaggiare, andava da sola a Vienna dalla sua famiglia, oppure a Parigi con una cugina. All'epoca Anna aveva preso la decisione giusta per Gertrud e per se stessa, di questo era sicura. Ma a volte provava un pizzico di invidia quando Josephine raccontava dei suoi viaggi che parlavano di libertà, la libertà di fare esattamente quello che voleva quando voleva. In effetti negli ultimi anni, dopo lo scandalo di Arthur, Josephine aveva condotto una vita sempre più indipendente. A volte aveva tentato di convincere Anna ad andare a Parigi, ma lei aveva sempre rifiutato. Non voleva lasciare i bambini da soli, e poi la casa: ormai avevano dodici domestici, con i bambini e Julius erano una ventina di persone. Andare a cavallo e fare ogni tanto una puntata in qualche caffetteria erano le uniche pause che si concedeva.

La prospettiva del nuovo anno, il primo da festeggiare senza suo padre, la rendeva triste. Non fece trapelare nulla, cercò di nascondere la stanchezza e di fare tutti i preparativi come al solito.

Pochi giorni prima di Capodanno, un pomeriggio Josephine si presentò in Rauchstraße senza preavviso, proprio mentre Anna stava per uscire di casa con Heinrich, Gertrud e Otto.

"Anna, mia cara, hai qualche minuto?"

Josephine era pallida. Contrariamente alle sue abitudini, la capigliatura bruna non era pettinata con cura.

"No, *maman*, ti prego, non farlo, stavamo uscendo…" Gertrud batté i piedi per terra.

"L'avevi promesso…" Anna vide le lacrime salire agli occhi della figlia maggiore.

Heinrich era corso da Josephine.

"Zia Josephine, cosa c'è che non va? Sei malata?" le chiese, e l'abbracciò. Heinrich amava Arthur e Josephine più di quanto suo padre avrebbe voluto. Ora che Arthur non si faceva più vedere e Josephine veniva di rado, chiedeva sempre più spesso di loro.

Anna mandò i bambini al Tiergarten con la bambinaia e condusse l'amica nel salottino.

Josephine tormentava nervosamente i guanti di vitello color cognac. Non si vedevano da qualche settimana e

Josephine doveva aver perso peso, ad Anna sembrò improvvisamente fragile, la vita troppo sottile nell'abito elegante, le spalle sporgenti sotto la stoffa leggera.

"Arthur è nei guai."

"Credevo che non giocasse più. Ti aveva fatto una promessa, no? E anche Julius e Georg avevano parlato con lui. Ne sei proprio sicura?"

Josephine sbuffò.

"Oh, Anna, vi fate abbindolare tutti da lui. Non gioca più a Berlino. Ormai va a giocare altrove, dappertutto. A Baden-Baden, a Spa, ad Aquisgrana, a Parigi. Comunque non è questo il punto. Per via di non so quale donna ha litigato con un tenente austriaco, un barone, che lo ha sfidato a duello."

"Cosa?" Anna era senza parole. "Che genere di donna, Josephine?"

"Anna!" Gli occhi di Josephine si accesero di rabbia. "Quanti anni hai? Ventinove? Trenta? Cosa pensi che facciano gli uomini quando la sera si ritrovano, che vadano al ristorante? Non fare la ragazzina sassone di provincia, ti prego!"

Anna rimase in silenzio.

"Non si tratta di una delle sue scappatelle, ha insultato una donna che accompagnava il barone e quello non poteva certo lasciar correre. È nell'esercito e vuole che gli si porti rispetto. A lui e alla sua accompagnatrice." La voce era piena di disprezzo.

"Assurdo! E il duello è stato vietato da tempo, è perseguibile!"

"Esattamente, se sopravvive, finisce in prigione, capisci?"

Anna non sapeva cosa dire quando la porta si aprì ed entrò Julius.

"Josephine…"

"Sai già tutto? Julius, cosa facciamo?"

Julius, ancora con il cappotto addosso, camminava su e giù per la stanza a testa bassa, accigliato. Dove e come l'aveva saputo? Arthur era con lui? Si era spaventato? Arthur, giocatore d'azzardo e tombeur de femmes, non era uno che si metteva a duellare di sua spontanea volontà.

I giorni successivi furono assai convulsi, tutti i festeggiamenti vennero dimenticati.

Era un dicembre freddo e il 22 cominciò a nevicare, prima un poco, poi sempre di più, un turbinio di fiocchi spessi che ricoprirono il giardino con i suoi alberi e la serra costruita per volere di Julius l'estate prima.

Grossi fiocchi si erano posati anche sul collo di pelliccia del cappotto di Arthur quando la sera del 23 dicembre si presentò a casa loro, fece un breve saluto – con lo charme di sempre – e poi si chiuse con Julius nello studio.

Ne uscì pallido un'ora dopo e lasciò la casa accompagnato da Julius.

La mattina del 24 continuava a nevicare, e quando Anna si alzò, Julius era già in piedi. Non le aveva detto nulla di Arthur, ma era palesemente nervoso.

"È oggi, vero?" gli chiese. "O siete riusciti a trovare una scappatoia?"

"Una scappatoia? Ho provato di tutto, ma quell'uomo è irascibile e si sente ferito nell'onore. Come ha potuto Arthur essere così stupido?" Si alzò, mise da parte il giornale e le prese la mano.

"Anna, promettimi di fare tutto ciò che è in tuo potere per educare i nostri figli a essere persone diverse. Scienziati, politici, funzionari di stato, artisti… potranno fare qualunque cosa vogliano, ma a patto che siano disciplinati, che si impegnino per raggiungere i loro obiettivi."

116

"Uno di loro, però, dovrà prendere in mano le redini dell'azienda," disse Anna. "Tu sei il primogenito e dirigi l'azienda. Heinrich seguirà le tue orme. Non preoccuparti, i nostri figli sono i nostri figli, il loro destino è diverso da quello di Arthur."

Julius le lasciò le mani e si avvicinò alla finestra. Ormai, anche gli alberi spogli erano coperti da uno spesso strato di neve. Gli aceri, i faggi, i ciliegi giapponesi che loro due amavano tanto erano carichi di neve fino ai ramoscelli più sottili e dipingevano forme bianche contro il cielo grigio di dicembre.

"L'azienda non è più il futuro. È stata l'inizio di tutto, un mezzo per raggiungere un fine, la nostra strada per arrivare a una vita migliore. Non ne avremo bisogno ancora per molto."

Si girò verso di lei.

"Heinrich, Otto e Peter non hanno bisogno di darsi al commercio, per loro tutte le porte sono aperte. Ma devono impegnarsi per ottenere qualcosa che abbia valore."

Nelle rughe che gli si allungavano sulla fronte, intorno agli occhi, agli angoli della bocca, Anna vide l'impegno e la disciplina che Julius aveva messo nel tenere in piedi l'azienda per decenni. Le vennero in mente i suoi fratelli, che si erano rifiutati di seguire il padre in ufficio. Si vedeva bambina accarezzare le balle di tessuto e fare domande alle quali il padre rispondeva con una risata. Anche lei aveva avuto inclinazioni e desideri, ma come sempre Julius aveva ragione: si trattava di fare la cosa giusta, per la famiglia, per il futuro.

Quando Julius se ne andò, Anna si affacciò alla finestra e osservò i fiocchi di neve turbinare nel grigiore del mattino.

14

"Berliner Tageblatt" del 30 aprile 1887

La mattina del 24 dicembre 1885, nel parco della tenuta Witzleben, nei pressi di Charlottenburg, Arthur Prins-Reichenheim e il tenente austriaco barone Ludwig von Erlanger si sono battuti a duello; le condizioni scelte dal barone von Erlanger imponevano l'uso della pistola, un unico scambio di colpi, quindici passi di distanza con facoltà di avanzare di cinque. Nessuno dei duellanti si è avvalso del diritto di avanzare: entrambi hanno sparato contemporaneamente dalla loro posizione. Nessun proiettile è andato a segno. Il pubblico ministero ha richiesto per l'imputato Prins-Reichenheim il minimo della pena: tre mesi di reclusione. Ed è in base a questa richiesta che il tribunale ha pronunciato la sua sentenza.

Anna mise da parte il "Berliner Tageblatt" e si stropicciò gli occhi. Arthur in prigione, una cosa impensabile. Non è un penitenziario, le aveva spiegato Josephine, è un posto relativamente confortevole, solo che non può andarsene, deve rimanere lì per tre mesi.

In ogni caso era insopportabile: essere di nuovo sulla bocca di tutti. Quando si era svolto il duello, due anni prima, era ovvio che questo accadesse. Poi la faccenda era caduta nel dimenticatoio, ma con il processo l'interesse si era risvegliato. Julius e Georg avevano cercato di impedire l'uscita di quell'articolo, ma i redattori erano fin troppo felici di riportare la decisione del tribunale. Arthur Prins-Reichenheim: quel nome, ormai, era sinonimo di scandalo.

Anna pensò di fare due passi in giardino per scrollarsi di dosso la stanchezza. Un po' di aria fresca le avrebbe fatto bene, e dalla finestra della camera da letto aveva visto che le ortensie erano in fiore, si coloravano di azzurro, di rosa e di bianco.

Era sfinita, anche se non era ancora mezzogiorno e lei era in piedi solo dalle otto. Dalla stanza dei bambini provenivano delle voci: Heinrich e Otto prendevano lezioni con Hans, il figlio di Margarethe, e uno dei figli di Agnes e James Simon. Aprì la porta e rimase in ascolto. Otto stava leggendo qualcosa ad alta voce, sillabava a fatica alcune parole, nomi di animali, cammello, elefante, leone, con l'antilope esitò. Sentì che iniziava a ridacchiare, poi la voce della giovane insegnante che richiamava Heinrich all'ordine. Fece un sospiro. Il figlio maggiore era sempre pronto a scherzare scatenando le risate di tutti, non prendeva nulla sul serio e aveva difficoltà a concentrarsi. Be', era ancora un bambino di sei anni, diceva sempre a Julius quando lo sgridava. In realtà anche lei, sotto sotto, era preoccupata.

Si accarezzò la pancia. Era di nuovo incinta, Peter non aveva ancora due anni. Anna ne aveva compiuti trenta da poco e adesso, in piedi nel salone davanti al ritratto dipinto da Gussow, si riconosceva ancora meno di prima. Del resto, fra una gravidanza e l'altra, la vita non le si era certo assottigliata, nonostante si sforzasse di stringere bene i lacci del corsetto. Era grata che la nuova moda utilizzasse tanta crinolina, fiumi e fiumi di tessuto che nascondevano un bel po'. Il medico veniva spesso, quasi ogni giorno, e si raccomandava che dormisse e riposasse a lungo.

"Lei non è più una giovincella, mia cara. A trent'anni la gravidanza non è un gioco come a venti," diceva impensierito.

Anna non si aspettava un'altra gravidanza, Julius ormai dormiva stabilmente in un'altra camera. Era tornata incinta da Losanna, dov'erano andati a trovare dei lontani parenti.

Con il cappello in mano uscì per andare in giardino. Dal suo trentesimo compleanno c'era una scuderia. L'aveva fatta costruire Julius, era grande e spaziosa e poteva ospitare fino a cinque cavalli. Non era stato un regalo del tutto disinteressato, perché adesso che Anna aveva i suoi cavalli, scelti da lei con estrema cura, non aveva più motivo di cavalcare quelli di Arthur. Josephine usciva spesso con i suoi cavalli, ma Arthur se ne teneva alla larga da un bel pezzo. L'ultima volta che era andato a trovarli era stato per il compleanno di Heinrich. Se lo vide comparire davanti con un cappotto di lana scuro e una piccola sporta. Era venuto nella tarda mattinata, probabilmente calcolando che Julius non sarebbe stato presente. Anna lo invitò a entrare e Arthur disse subito di avere poco tempo, voleva solo lasciare un regalo per il suo nipotino preferito.

"Non prendi nemmeno un caffè? Ci vediamo così di rado, entra un attimo."

Arthur varcò la soglia con un sorriso teso e un po' meno radioso di prima.

"Dov'è Josephine? Come mai non è venuta con te?" chiese Anna, e Arthur borbottò qualcosa a proposito di certi impegni.

Poi però la seguì nel salone, e quando dalla sua sporta fuoriuscì un mugolio, Anna aggrottò la fronte.

"Che cos'hai lì?"

"Shh," disse lui con fare cospiratorio. E accarezzando amorevolmente la sporta aggiunse: "Vai a chiamare il mio Heinrich e lo vedrai".

Si trattava di un piccolo bassotto che poco dopo Arthur mise tra le braccia di un Heinrich in preda allo stupore.

"È ancora molto piccolo, non ha nemmeno dodici settimane. Devi prenderti cura di lui, dargli tanto da mangiare e insegnargli le buone maniere, d'accordo? Si chiama Waldi." Detto questo, gli diede una carezza sui capelli, ormai meno biondi di qualche anno prima.

Il cucciolo stava tentando di addentare la manica di Heinrich, e Gertrud e Otto, che entrarono di corsa nella stanza, si avventarono su di lui strillando di entusiasmo. Heinrich li fermò con un gesto deciso.

"Waldi è il mio cane e ha bisogno di tranquillità, è un cucciolo!" gridò.

I bambini si misero a litigare, intanto venne servito il caffè e Anna cercò di carpire ad Arthur qualche notizia del processo.

Quando però le grida dei bambini si fecero più forti e il mugolio del piccolo bassotto più disperato, Anna fu costretta a intervenire e Arthur colse l'occasione per salutare, dare un bacio fugace sui capelli a Heinrich e un altro sulla mano di sua madre.

"Spero che tu mi voglia sempre bene, Anna mia," gridò prima di correre giù per le scale e salire sulla carrozza che lo stava aspettando.

Heinrich amava il bassotto e si prendeva cura di lui costantemente. Il pony che gli regalò il padre – avrebbe dovuto imparare ad andare a cavallo – lo interessava meno, e fu Gertrud a implorare finché non ottenne lei il permesso di cavalcarlo.

"Se entrerai nell'esercito, dovrai saper cavalcare," disse Julius a Heinrich, e lui annuì obbediente. Poi fece un fischio leggero – era orgoglioso di aver imparato a fischiare – e Anna sentì le zampette del bassotto scalpitare sul parquet. Waldi seguiva Heinrich ovunque andasse, e il ragazzo odiava separarsene. Anna era convinta che, dopo quattro settimane al massimo, sarebbero state le cameriere a occuparsi del cane, perché Heinrich si sarebbe stufato, ma non accadde. Anche Julius, che aveva accolto il regalo di Arthur con fastidio, nel frattempo aveva accettato il piccolo bassotto come parte della famiglia.

Era passato più di un anno, e Heinrich si prendeva ancora cura di Waldi, lo portava in giardino e giocava insieme a lui con il bello e il cattivo tempo. Aveva un collare di pelle nera con guinzaglio, che usava soprattutto per portarlo a spasso nel Tiergarten. Gertrud e la cameriera dovevano accompagnarlo nelle sue infinite passeggiate, ma la cosa più bella per lui era quando veniva la madre.

Ora, mentre Anna stava per andare a fare due passi in giardino, si sentì chiamare: "*Maman*, ti va di fare una passeggiata con me e Waldi?"

Si girò. Heinrich era in piedi in cima alle scale, con il cane attaccato al suo fianco, e la guardava speranzoso.

"Ti prego!"

"Non riesci proprio a dirgli di no, Anna, è pericoloso," l'ammonì Julius. "Non obbedisce, non studia, e se ti prende in giro lasci correre."

"Va bene, Heinrich, ma un momento solo in giardino. Poi dovrò sdraiarmi, di fatto voglio solo dare un'occhiata alle ortensie."

Heinrich l'aveva subito raggiunta, il cane in braccio e l'altra mano che cercava di raggiungere la sua.

Insieme ammirarono i fiori, mentre Waldi scomparve in un angolo e si mise a scavare.

"Waldi, vieni qui!" chiamò Heinrich, sapendo che il giardiniere era infastidito dalle buche di Waldi e a volte si lamentava con suo padre, che poi lo sgridava. Tirò fuori dalla tasca uno dei biscotti rimasti sul tavolo della colazione e Anna si accigliò.

"Adesso però bisogna rientrare di corsa, le lezioni stanno per iniziare."

Il cane rimase il più caro amico di Heinrich. La sera, sfidando il divieto di Julius, se lo portava di nascosto in camera. Waldi dormiva ai piedi del letto, ma spesso anche sopra, accanto a lui. In estate volle a tutti i costi che andasse con loro a Usedom. Ad accompagnare Heinrich, Gertrud, Otto e Luise sarebbero stati Margarethe e Georg, dato che Anna, nell'imminenza del parto, non poteva viaggiare.

Julius rimase a Berlino con Anna, e la bambina nacque ad agosto. Il padre insisté perché si chiamasse Sophie Anna Marie.

Ripensandoci in seguito, le prime settimane dopo la nascita di Sophie, quando lei e Julius erano da soli con Peter, due anni non ancora compiuti, e la piccola appena nata, ad Anna sembravano un sogno: calde giornate estive di pace, che trascorrevano in giardino. La città deserta, niente inviti, poche visite, nessun impegno. Una sera, mentre erano seduti nel piccolo gazebo, Julius le disse che lui e Georg intendevano vendere l'azienda e da tempo erano alla ricerca di un acquirente che proseguisse l'attività con lo stesso spirito con cui l'avevano gestita loro. Le stoffe robuste prodotte negli stabilimenti di Wüstegiersdorf e Bradford non le voleva più nessuno, i prezzi dei filati di lana erano crollati. Di anno in anno i profitti diminuivano.

"Quando Sophie sarà un po' più grandicella, anch'io sarò più libera. Potremo viaggiare..." disse Anna. Lo aveva sempre desiderato, ma il più delle volte le gravidanze le avevano mandato all'aria i piani. A Sils Maria, ogni tanto a Karlsbad. E d'estate a Usedom, perché i bambini amavano il mare e il viaggio non era troppo lungo. Per un pezzo non se l'erano più sentita di andare in Italia, e le sarebbe tanto piaciuto tornare a Venezia, a Roma, a Napoli.

"Sì, cara," disse Julius, "saremo più liberi. Anche se mi hanno chiesto di assumere l'incarico di giudice presso il tribunale di commercio. Cosa che sarò felice di fare. Ma riusciremo a organizzarci." Anna non poté fare a meno di sorridere. Era naturale che lui avesse trovato un nuovo lavoro. Conosceva suo marito.

A quel tempo, Julius l'aveva anche convinta che era giunto il momento di battezzarsi, di lasciarsi alle spalle la fede ebraica, di cui non seguivano quasi più i precetti, e così tutto il loro passato: il nonno di Julius, Nathan, che era stato insegnante di Talmud a Bernburg; gli antenati di Anna di Gleiwitz e Sohrau, che avevano continuato a parlare yiddish e vissuto la loro fede secondo le tradizioni. Lì a Berlino raramente andavano in sinagoga. E comunque avrebbero frequentato poco anche la chiesa protestante, le aveva promesso Julius vedendola esitare. Davvero lui sperava di assimilarsi del tutto, di lasciarsi alle spalle l'ebraismo? Era una cosa possibile, non erano comunque diversi dalle famiglie prussiane dei generali, della nobiltà, della borghesia?

Julius ne era fermamente convinto: vendendo l'azienda, avrebbero potuto azzerare tutte le differenze.

Anna fu sorpresa di scoprirsi tanto restia ad accettare. Il fatto che si sarebbe trattato di una breve cerimonia tra pochi intimi, senza troppo clamore, le fu di aiuto. E anche il fatto che non sarebbe cambiato quasi nulla. Presto se ne dimenticò, perché nessuno prese le distanze da loro, né si avvicinarono altri che prima li avevano evitati. La vita continuava ad andare avanti tra i bambini e le loro necessità, gli obblighi sociali, la famiglia numerosa, le associazioni di beneficenza.

E Julius continuava a prometterle che presto avrebbero viaggiato: Parigi o Roma.

15.

Parigi e Roma dovevano aspettare. Le trattative con i possibili acquirenti dell'azienda andarono per le lunghe, si interruppero poco prima della firma del contratto e furono riavviate con altri partner.

Julius iniziò a scherzarci su: era più facile gestire una fabbrica, diceva, che venderla. Nel gennaio del 1888 l'affare fu concluso, ma all'inizio dell'estate Otto si ammalò di una grave infezione all'orecchio medio che gli costò quasi la vita, e Anna si proibì anche solo di pensare a un viaggio importante. Trascorse giorni e notti al capezzale di Otto, da sola o insieme a Julius, chiamavano il medico anche più volte al giorno e intanto osservavano quel piccolo argento vivo farsi sempre più magro e debilitato. Quando finalmente fu fuori pericolo, Anna si sentì addosso una stanchezza mai provata prima, e trascorse l'estate con i bambini e Waldi sulle spiagge di Usedom. Era troppo stanca persino per andare a cavallo, si mise a leggere le riviste e alcuni romanzi che le aveva dato Josephine e annullò tutti gli impegni mondani nella località balneare.

In autunno e nella primavera successiva, Julius parlò più spesso di andare a Deauville, in Normandia, senza i bambini. C'era un nuovo collegamento ferroviario da Berlino a Parigi e poi fino alla costa atlantica. Ad Anna piaceva l'idea di trascorrere qualche settimana al mare senza i bambini, visitare i musei e l'Opera di Parigi, ma Otto non si era ancora ristabilito, e la piccola Sophie non si sentiva ancora di lasciarla. Così Anna rimandò la decisione e chiese a Julius di pazientare. Da quando aveva venduto l'azienda, come ci si aspettava, non aveva meno da fare. Era richiesto ovunque: alla Società geografica tedesca, come giudice del tribunale di commercio, nelle istituzioni caritatevoli che sosteneva o di cui era presidente.

E così non partirono per il loro viaggio in Francia fino all'autunno del 1892. Li accompagnò a Parigi Josephine, che tornò a essere un'ospite assidua in casa loro perché, da quando Arthur era stato visto in compagnia della trapezista Leona Dare, a Berlino era scoppiato un nuovo scandalo. Come tante altre volte, Josephine era stata magnanima, ma adesso Arthur aveva esagerato: aveva comprato all'artista gioielli costosi, e girava voce che avesse preso in affitto per lei un appartamento vicino a Friedrichstraße.

Dal canto suo Heinrich, con i suoi undici anni, si era invaghito della trapezista. Con grande disappunto di Julius, Anna aveva permesso ad Arthur di portare il ragazzo a uno spettacolo pomeridiano in uno dei teatri di varietà dove lei si esibiva. Il che era avvenuto prima dello scandalo, e lei non ci aveva visto nulla di male. Non era facile tenere Heinrich lontano da Arthur, il bambino era affezionato allo zio, come lo chiamava lui, e anche Arthur, che non si era mai interessato ai bambini, amava il nipote. Così Heinrich adesso non faceva che parlare di Leona Dare, descrivendo nei dettagli come volteggiava in aria tenendosi appesa con i denti alla corda del trapezio. Quando a Berlino cominciarono i pettegolezzi, Julius prese il ragazzo da parte e gli spiegò che non gli era più permesso parlare dell'artista: quali parole usò esattamente, Anna non lo sapeva, in ogni caso quel nome non fu mai più pronunciato. Josephine però era stufa di essere sulla bocca di tutti e voleva lasciare Berlino per un po'.

Il viaggio a Parigi con Julius e Josephine, che conosceva la città a menadito e li portò a visitare di tutto – musei, chiese, i bellissimi parchi, l'Opera, il teatro, gli atelier di moda – per Anna, dopo tanto tempo passato a occuparsi solo dei bambini, fu come l'inizio di una nuova vita. Due settimane dopo, a malincuore salutò Josephine che rimaneva a Parigi, per proseguire con Julius alla volta di Deauville.

Era un autunno soleggiato e la frastagliata costa atlantica si estendeva davanti a loro in una luce radiosa. Per tre settimane Anna si godette l'aria salina, le cene nei grandi alberghi e le lunghe passeggiate con Julius sulla spiaggia. Avevano trascorso gli ultimi anni insieme, ma ognuno nel proprio mondo, e Anna trovava speciali le ore passate in due senza il trambusto del tran tran quotidiano. Quando le lettere di Gertrud si fecero più frequenti, grandi buste con dentro i disegni che Heinrich e Otto avevano dipinto per i genitori, Anna divenne irrequieta e si misero in viaggio per tornare a Berlino.

Nel frattempo anche Josephine era rientrata da Parigi, le voci su Arthur e la trapezista ormai erano acqua passata. Arthur, che aveva raggiunto Josephine a Parigi, si era fermato più a lungo della moglie. Anna era sospettosa, ma Josephine le assicurò che la relazione era finita e che Leona Dare intanto era partita per Londra.

Josephine arrivò in una serata piovosa di fine ottobre. Volevano organizzare una cena insieme e Josephine aveva promesso di dare una mano per ordinare dei vestiti da Parigi.

Quando l'amica arrivò con un po' di ritardo, era senza fiato e si scusò.

"Stavo ancora aspettando notizie di Arthur, deve tornare da Parigi in questi giorni."

Anna abbracciò Josephine e la tirò verso il divano. Sentiva che l'amica era turbata, ma per quante domande le facesse, non riusciva a capire quale fosse il motivo del suo nervosismo.

"A Parigi siete riusciti a visitare tutti i parenti?" chiese poi, quando tutta la famiglia era riunita per la cena.

"Non abbiamo trascorso molto tempo insieme. In fondo sono tornata da quindici giorni, e da allora Arthur è rimasto a Parigi da solo."

Josephine spingeva la carne avanti e indietro nel piatto, era distratta e non sentì che Heinrich le chiedeva se suo zio cavalcava anche a Parigi e chi si occupava della scuderia a Berlino quando lui non c'era.

Julius lanciò un'occhiata ad Anna, che cercò subito di cambiare argomento. Ma a quel punto Josephine sembrò riaffiorare dai suoi pensieri.

"In realtà, dovrebbe essere qui oggi o domani, così mi ha scritto. Sono giorni che non ho sue notizie."

Nella sala calò il silenzio, si sentiva solo il tintinnio delle posate. Fuori era quasi buio, e le candele negli alti candelabri inondavano la tavola di una luce calda. Josephine sembrava una ragazzina, le rughe intorno alla bocca e sulla fronte erano scomparse.

Quando sentì il campanello e i passi affrettati su per le scale, Anna era ancora assorta nella contemplazione della scena. La luce della candela sulle posate d'argento con i manici d'avorio. Il vestito di velluto verde scuro di Josephine, il nero dei suoi capelli e dei suoi occhi. Accanto a lei, Heinrich guardava la porta speranzoso, mentre qualcuno saliva le scale. I lunghi riccioli di Gertrud, intrecciati in un'elegante acconciatura e appuntati sulla nuca, il collo sottile della ragazza. "Com'è carina," pensò Anna, e poi la porta si aprì e il fattorino di Josephine entrò con il telegramma.

"Berliner Tageblatt" del 1° novembre 1892

Arthur Prins-Reichenheim, personaggio molto noto a Berlino, soprattutto negli ambienti dell'equitazione e del gioco d'azzardo, si è tolto la vita ieri sera in un albergo di Potsdam, sparandosi con un revolver. Arthur Prins-Reichenheim era figlio adottivo del noto industriale Moritz Reichenheim, proprietario della N. Reichenheim & Figlio.

Arthur Prins-Reichenheim, che aveva ereditato parte del patrimonio, era entrato nella N. Reichenheim & Figlio, azienda di fama mondiale, come comproprietario. Ridotto sul lastrico a causa del suo stile di vita, si era trovato costretto a dimettersi dall'azienda che gli garantiva una cospicua rendita annuale. Qualche tempo fa, Prins-Reichenheim era andato a Parigi, e il suo rientro era previsto per domenica scorsa; tuttavia, non è mai arrivato a Berlino, perché ha interrotto il suo viaggio a Potsdam e da lì, ieri sera, ha inviato un telegramma alla moglie, che vive in Regentenstraße 5, comunicandole che si sarebbe tolto la vita in un albergo specificamente nominato, l'Hotel Potsdam. Il telegramma è stato recapitato a casa di Prins-Reichenheim in assenza della moglie, che era in visita da alcuni parenti in Rauchstraße. Gira voce che Prins-Reichenheim, divorato dall'infausta passione del gioco d'azzardo, di recente avesse giocato enormi somme di denaro a Parigi, e vedendosi in una situazione ormai del tutto insostenibile, abbia preferito togliersi la vita con un colpo di revolver.

16.

In seguito, ripensando a quella sera, Anna continuava a vedere davanti a sé la nuova acconciatura di Gertrud e il suo collo esile avvolto dalla luce delle candele. E poi lo sguardo inorridito di Heinrich, gli occhi che gli si riempivano di lacrime. Heinrich pianse Arthur per settimane e mesi. Più volte Anna lo trovò a singhiozzare sul letto, la testa affondata nel manto lucido di Waldi.

Josephine, che quella sera aveva avuto un collasso, impiegò qualche settimana per riprendersi. E Anna, in quei giorni, si rese conto di quanto l'amica amasse il marito. Da quando Arthur era morto, Josephine si rimproverava di non essersi preoccupata delle sue condizioni finanziarie, di non essersene interessata; più volte ripeté ad Anna quanto poco gli avesse chiesto della sua situazione economica, di avere ignorato tutti i segnali che lui stava di nuovo giocando d'azzardo. Riguardo a Leona Dare, sì, si era arrabbiata perché la relazione era stata messa in piazza, perché all'Opera e nei caffè la gente non le toglieva gli occhi di dosso, e persino il suo sarto si era lasciato sfuggire un commento.

Julius, come al solito, si occupò di tutto. Il rapporto della polizia, il funerale, il disbrigo di tutte le pratiche, l'eredità. Aiutò Josephine a mettere in ordine le finanze. Scoprirono che Arthur aveva venduto da tempo la casa di Regentenstraße e anche la villa del patrigno, che aveva fissato degli appuntamenti con l'acquirente per il trasloco e che li aveva rimandati più volte. Non rimaneva nulla del suo patrimonio, aveva perso tutto al gioco, e Anna sospettava che Julius stesse pagando, senza dire nulla, gli ultimi debiti.

Josephine lasciò Berlino un anno dopo la morte del marito, se ne tornò a Vienna, e Anna soffrì della sua mancanza. Si scrissero lettere, all'inizio quasi ogni giorno, poi una volta alla settimana e infine sempre più di rado. Josephine evitava Berlino, e Anna programmava regolarmente un viaggio a Vienna che, per un motivo o per l'altro, si vedeva costretta a rimandare. Si incontrarono di nuovo durante un viaggio a Deauville. Un anno dopo Josephine si sposò a Vienna e gli scambi epistolari si diradarono, fino a interrompersi definitivamente. Arthur era un ricordo lontano, solo Heinrich chiedeva di lui di tanto in tanto.

In seguito, Anna pensò ad Arthur ogni volta che Julius litigava con Heinrich, dopo che lei aveva cercato di richiamare il ragazzo all'ordine. Il liceo per lui era una tortura, il latino e il greco lo lasciavano indifferente, e quando il direttore chiese un colloquio e avvertì che Heinrich non sarebbe stato promosso alla classe successiva, lo iscrissero a un istituto professionale. A differenza dei fratelli, Heinrich non amava la scuola. Era curioso, si interessava a molte cose, ma mai a lungo. Se era richiesto uno sforzo, se bisognava mettersi a sedere per imparare qualcosa, allora gli passava subito la voglia. Non volle andare neanche all'istituto professionale, aveva quattordici anni quando decise che continuare a frequentare la scuola era una perdita di tempo. Anna era furiosa per quel figlio senza obiettivi, senza disciplina e senza volontà. Anche Julius era furioso, ma come sempre rimase calmo e alla fine convinse il suo primogenito a tornare a scuola, usando come argomento che se non avesse preso la licenza avrebbe dovuto fare tre anni di servizio nell'esercito. "Prenderà la licenza e poi lo manderemo da qualche parte a seguire un apprendistato, in una banca o in un'azienda," disse ad Anna cercando di rassicurarla.

Anna ripensò ad Arthur qualche anno dopo, quando Heinrich iniziò a frequentare i teatri di varietà e a giocare a carte. Aveva appena compiuto diciotto anni e viveva alla giornata, era un irresponsabile, un ragazzone che non prendeva sul serio nulla. Soprattutto la sera in cui citò ridendo un autore russo di cui aveva letto un romanzo, cosa strana visto che Heinrich non leggeva, a malapena sfogliava il giornale. "E perché il gioco dovrebbe essere peggio di un qualsiasi altro modo di fare denaro, per esempio del commercio?" declamò sventolandole sotto il naso *Il giocatore* di Dostoevskij.

Discussero aspramente: Heinrich criticava il padre, l'atteggiamento che aveva nei suoi confronti e soprattutto la convinzione che il commercio fosse meglio del gioco d'azzardo.

"Anche lui ha giocato d'azzardo! Cos'è il commercio di tessuti se non un gioco d'azzardo?" disse con voce sprezzante.

Anna lo guardò sbigottita. Come poteva fare simili paragoni, avere così poco rispetto di ciò che avevano costruito suo padre e i suoi zii, suo nonno e i suoi fratelli? E del resto non aveva rispetto di nulla e di nessuno. Lui le rimproverò gli ambienti che frequentava, peggio, ne rise, rise delle ragazze ebree di buona famiglia che venivano sposate come fossero fattrici, così disse. A lui quelle ragazze non interessavano, tanto meno il lavoro in banca o in un'azienda. Le colonne di numeri lo annoiavano, la contabilità per lui era una cosa superflua – e se proprio era necessaria, allora che la facesse qualcun altro.

"Sai che odore c'è nelle strade della periferia di Spandau? Conosci le luci notturne di Friedrichstraße, dei varietà? I quartieri a ovest," disse. "Il Tiergarten, Charlottenburg, Schöneberg, non conosci altro, tu non saliresti mai su una metropolitana, ti fai scarrozzare dallo chauffeur in giro per la città per andare a trovare le tue amiche la domenica pomeriggio. In questa famiglia l'unico che conosceva la vita era lo zio Arthur."

Furibonda, Anna lo cacciò dalla stanza, non voleva più vederlo e non intendeva avere altre discussioni di quel genere. Lui le aveva risposto con insolenza, dicendole in faccia di non essere interessato a nessuna opinione che non fosse la propria. Anna aveva lottato per controllarsi e fu felice quando il figlio si chiuse la porta alle spalle. Era diventato un estraneo, e di fronte a Julius non lo difese più.

Poi accadde che per la prima volta Julius fu avvicinato da qualcuno con il quale Heinrich aveva contratto dei debiti: un ex socio d'affari e amico che lo conosceva fin da quando era bambino. Anna non lo aveva mai visto così infuriato. Adesso Heinrich doveva imparare le basi della contabilità dal fratello di Anna e lavorare in azienda. Julius non tollerava obiezioni, e così Heinrich si vide costretto ad andare ogni mattina alla Callmann & Eisner in Jerusalemer Straße. I fratelli di Anna si erano offerti di dare una mano, ma ben presto anche loro iniziarono a lamentarsi: Heinrich era spesso in ritardo, non si concentrava sul lavoro.

Il servizio militare, che Heinrich dovette intraprendere qualche anno dopo, a Julius pareva la salvezza, disse ad Anna che lì gli avrebbero insegnato la disciplina, che avrebbe avuto altro a cui pensare. Ma anche nell'esercito Heinrich si riempì di debiti, Julius doveva inviare denaro in continuazione, e a un certo punto Anna intuì che Julius aveva pagato una grossa somma perché la cameriera di un locale vicino alla caserma era rimasta incinta e andava convinta con il denaro a tornarsene a Posen, il paese da dove veniva.

Anna si sentì felice quando Heinrich fu di nuovo a casa, non era cambiato di una virgola, era indisciplinato come sempre. Immaginava che potessero avere un'influenza migliore se lui stava in famiglia, che dovessero incoraggiarlo ogni giorno a fare una vita normale. No, lei non conosceva le luci di Friedrichstraße la notte, i teatri di varietà e i locali frequentati da suo figlio. Loro andavano all'Opera o a teatro, e il cocchiere alla guida della carrozza che aveva appena acquistato passava veloce davanti alle sale da ballo, ai varietà e ai bar. Di nuovo Julius mandò Heinrich a lavorare nell'azienda del fratello di Anna, perché ormai si sapeva che il giovane Reichenheim era inaffidabile, e Julius non voleva avere l'imbarazzo di chiedere a uno dei suoi partner in affari un posto per il figlio e ricevere un rifiuto. Spesso parlavano dei benefici che Heinrich avrebbe tratto da un periodo all'estero, ma lui si opponeva e insisteva per rimanere a Berlino.

Anna pensava con malinconia all'amato faccino che aveva da piccolo il suo primogenito. Adesso Julius a volte la rimproverava di essere stata troppo indulgente.

Il matrimonio sembrava essere l'unica via d'uscita, e Anna iniziò a invitare alle sue cene e alle sue feste le famiglie con ragazze in età da marito. Heinrich trascorreva le serate nei varietà e nei caffè e faceva presto a innamorarsi di attrici, cantanti e ballerine. Le ragazze di buona famiglia che Anna voleva presentargli lo annoiavano, e glielo disse anche chiaro e tondo. Intanto andava accumulando nuovi debiti, e a ogni lite Julius riduceva la somma che gli metteva a disposizione. Il risultato fu che debiti e discussioni aumentarono, e così le chiacchiere e le accuse e le promesse che poi si rivelavano vane.

Quando una mattina Julius entrò nella sua stanza senza bussare, Anna capì che era successo qualcosa.

"Ecco," disse Julius. "L'ha falsificata, ha falsificato la mia firma."

Le porse una cambiale, lei riconobbe la grafia di Heinrich, ma con il nome di Julius.

Heinrich aveva superato il limite. Anna sentì montare la rabbia e afferrò la cambiale.

Julius era appoggiato alla parete, e ora stava portando la mano sinistra sul cuore. Era pallido, la pelle trasparente come pergamena. Anna lasciò cadere la cambiale, mentre Julius si accasciava di fianco al divano.

17.

Mentre il treno attraversava Francoforte sul Meno, Sophie spiegava alla madre le qualità della sua nuova racchetta da tennis, e Anna fece un respiro profondo.

Quella mattina avevano lasciato Homburg, dove avevano accompagnato Julius che, dopo il malore, era andato a fare un soggiorno termale su raccomandazione urgente del suo medico.

Julius era così debilitato che Anna cercava di proteggerlo da tutto, specialmente dalle notizie su Heinrich che, così temeva, avrebbero potuto agitarlo troppo. Fortunatamente Robert, il marito di Gertrud, e Otto si erano occupati di ogni cosa: della cambiale contraffatta e di Heinrich, che per qualche giorno era scomparso per andare da una donna con la quale sembrava avere da tempo una relazione. Una di Luisenstadt, chissà dove l'aveva raccattata.

"Sophie," disse Anna in tono più severo di quanto avrebbe voluto, e la ragazza trasalì. Sua madre la chiamava Fifi, come tutti, se diceva "Sophie" significava che la cosa era seria.

"Non hai altri pensieri in testa che lo sport, il tennis, la vela, l'equitazione? Non ho più voglia di sentire queste chiacchiere continue sulle racchette, il club di vela, la nuova barca a remi."

Anna guardò fuori dal finestrino. Il viaggio verso Berlino sarebbe durato ore, lei era stanca e a casa l'aspettavano parecchie questioni da risolvere. Julius le aveva dato una postilla da aggiungere al suo testamento, per scriverla era stato sveglio tutta la notte. Se Heinrich non avesse rinunciato al gioco d'azzardo, l'avrebbe diseredato. La postilla andava consegnata al notaio, perciò le aveva chiesto di fissare un appuntamento il prima possibile. E poi aveva deciso: Heinrich doveva lasciare Berlino e andare a New York, lei e Robert dovevano occuparsi anche di questo. Anna aveva telegrafato a Heinrich il loro orario di arrivo chiedendogli di andarle a prendere alla stazione.

"Oh, mamma, mi dispiace, sei preoccupata per papà, che sciocca che sono." Fifi le prese la mano e l'accarezzò, e Anna pensò che quella figlia, con i suoi diciassette anni, era troppo impulsiva, troppo allegra e troppo svagata, faceva tutto quello che le passava per la testa senza pensare.

"Mia piccola Fifi, la vita non è fatta solo di racchette da tennis e barche a remi. Naturalmente sono nervosa per via di papà, non mi piace affatto lasciarlo da solo, ma Heinrich…"

"Non fa male a nessuno ed è sempre così divertente!" Sophie ammirava il fratello maggiore e Anna e Julius avevano cercato di nascondere le loro difficoltà con Heinrich alle sue sorelle. Luise, l'anno precedente, aveva sposato Victor von Leyden, ebreo e figlio di Marie Oppenheim. Era stata una buona decisione, Victor era solo un impiegato del tribunale di commercio, ma c'erano già dei legami con la sua famiglia: Marie Oppenheim era cugina di Franz Oppenheim, che la sorella di Anna, Margarethe, aveva sposato dopo la morte del marito.

Chissà se Marie Oppenheim aveva saputo qualcosa dello scandalo? Probabilmente in giro tutti sparlavano di quel figlio ribelle e dei suoi imbrogli.

Quando il treno arrivò a Berlino, ore dopo, Anna era irascibile e nervosa.

"Verrà," disse Fifi mentre metteva la sua valigia davanti alla porta dello scompartimento. "A meno che non si sia innamorato di nuovo e si sia completamente dimenticato di noi due." Ridacchiò.

"Fifi, non è divertente, non voglio sentir parlar di queste storie," disse Anna in tono brusco. Non bastava che Heinrich giocasse d'azzardo e accumulasse debiti, c'erano anche le scappatelle con le ballerine e le cameriere dei bar. Adesso era spuntata anche questa donna di Luisenstadt, di cui Otto le aveva parlato mesi prima. Heinrich le aveva davvero trovato un lavoro come dattilografa presso la banca Mendelssohn. La figlia di Margarethe, Charlotte, aveva sposato Paul Mendelssohn: quanto era stata orgogliosa Margarethe del matrimonio della sua unica figlia, e che splendida cerimonia! Anna si era assicurata che la ragazza venisse licenziata, era andata personalmente da Paul Mendelssohn per chiedergli di farlo, inoltre si era raccomandata di non raccontarlo alla giovane moglie o alla suocera. Ci mancava solo che Margarethe lo venisse a sapere, questa era quasi peggio della cambiale falsificata...

Scesero dal treno sul binario dove i passeggeri in arrivo e in attesa scambiavano i saluti e i facchini pubblicizzavano i loro servizi. Anna si guardò intorno, ma non riuscì a vedere Heinrich da nessuna parte.

"Aspetteremo," disse a Fifi, "è troppo affollato, lascia che tutta questa gente se ne vada."

Dopo venti minuti il binario si era svuotato, restavano solo loro due. L'ultimo facchino se n'era andato dopo aver chiesto per l'ennesima volta se avevano bisogno del suo aiuto. Fifi continuava a fissare il grande orologio della stazione. Anna capì che la figlia stava per dire qualcosa, ma poi aveva cambiato idea. La sua rabbia cresceva di minuto in minuto. Mezz'ora dopo l'arrivo del treno, videro l'autista che correva lungo il binario verso di loro con il cappotto svolazzante. Si scusò, si inchinò, ma era senza fiato e Anna non capì cosa diceva. Fu solo in macchina che lei ricompose i pezzi.

"Heinrich non si è presentato all'ora stabilita?"

"Mi dispiace, signora, io sono arrivato alla macchina in orario e naturalmente ho aspettato, il signor Heinrich voleva venire, questo era l'accordo."

Cos'era potuto succedere? Gli era capitato qualcosa?

Heinrich arrivò solo dopo le otto e Anna rimase sbigottita quando vide la faccia del figlio: aveva un occhio nero e una lacerazione sul sopracciglio destro. Eppure le sorrise e fece per prenderle le mani. Anna scosse la testa e indietreggiò.

"Mamma, qualsiasi cosa tu stia per dire… hai ragione, hai ragione su tutto. Ti prometto che non accadrà mai più, lo giuro su Dio, l'ho già detto a Otto e Robert, è l'ultima volta. Ci sono solo quei debiti, e dopo mai più…" C'era un tono di supplica nella sua voce.

"Come sempre," pensò Anna con amarezza, "è come sempre, solo quei debiti, e poi quel sorriso." Credeva davvero alle sue parole? Oppure si trattava di bugie bell'e buone e la stava solo prendendo in giro?

Invece di alzare la voce, come faceva di solito, gli porse lo scritto di suo padre, che stava sulla scrivania della biblioteca, dove lei gli aveva chiesto di raggiungerla. Heinrich lo prese in mano e lo lesse.

Nomino mio figlio Heinrich erede della quota legittima alla quale ha diritto per legge. Tuttavia, poiché mio figlio Heinrich si è lasciato andare a sprechi tali da mettere in serio pericolo il patrimonio del quale verrebbe in possesso con l'eredità, dispongo che, dopo la morte di mio figlio Heinrich, i suoi eredi legali ricevano, in qualità di successori, la suddetta quota legittima in proporzione alle loro rispettive quote. Mio figlio Heinrich avrà diritto solo alla rendita netta annuale prodotta dalla sua quota legittima.

Mi riservo il diritto, dopo la completa liquidazione degli attuali debiti di mio figlio Heinrich, di determinare l'importo da considerare come sua quota legittima.

Julius Reichenheim

"Vedi, sappiamo come proteggerci da te e dalla tua dipendenza dal gioco d'azzardo," disse Anna, contenta di sembrare fredda e padrona di sé. "E lascerai Berlino, papà ha telegrafato a New York, ti darà due lettere di raccomandazione. Lì troverai un impiego."

"Cosa farò a New York? Ti prego, mamma, ti prometto che è tutto finito, ma lasciami rimanere qui…"

"No," disse Anna con voce ferma, "no, Heinrich. La nave parte alla fine di ottobre da Liverpool per New York, la traversata è prenotata. Questa è la nostra ultima parola."

Si voltò e uscì dalla stanza.

Il mattino seguente, di buonora, andò nella stalla dai suoi cavalli, sellò la cavalla baia e andò a fare una lunga cavalcata. A New York, Heinrich sarebbe venuto a più miti consigli, lì sarebbe stato da solo e avrebbe dovuto dimostrare il suo valore. Forse da bambino l'aveva davvero viziato, pensò mentre attraversava il Tiergarten avvolto nella nebbia, in fondo aveva sempre esaudito ogni suo desiderio. Non avrebbe visto Heinrich per uno, due, tre anni, ma non gli disse addio; quando a ottobre finalmente lui partì per New York, due giorni prima lei andò a Homburg a trovare Julius.

New York, 12 giugno 1905

Papà caro!

Ho ricevuto la tua lettera del 25 maggio, ti ringrazio per averla scritta e anche per il suo contenuto. Mi dispiace doverti dire che non posso soddisfare le tue richieste. Ho piena consapevolezza delle conseguenze cui vado incontro e non conterò assolutamente su alcun sostegno da parte tua, né oggi né in futuro. So bene che se ti obbedissi potrei avere una vita molto più facile e migliore, ma non posso e non voglio permettere che la ragazza che mi ha salvato dalla rovina sia spinta dalle circostanze a tornare sulla strada del vizio da cui l'ho liberata.

Addio, vi chiedo perdono per tutto il male che vi ho fatto e dovrò farvi ancora.

Vostro figlio Heinrich

POSTILLA AL TESTAMENTO

A parziale revoca del mio testamento redatto il 29 giugno 1898 e a completa revoca di tutte le postille riguardanti mio figlio Heinrich, con la presente escludo mio figlio Heinrich Reichenheim della sua quota legittima. Come motivo della revoca, dichiaro che mio figlio Heinrich conduce una vita immorale, poiché intrattiene costantemente e contro la mia espressa volontà relazioni con una donna equivoca, la nubile Stahmann.

Homburg, 27 giugno 1905
Sanatorio Clara Emilia
Julius Reichenheim

Tombe

Negli anni quaranta dell'Ottocento, Isidor Eisner lasciò la Slesia e con essa l'angustia e la disperazione della sua infanzia a Sohrau. Si stabilì a Lipsia, ma il suo futuro era in Prussia, a Berlino, dove si sposarono le figlie, che seguì dopo la morte della moglie.

Isidor non poteva sapere che i suoi nipoti sarebbero stati costretti a lasciare Berlino e l'Impero tedesco alla cui nascita aveva assistito, e che si sarebbero dispersi in tutto il mondo.

Uno dei suoi nipoti tornò in Slesia, in una località che Isidor non conosceva, distante non più di un'ora da Sohrau.

Nel 1943, un secolo dopo che Isidor Eisner aveva lasciato per sempre la Slesia, suo nipote Heinrich Reichenheim fu deportato ad Auschwitz, dove arrivò il 21 maggio 1943 con un trasporto collettivo di 98 uomini provenienti da Buchenwald. Gli tatuarono sull'avambraccio il numero 122714. Secondo i documenti del campo di concentramento, a metà luglio si ammalò di dissenteria e fu curato nel Blocco 20, l'infermeria per le malattie infettive.

Morì il 3 agosto 1943. Friedrich Entress, il medico del campo che certificò la sua morte, dall'autunno del 1942 uccideva i prigionieri malati che nel giro di quattro settimane non erano ancora in grado di lavorare, iniettando loro del fenolo nel cuore.

Oggi in macchina si impiegano tre quarti d'ora per andare da Sohrau ad Auschwitz. In lontananza si può ancora vedere il dolce profilo azzurrino dei monti Beschidi.

Gli antenati di Isidor e Heinrich, gli Eisner e gli Schlesinger, riposerebbero nei vecchi cimiteri ebraici di Sohrau e Gleiwitz, ma le tombe sono invase dall'edera, le lapidi rovesciate, i cancelli del cimitero chiusi a chiave.

Se si trova un modo per accedere, si possono decifrare solo le iscrizioni in ebraico sulla parte anteriore di alcune lapidi. Le iscrizioni in tedesco, che erano state incise in lettere latine sul retro, sono state scalpellate via quasi ovunque. Prima si odiavano le tombe ebraiche, poi le iscrizioni in tedesco, e ora non c'è quasi nessuno che vada nei vecchi cimiteri in cerca delle tombe dei propri antenati.

Neanche Anna e Julius hanno più una tomba a Berlino, anche se in quanto battezzati riposano nel cimitero della Jerusalems-und Neue Kirche, a Kreuzberg. Nel 1971, la loro tomba è stata abbattuta, vittima della costruzione di una strada.

Restano le tombe di Adolph Reichenheim, il primo marito di Anna, e dell'altro Adolph, il figlio maggiore di Anna e Julius, vissuto appena tre mesi. Riposano uno accanto all'altro nel cimitero ebraico di Schönhauser Allee, e anche le loro lapidi sono rovesciate e invase dall'edera. Ci sono infine le tombe di coloro che, nella seconda metà del XIX secolo, credevano in un futuro a Berlino: i Liebermann, i Bleichröder, i Gerson, gli Ullstein, i Moss, i Simon e gli Haberland.

PARTE SECONDA

MARIE
1905-1957

18.

"Marie, sbrigati, dove sei finita?"

Stava ancora rovistando nella sua borsetta, doveva esserci una spilla da balia, era abbastanza sicura di avercene messa una qualche giorno prima. Sì, eccola, grazie al cielo!

"Ahi!"

"Cosa stai facendo?"

"Un attimo, tu intanto avviati, ti raggiungo subito!"

Cercò di tenere insieme con la spilla la cucitura che si era strappata sul fianco. Quello stupido vestito che dovevano indossare tutte le guardarobiere del varietà del giardino d'inverno nel Central Hotel non le stava, aveva immaginato che un giorno o l'altro la cucitura sarebbe saltata. Il tessuto era scadente e la taglia non era quella giusta: era importante che tutte le ragazze fossero magre, e lei non lo era affatto. Durante la prova aveva tirato la pancia in dentro trattenendo il respiro. Il vestito le stava solo se rimaneva ferma, immobile.

Nel tentativo di chiudere la spilla di sicurezza Marie si punse di nuovo, poi finalmente ci riuscì e corse su per le scale degli alloggi della servitù al Central Hotel. A destra, davanti all'ingresso del giardino d'inverno, leggermente arretrato, c'era il guardaroba. Oggi erano di turno lei e Lili, e con loro doveva esserci anche una terza ragazza perché sarebbero venuti molti clienti.

Il giardino d'inverno era stato riaperto da una settimana appena, dopo che avevano rimosso l'imponente tetto di vetro e un cielo stellato artificiale ornava di nuovo la cupola con migliaia di piccole lucine.

Quando aveva visto il giardino d'inverno così per la prima volta, Marie era rimasta senza parole. Che meraviglia, altro che le pallide stelle nel cielo sulla grande città. Queste brillavano sempre, immergendo la grande sala in una luce piena di promesse. Lavorava lì come guardarobiera da qualche mese e amava lo splendore del giardino d'inverno con il suo mare di fiori, palme, alberi di alloro e piante rampicanti che si intrecciavano intorno a delicate colonne di marmo. Le sorgenti che sgorgavano dalle grotte, l'acqua che zampillava dalle fontane e gente dell'alta società berlinese che sedeva ai tavoli eleganti, davanti ai quali Marie all'inizio aveva provato stupore e adesso rideva.

"Perché ci hai messo tanto?" chiese Lili spostando le grucce di lato e sistemandosi i capelli bruni, appuntati sulla nuca.

"Il mio vestito, guarda…" Marie sospirò e Lili scoppiò a ridere.

"È meglio se rimani seduta alla cassa, così nessuno se ne accorgerà. Dopo puoi darlo a me, la mia coinquilina è una sarta, può ripararlo lei. Però, Marie…"

"Dimmi."

Lili la guardò con espressione seria. "Quel vestito è troppo stretto, devi smetterla di smangiucchiare o presto non ti entrerà più, ed Emil lo storto non te ne darà un altro."

Marie si sedette al piccolo bancone dov'erano il registratore di cassa e i tagliandi che gli ospiti ricevevano per i loro cappotti. Lili aveva ragione, tanto per cambiare. La bella e sensibile Lili, che dava a sua madre e ai sette fratellini e sorelline di Wedding tutto il denaro che poteva, e che non andava mai a Grunewald o al luna park di Halensee nei fine settimana.

La madre di Marie non si aspettava denaro da lei, era sufficiente che se ne fosse andata di casa. Tra fratelli e sorelle erano in dodici, il padre era morto. Eppure la madre si era preoccupata quando Marie le aveva parlato di Berlino.

"Sposati con Hugo, Marie, cosa vai a fare a Berlino?"

Marie voleva andarsene, lontano da quel buco di Burg bei Magdeburg, lontano dal fetore della fabbrica di scarpe, la più grande d'Europa, dove avevano lavorato suo padre e tutti gli uomini di lì, compreso Hugo ovviamente. Hugo che a vent'anni aveva le dita nere come quelle di suo padre e di suo nonno, che non sapeva né voleva conoscere il mondo, a lui interessava solo sposarsi, avere dei figli e lavorare nella fabbrica di scarpe come suo padre. Tack & Cie, così si chiamava la fabbrica: tic tac, tic tac per tutta la vita, la vita degli uomini di Burg bei Magdeburg era tutta qui. Una vita che le donne condividevano: facevano figli, lavavano, pulivano, cucinavano, aspettavano i mariti con le dita nere, alcune guadagnavano un piccolo extra con qualche lavoretto di cucito quando i soldi non bastavano. Hugo no, lui guadagnava abbastanza, e cosa voleva lei di più, chiedeva la madre che passava le notti a cucire, mentre i figli dormivano.

Non era vita per Marie, quella. Fin da bambina aveva sognato la grande città, abiti eleganti, principi e principesse.

Sei matta, bimba mia, credi a me!
Nella grande Berlino devi andare!
Dove son tutti matti da legare,
quello è il posto giusto per te!

Era una canzone che aveva canticchiato una volta una giovane insegnante che si era ritrovata a lavorare alla scuola elementare di Burg, e Marie pendeva dalle sue labbra. Poi la giovane le aveva raccontato di Berlino e di tutte le cose che lì si potevano fare. Le donne lavoravano negli uffici. Alcune frequentavano persino l'università. Marie non l'aveva mai dimenticato. Non era più una sognatrice, con l'università non si era persa niente. Ma aveva scoperto che gli uffici e le agenzie assumevano dattilografe e stenografe. A un certo punto scoprì anche che esistevano scuole dove la stenografia e la dattilografia si potevano imparare.

Quando aveva vent'anni e la domenica, dopo la messa, Hugo veniva sempre più spesso a casa loro e si sedeva in silenzio a tavola mentre lei stava ai fornelli con la madre, Marie aveva chiesto la vecchia valigia di cartone e dentro ci aveva infilato i suoi abiti migliori, aveva indossato il cappotto di stoffa spessa sopra il vestito della domenica, anche se era maggio e faceva già caldo, e con i pochi soldi risparmiati aveva comprato un biglietto del treno per Berlino. Aveva in tasca l'indirizzo di una scuola e quello di un'amica della sua insegnante, dove avrebbe potuto fermarsi per qualche giorno in attesa di trovare un lavoro e una camera.

Sua madre l'aveva lasciata andare, era troppo stanca per rimproverarla e insieme sollevata all'idea che ci sarebbe stata una persona in meno ad affollare quel buco di appartamento. Le aveva anche dato dei soldi. Per le emergenze, aveva detto.

Quando alla stazione di Potsdam era scesa dal treno con la sua valigia di cartone, Marie si era fermata stordita, le grida degli strilloni, la bolgia... No, non aveva mai visto tanta gente tutta insieme in un posto solo, il fumo delle locomotive e un che di diverso nell'aria l'avevano sopraffatta. Per un attimo aveva pensato di salire sul treno successivo e tornarsene a casa. Poi aveva chiuso gli occhi, li aveva riaperti e aveva fatto un bel respiro. Sì, era questa la grande città. Era qui che voleva stare. E il resto era venuto da sé: una mansarda in Alexandrinenstraße, nel quartiere di Luisenstadt, che condivideva con una commessa; un corso di dattilografia in Tieckstraße, nel quartiere studentesco, con una severa signorina che insegnava a ragazze come lei; e infine un lavoro come guardarobiera nel giardino d'inverno del Central Hotel. Con quello che guadagnava riusciva a pagare l'affitto e la scuola. Non le rimaneva molto, ma le bastava. Quando pioveva o faceva molto freddo, prendeva l'autobus o l'omnibus da Luisenstadt fino alla scuola o al giardino d'inverno: Oranienstraße, Kochstraße e poi Friedrichstraße. Passava davanti alla Kaisergalerie, all'angolo tra Friedrichstraße e Unter den Linden, con i suoi negozi seducenti, nelle vetrine cose che non aveva mai visto in vita sua.

Adesso lavorava sei sere alla settimana e quel giorno era fortunata: lei e Lili erano state assegnate alla platea, dove sedevano i signori e le signore più eleganti, che avevano i biglietti più costosi e davano le mance migliori.

Con il nuovo cielo stellato e Miss Saharet, la ballerina australiana di cancan, che lanciava la gamba così in alto da potersi mordere la giarrettiera, il giardino d'inverno sarebbe stato pieno come un uovo. Poi c'era Salerno, il giocoliere, e gli Stanley Brothers, due acrobati. Il più alto si infilava in bocca un sigaro, incassava la testa fra le spalle, e il più basso si librava a testa in giù sopra di lui, tenendosi al sigaro con i denti. Marie li aveva osservati attraverso uno spiraglio, finché uno dei camerieri non se n'era accorto e le aveva sbattuto la porta in faccia. Non le importava, aveva visto gli Stanley Brothers nella loro celebre posa e non poteva credere che quello fosse un sigaro normale.

"Lili, Marie, siete pronte?" Emil lo storto, che sorvegliava le guardarobiere, le osservò con attenzione. Aveva una spalla più bassa, camminava curvo e scuoteva la testa con disapprovazione quando Marie rideva troppo forte.

"Sempre cordiali, sempre educate, sissignore, prego signora. Marie, tieni a freno la risata, si addice più a un carrettiere che a una ragazza! E fate attenzione ai cappotti e ai cappelli, capito? Fuori piove a dirotto, saranno quasi tutti bagnati, cercate di mettere i soprabiti abbastanza distanti fra loro e non ammassate i cappelli uno sopra l'altro, altrimenti si schiacciano."

Si voltò e Marie fece una smorfia, Lili non poté trattenere una risatina.

"Marie, controllati…" Poi scappò via.

"Ce l'ha sempre avuta con me, fin dall'inizio. Fosse stato per lui, questo lavoro me lo sognavo." Marie fece un sospiro.

"Non mi sorprende, anche tu non perdi occasione di stuzzicarlo. Guarda, ecco che arrivano i primi clienti!"

All'inizio di ogni serata Marie era sopraffatta dalle mise delle signore: i tessuti fluenti, seta, mussola, maniche a sbuffo secondo la moda, gonne a campana, e adesso che erano in autunno eleganti mantelle di lana e cappelli strepitosi. E poi i signori in frac e cilindro, uomini con lunghe dita candide e le unghie pulite.

Arrivarono i primi cappotti e cilindri; alle signore era consentito tenere il cappello. Marie prese in consegna i capi, incassò e diede ai clienti il loro tagliando.

"Vi auguro una piacevole serata," stava ancora dicendo. Intanto aveva allungato la schiena e già sorrideva al cliente successivo che si avvicinò al guardaroba da solo.

Dietro di lui, un gruppo formato da due signori accompagnati da due signore che ridevano e parlavano tra loro a voce alta. Uno aveva una faccia conosciuta, l'aveva visto diverse volte quando era di turno al guardaroba della platea. Doveva venire spesso, però in compagnia di donne ogni volta diverse. Capelli castano chiaro, occhi azzurri, sempre ben vestito, cappello a cilindro e foulard al collo. Le orecchie leggermente a sventola e il mento rotondo gli davano un fascino sbarazzino che le piaceva. E poi le faceva sempre l'occhiolino quando la sua accompagnatrice distoglieva lo sguardo. Anche a lei piaceva lui, ma non ricambiava mai l'occhiolino: Emil lo storto non perdeva occasione per mettere in guardia le ragazze dal dare confidenza ai clienti, Lili non era da meno e le raccontava storie dell'orrore su certe "ragazze perdute".

Il giovane doveva essere poco più grande di lei, sulla ventina. Stavolta era venuto con un uomo leggermente più anziano, la cui dama esibiva un cappello di dimensioni rocambolesche, ornato di piume verdi. Indossava un abito molto scollato, notò Marie mentre la donna si sfilava il cappotto. La signora che accompagnava il giovane non era abbigliata in modo tanto più castigato; le due donne si sussurrarono qualcosa all'orecchio ridacchiando, il che strappò a Lili un piccolo sbuffo sprezzante. Il più delle volte si riusciva a capire se un signore era lì con un'accompagnatrice o con la fidanzata.

Il più giovane cercò in tasca le monete per il guardaroba, ma ne trovò solo due, esattamente la somma dovuta.

"Oh no," esclamò con finta costernazione. "Così proprio non va, nemmeno un centesimo di mancia per la mia signora guardarobiera preferita! Dovrò escogitare qualcosa!"

Marie si rallegrò: davvero si ricordava di lei?

Ma a quel punto le due signore lo stavano già tirando via; la più anziana, con un risolino querulo, squadrò Marie e poi si allontanò per seguire gli altri.

Lo spettacolo stava cominciando, l'orchestra aveva già attaccato a suonare.

Marie dimenticò in fretta il piccolo episodio, la gente si accalcava al bancone e, come previsto da Emil, quella sera di ottobre i cappotti erano bagnati dalla pioviggine e ben presto il guardaroba si riempì di vapori.

Con l'inizio del primo numero, poterono fare ordine in pace e Marie tirò un respiro di sollievo. Aiutò Lili ad appuntare i tagliandi sui cappotti, in modo da poter ritrovare in fretta quelli giusti al termine della serata.

Dopo i primi due numeri, uno dei camerieri si presentò con due coppe di spumante. "Li manda uno dei signori in platea, invece della mancia."

Lili lo guardò indignata. "Lo sai che è proibito, riportali indietro! Se qualcuno lo vedesse!"

"Ho cercato di spiegarglielo, ma lui ha detto che per le signore più affascinanti della serata ci vuole dello spumante..."

E all'improvviso comparve il giovane gentiluomo in persona, che disse con un lieve inchino: "Oh, la prego, beva una coppa con me, nessuno potrà rimproverarla! Sono un habitué, se qualcuno si arrabbia, basterà dire che è da parte di Heinrich Reichenheim!"

Guardò solo Marie. Poi si girò e tornò in sala dove stava per iniziare il numero successivo. Marie esitò, poi disse ridendo: "Che diavolo, perché no?".

"Marie, non farlo!" Lili rimase inflessibile e restituì la coppa al cameriere.

Marie prese un sorso dalla sua, poi la mise da parte per aiutare Lili. Ancora due numeri musicali, l'intervallo, e infine sarebbe arrivato il momento clou della serata: la celebre ballerina Miss Saharet.

Non appena suonò la campanella dell'intervallo, la porta della sala si aprì e Marie riconobbe l'accompagnatrice del giovane Reichenheim. La donna si precipitò verso il guardaroba, afferrò la coppa di spumante e le rovesciò il contenuto in faccia.

"L'ho visto, ho visto esattamente che mettevi gli occhi sul mio Heinrich, ma tieni giù le zampe!"

Prima che Marie potesse rispondere, l'altra signora aveva già sollevato la sua pochette di raso e stava per colpirla, quando Heinrich Reichenheim l'afferrò per un braccio e cercò di allontanarla. Nel frattempo, intorno al guardaroba si era formato un capannello, la gente commentava il vestito della donna che si dimenava facendo scivolare in basso il décolleté.

"Scelgono sempre le ragazze sbagliate, questi Reichenheim," disse ridendo un signore con i baffi biondi e il fazzoletto da taschino rosso; un altro gridò: "Bravo, bravo!".

Alla fine Heinrich Reichenheim riuscì a spingere la sua accompagnatrice verso l'uscita e il piccolo assembramento si disperse. Dal crocchio emerse Emil lo storto, che senza dire una parola entrò nel guardaroba e fece segno a Marie di seguirlo nel retro.

"E con questo abbiamo concluso. Sei licenziata. Con effetto immediato."

"Ma…" Marie sentiva di non avere nessuna colpa.

"Niente ma. È da un po' che ti osservo. Nessun contatto personale con i clienti. Questa è la prima regola. E tu cosa fai? Ma guardati, ti fai spruzzare di spumante come un cane bagnato! Perché strizzi l'occhio agli uomini. Dove pensi di essere? Il Central Hotel non è il tipo di locale per una come te!"

Marie andò su tutte le furie. "Basta così! Non ho mai fatto gli occhi dolci a nessuno, e se quel signore ha problemi con la sua accompagnatrice, non dovrebbe venire qui!"

Emil le si avvicinò. Marie vide che non aveva solo la spalla storta, ma anche i denti, e dovette reprimere una risatina. Non poteva dire sul serio, soprattutto non in una serata come quella, con il varietà pieno zeppo di gente.

"Vattene e non farti più vedere!"

Marie rimase di stucco, si sistemò i capelli e si rese conto che erano davvero bagnati. Probabilmente Emil aveva ragione, sembrava davvero un cane bagnato. Drizzò la schiena.

"E va bene. Andrò a lavorare da un'altra parte. Mi dia la paga settimanale e me ne vado."

"Niente paga, sei licenziata. Considerati fortunata a non dover pagare tu. Adesso vado a controllare i danni, ma se qualche goccia di spumante è finita sui cappotti buoni, sarai tu a pagare me! E scordati di trovare un altro lavoro!"

Marie non poté fare a meno di ridere: di Emil che tremava di rabbia, e delle poche gocce di spumante finite sui cappotti già bagnati. Quante ne aveva viste lì: gli ospiti che uscivano dal giardino d'inverno barcollando e rovesciavano su tessuti costosi il resto del bicchiere che avevano ancora in mano e non solo…

"Arrivederci, Emil. Rimarrai sorpreso, tornerò, e tu mi terrai aperta la porta facendomi l'inchino, vedrai!"

Lo piantò in asso, prese il suo cappotto di stoffa troppo leggera e lasciò il giardino d'inverno, mentre Miss Saharet sgambettava acclamata dal pubblico.

Appena fuori, Marie fece un respiro profondo. Continuava a cadere una pioggerella sottile, il selciato brillava nel riflesso della luce dei lampioni. C'era un gran movimento in Friedrichstraße, carrozze, un omnibus, il tram a cavalli, uomini che spingevano carretti stracarichi, qualche ciclista e passanti che cercavano di attraversare. Grida, clacson, scampanellii. Da qualche parte un cane abbaiava. Per un po' rimase a contemplare quel caos come anestetizzata.

E ora? D'un tratto si rese conto della situazione. Senza la paga settimanale non poteva saldare l'affitto. L'indomani avrebbe dovuto consegnare i soldi alla padrona di casa, una vedova arcigna che viveva al piano terra e si appostava sulle scale quando era giorno di paga. Non concedeva proroghe, quella. E Marie non aveva messo nulla da parte. Ci aveva provato e riprovato, ma poi finiva per passare il fine settimana in giro con la sua compagna di stanza. Mangiare una fetta di torta in caffetteria. Comprare i biglietti della lotteria al luna park. Visitare il Kaiserpanorama nella Kaisergalerie per venti pfennig e meravigliarsi delle variopinte immagini tridimensionali di paesi lontani o di grandi parate. Prendere un po' troppo spesso l'omnibus per cinque pfennig. Bere un caffè espresso in una caffetteria, invece dell'economico caffè di cicoria alla Kaffeehalle. All'inizio, aveva tenuto meticolosamente da parte il denaro sufficiente per un biglietto di ritorno al paese. In caso di necessità. D'estate, però, non era riuscita a resistere alla tentazione di acquistare un cappello strepitoso che era esposto nella vetrina di un raffinato negozio nella Kaisergalerie davanti al quale passava ogni giorno per andare al lavoro. Aveva speso tre quarti del denaro messo da parte per il biglietto del treno, con il resto aveva comprato uno spillone da appuntarsi al cappello e delle calze nuove per le giornate più fredde. "Che diavolo, tanto per il viaggio di ritorno ormai non bastano più," aveva pensato…

Lentamente, camminò sotto la pioggia sottile che finì per bagnarla fino all'osso. L'omnibus viaggiava ancora, erano le undici passate, ma decise di risparmiare i cinque pfennig. Quando arrivò a casa, salì le scale in silenzio. La sua compagna di stanza stava già dormendo. Di solito Marie rientrava verso le quattro e si sedeva in poltrona. Quando intorno alle sette Gretchen si alzava per andare al lavoro, Marie si infilava nel letto e dormiva fino a mezzogiorno. Nel pomeriggio l'attendeva la scuola e poi il varietà.

Quando Marie si coricò nel letto accanto a lei, Gretchen si svegliò. "Che ore sono?" chiese assonnata.

"Continua a dormire, sono solo le undici. Sono uscita prima perché non mi sentivo bene."

Gretchen si tirò su a sedere e accese la lampada sul comodino.

"Cosa c'è che non va?"

"Niente, ero solo indisposta."

"Ti hanno lasciato andare via prima? Prima della fine del turno?"

"Non è una fabbrica, Gretchen. L'altra ragazza può lavorare anche da sola, ovvio che posso andarmene se mi sento male."

Gretchen la guardò sospettosa, poi spense la luce e tornò a coricarsi.

Per non disturbarla Marie rimase per un po' sveglia nel buio, rigida come un pezzo di legno nel lettuccio stretto. Avrebbe scovato una soluzione, nel giro di qualche giorno si sarebbe trovata un nuovo lavoro. Alla fine si addormentò e si svegliò solo quando qualcuno bussò vigorosamente alla porta. Saltò giù dal letto – doveva essere mattina, Gretchen era già uscita – e aprì. La padrona di casa la guardò con espressione seria.

"Signorina Marie, sono venuta a riscuotere l'affitto!"

Come faceva la vecchia a sapere… Gretchen. Gretchen si era accorta subito che qualcosa non quadrava. E per paura di essere buttata fuori, al mattino era corsa dalla padrona di casa con la sua quota di affitto e l'aveva messa in guardia.

Un'ora dopo, Marie era in mezzo alla strada. Aveva indossato il nuovo cappello estivo perché nella valigia di cartone non entrava più.

19.

"Attenta, ragazzina!" Marie fece un salto di lato, il fango schizzò e lei accennò un grido perché il suo cappotto si era tutto inzaccherato. Non aveva visto né sentito arrivare quella carrozza; aveva attraversato Charlottenstraße con la valigia in mano, immersa nei suoi pensieri. Imprecando, il cocchiere proseguì.

Marie era arrabbiata con se stessa e con la sua sbadataggine. Si era lasciata cullare dallo splendore del giardino d'inverno, da quei clienti facoltosi che la sera vi trascorrevano ore felici, come se il suo mondo fosse il loro guardaroba. Ma non aveva alcun legame con le persone belle ed eleganti che ogni sera venivano nel giardino d'inverno per divertirsi, bere champagne o spumante e ordinare ostriche. La città era spietata con chi non aveva un posto, né soldi né un lavoro.

Dopo aver lasciato la sua stanza, Marie era andata in cerca di un nuovo impiego. Emil lo storto aveva mantenuto la parola: in nessuno dei teatri di varietà dov'era andata a sostenere un colloquio volevano avere a che fare con lei. Ancora una volta era arrabbiata con se stessa; non aveva mai dato ascolto a Lili quando le aveva detto che i guardaroba di molti teatri e varietà erano gestiti da un'unica azienda, la stessa che era proprietaria del guardaroba del giardino d'inverno. Si era annoiata quando Lili le aveva spiegato che bisognava cercare di farsi trasferire al guardaroba dell'albergo, a quel punto si era davvero dipendenti del Central Hotel e la paga era migliore. Ma non era più emozionante lavorare al varietà? Per intravedere di tanto in tanto gli artisti, le Five Barrison Sisters, Miss Saharet, i giocolieri e gli acrobati, gli animali che di solito conosceva solo dallo zoo, i pappagalli colorati e una volta persino un elefante?

Certo che era più emozionante, ma adesso era in mezzo a una strada e nessuno la voleva più. Aveva trascorso una notte da Lili e poi da Erna, un'altra ragazza con cui ogni tanto aveva lavorato al guardaroba. Entrambe avevano messo subito in chiaro che si trattava di un'eccezione. Entrambe condividevano, come lei, una piccola mansarda con una ragazza che di giorno lavorava in un grande magazzino o in fabbrica. Dormivano alternandosi nello stesso letto: una di giorno, l'altra di notte. In due non c'era verso di chiudere occhio.

Erano le otto del mattino e faceva freddo. Una nebbiosa giornata di novembre, quando la città si risvegliava di malavoglia e i vetturini e gli operai se ne andavano per le strade di cattivo umore, prendendo di mira tutti quelli che incrociavano. Stava congelando nei suoi vestiti, la valigia le pesava sempre di più. Il fango della strada aveva impregnato le suole sottili delle scarpe che le si appiccicavano ai piedi. Quella della scarpa sinistra aveva un buco al centro, che Marie aveva tentato di tappare con della carta di giornale. Anche la carta però aveva finito per impregnarsi di pioggia e fango.

La via d'uscita era una sola: la signorina della scuola di stenodattilografia. Aveva continuato a frequentarla quotidianamente. Ma quel giorno, per l'appunto, scadevano i termini per pagare l'iscrizione, doveva parlarle. Marie aveva rimandato. Alla signorina non piaceva molto, non si concentrava ed era più lenta delle altre ragazze. Dopo le prime lezioni di stenografia, le aveva detto che sarebbe stato meglio per lei imparare a scrivere a macchina, visto che era troppo lenta. Marie non si aspettava molto da quel colloquio, ma non aveva scelta. Dovette chiederle una proroga e più tardi in classe domandò a una delle sue compagne se poteva ospitarla per qualche giorno. Lotte, la sua compagna di banco, era sempre gentile con lei.

Poi pensò di presentarsi alle caffetterie degli avanspettacolo di Oranienburger Tor e di Elsässer Straße, dove erano sempre alla ricerca di cameriere per incoraggiare i clienti, per lo più giovani, a bere vino, birra e punch. Era l'ultima spiaggia e la considerava solo a malincuore: non c'era paragone con i clienti del giardino d'inverno, quella era gente semplice, impiegatucci, studenti e qualche operaio che, invece di ascoltare le brutte esibizioni canore sul palco, lasciava lì lo stipendio e a tarda notte molestava le cameriere. Glielo aveva raccontato Lili inorridita, ma Marie pensava di sapere come difendersi e che si trattasse solo di una soluzione temporanea. "Robusta" l'aveva definita una volta Emil lo storto, riferendosi alla sua corporatura. L'aveva detto a voce così alta che Marie l'aveva sentito, così come il sottofondo di disprezzo nel tono.

Marie si fermò un momento, aveva la nausea. Non mangiava dal giorno prima, ma non voleva spendere gli ultimi centesimi senza sapere cos'avrebbe fatto dopo. La strada da Luisenstadt a Tieckstraße, vicino alla stazione ferroviaria di Stettin, dove la signorina Schultz aveva la sua scuola, era lunga da percorrere sotto la pioggia. La signorina viveva in una camera sul retro delle aule, e Marie pensò di attenderla al varco prima che iniziassero le lezioni del mattino.

La signorina Schultz non fu contenta di ricevere una visita a quell'ora e la fece entrare con una certa riluttanza nella piccola aula polverosa e maleodorante.

"Cosa ti porta qui così di buonora, Marie?" chiese impaziente.

"Io... avrei qualcosa da chiederle, signorina Schultz." Esitò un attimo e vide la donna alzare il sottile sopracciglio sinistro. Aveva raccolto i capelli grigi e unti in uno stretto chignon, e il vestito era dello stesso grigio polveroso della grande lavagna appesa in aula. Faceva un gran freddo, la signorina Schultz accendeva la piccola stufa nell'angolo solo ogni tanto, prima che cominciassero le lezioni.

"Ho perso il lavoro e ho bisogno di trovarne un altro. E anche di una nuova stanza. Voglio continuare a frequentare i corsi, l'esame è imminente e dopo potrò cercare un vero impiego. Mi lascerà continuare anche se pagherò fra qualche giorno? La prego, signorina Schultz, non mi mandi via!"

La sua voce suonava disperata e Marie era irritata perché stava facendo una brutta figura davanti a quella donna rinsecchita con gli occhi pieni di biasimo.

La signorina rimase in silenzio e la guardò con attenzione. Dopo un po' disse: "Tu non sei né dotata né particolarmente attenta. In effetti non mi sei mai piaciuta. Perché dovrei aiutarti? Non mi stupisce che tu abbia perso il lavoro..." Pensierosa, guardò fuori dalla finestra la strada grigia. "Le conosco le ragazze come te. Pigre, sempre a caccia di svaghi. Hai strappato più carta carbone tu di qualsiasi altra allieva. Non hai pazienza, non hai cura."

Marie guardò la sua valigia. Sul lato era inzuppata di pioggia come lei. Non aveva senso.

"Ma... a volte alle ragazze come te va data una possibilità. Somigli molto alla mia sorella più piccola." Sembrò perdersi nei suoi ricordi. Poi si avvicinò alla scrivania, si sedette, prese un foglio, ci scrisse sopra qualcosa e firmò.

"Ecco, Marie, questa è la tua occasione. Chi non paga, non prende lezioni. Ma ti do un certificato per attestare che hai frequentato il corso di primavera. Il voto non è alto ma è sufficiente, dovrai fartelo bastare."

Poi prese un altro foglio di carta e ci scrisse sopra qualcosa.

"Alla Viehhofbörse, nel mattatoio di Eldenaerstraße, sono sempre alla ricerca di dattilografe e non vanno tanto per il sottile. L'ambiente è rozzo."

"Ma… Ma io non so ancora…"

"Quello che non sai fare ora, non lo impareresti nemmeno da qui all'esame. Ricorda una cosa, Marie: a Berlino hai solo una possibilità. Approfittane."

La signorina Schultz le consegnò il certificato e la spinse fuori dalla porta. Stordita, Marie si fermò e si guardò intorno. C'era una caffetteria; avrebbe speso due pfennig per un caffè di malto prima di incamminarsi verso Alexanderplatz. Era lontano e lei stava morendo di freddo. Aveva i crampi allo stomaco, ma non osò spendere altri due centesimi per un panino.

Rimase nella caffetteria finché non iniziarono a fissarla. Aveva ragione la signorina Schultz, quell'occasione andava colta. Intanto si erano fatte circa le nove, bisognava che si muovesse per andare nelle due aziende di cui l'insegnante le aveva dato l'indirizzo.

"Signorina Stahmann! Signorina Stahmann!"

Quasi non aveva reagito, era passato così tanto tempo dall'ultima volta che qualcuno l'aveva chiamata per cognome. Sentì un colpetto sulla spalla e si girò.

Heinrich Reichenheim. Elegante, come sempre. Sotto

il cappello, intravide le orecchie un po' a sventola. Nella luce fioca del mattino sembrava ancora più giovane di quella sera al varietà. Le francesine marroni erano infangate, ma il soprabito chiaro era pulito come se l'uomo fosse appena uscito di casa.

"Grazie al cielo l'ho trovata, mi sentivo in colpa! Venga, andiamo in un caffè, dobbiamo parlare... No, non quello, è orrendo!"

Fece cenno a una carrozza, la prese per un braccio e l'aiutò a salire. Intanto lo sguardo gli cadde sulla valigia che Marie aveva cercato di nascondere dietro la schiena.

"Sta per partire?"

Marie si affrettò a trovare una risposta.

"Casa... Devo andare a casa per qualche giorno, da mia madre."

"Dove vive sua madre?"

"Burg..."

"In un castello, quindi. Sapevo che il guardaroba non era un posto per lei, signorina Stahmann. E dove sarebbe?"

"Burg bei Magdeburg," rise lei.

"Quando suo padre, il nobile cavaliere, sentirà come l'hanno trattata, arriverà a cavallo e metterà il giardino d'inverno a ferro e fuoco, ne sono certo. E sia chiaro, io sarò al suo fianco!"

Risero e Heinrich ordinò al cocchiere di dirigersi al Café Bauer.

Più tardi, mentre erano seduti nell'elegante caffè, Marie mangiò una fetta di torta alla crema, lo fece con gran lentezza per non sentirsi male, e intanto non si capacitava del fatto che quell'Heinrich Reichenheim si fosse preoccupato per lei. Aveva chiesto il suo indirizzo a Lili, aveva raggiunto l'appartamento e interrogato la sua coinquilina per farsi dire dove prendeva lezioni. Aveva poi discusso con Emil lo storto ed era andato a parlare con il direttore.

Se quella sera si era comportato in modo sventato, con le ricerche aveva fatto sul serio.

Si rese conto di un'altra cosa, quando lui le domandò dove avesse sistemato i mobili e i bauli, ora che stava cercando un nuovo appartamento. "Questi traslochi in primavera e in autunno sono una seccatura, non è vero? Non si parla d'altro, credo sia normale, tutti traslocano, io invece sono felice di poter rimanere dove sono."

Lei lo guardò con aria interrogativa. Nei suoi occhi non c'era ironia, ma un interesse sincero. Non aveva la minima idea di come vivessero le persone come lei. Non sapeva che quando cambiavano lavoro cercavano anche un altro appartamento – ma poi cosa vuol dire appartamento, una stanza semmai – per risparmiare i soldi dell'omnibus, anche quello a sei posti, e raggiungere a piedi un grande magazzino, una fabbrica, un ufficio.

Prese un'altra zolletta di zucchero e la sciolse nel suo caffè espresso.

"Sono ancora alla ricerca di un nuovo alloggio," spiegò guardandolo dritto negli occhi. "Ma c'è ancora tempo fino al mio ritorno." Sperò di sembrare credibile.

"Lei ha anche bisogno di un nuovo lavoro, non è vero? E sono io a dovermene occupare, perché lei ha perso quello che aveva per colpa mia!"

"Non si preoccupi, tanto quel lavoro non mi piaceva. In realtà sto cercando un posto da segretaria, ho ritirato il mio diploma proprio oggi."

"Sapevo che era sprecata come guardarobiera!" le disse sorridendo. Si era tolto il cappello e un ciuffo castano chiaro gli ricadde sulla fronte. Marie non riusciva a distogliere lo sguardo da quel viso da ragazzo. Al suo paese un maschio aveva fin dalla più tenera età l'aspetto di un uomo, i lineamenti per lo più rozzi, che nel tempo avevano perso ogni traccia dell'infanzia. Heinrich aveva l'aria di chi sta ancora giocando nella sua cameretta con i trenini e i soldatini di stagno. Si intenerì, e sebbene fosse lei a sentirsi fuori posto in quel caffè elegante, le sembrò di doverlo proteggere.

"Mi faccia pensare: un lavoro come segretaria..." disse lui appoggiando il mento rotondo sulle mani intrecciate, e la guardò.

"Ma certo! Andrà a lavorare all'istituto bancario Mendelssohn, lui è il marito di mia cugina. È sempre alla ricerca di impiegati e la assumerà. Gli parlerò io." Tirò fuori un biglietto dalla tasca interna della giacca.

"Ecco – ci vada quando rientrerà da quel suo castello! Verrà assunta immediatamente se consegnerà questo."

Marie, esitante, prese il biglietto. La banca Mendelssohn. Ne aveva sentito parlare, naturalmente. Mai e poi mai si sarebbe presentata lì, e la signorina Schultz avrebbe riso di lei se ci avesse provato.

Heinrich estrasse dalla tasca dei pantaloni un orologio d'oro.

"A che ora parte il suo treno? Non voglio essere responsabile del suo ritardo al castello. I genitori non amano i ritardi, i miei sicuramente no." Ridendo si passò una mano tra i capelli. "Sono già le undici."

"Ecco..." Marie si schiarì la voce. Doveva dirgli la verità? "Il treno non parte prima dell'una."

"Allora l'accompagno alla stazione."

Marie protestò e cercò una scusa per lasciare il caffè da sola, ma fu tutto inutile. Lui l'accompagnò alla stazione di Potsdam, cercò il treno che era in partenza già poco prima dell'una, le comprò un biglietto di andata e ritorno in prima classe, la condusse nel suo scompartimento e sistemò nella bagagliera la valigia di cartone, così miserabile in mezzo ai velluti e alla pelle dei rivestimenti. Lei continuava a dire che la metteva a disagio approfittare così del suo tempo, che non era obbligato ad aspettare fino alla partenza del treno, ma lui era inamovibile, le avrebbe fatto compagnia fino all'ultimo secondo, era il minimo dopo tutti i problemi che le aveva causato.

Ancora una volta si intenerì: quelle premure, quelle attenzioni, e intanto si scervellava per trovare il modo di liberarsi di lui. Il treno stava per partire, e cosa avrebbe fatto lei a Magdeburg? Senza un centesimo in tasca…

Poco prima che il treno partisse – lui si era già alzato – tirò fuori una busta.

"Quasi dimenticavo, ecco la sua paga, la signorina Lili mi ha detto che si erano rifiutati di dargliela. Che quel signor Emil si è comportato con lei in modo indecoroso. Lo hanno licenziato. E mi hanno dato la paga che le spettava. Viviamo nel Ventesimo secolo, signorina Stahmann, chi non lo capisce deve scontarne le conseguenze. Verrò a prenderla alla stazione martedì alle quattro!"

Le diede in mano la busta, sollevò il cappello, fece un inchino e lasciò lo scompartimento. Marie aprì la busta con cautela. Dentro c'era la paga dell'intera settimana, compresa la serata in cui aveva lavorato solo per metà. Mentre si alzava per scendere dal treno, vide di là dal finestrino Heinrich che fermo sul binario la salutava con la mano. Lei ricambiò il saluto e si lasciò sprofondare di nuovo nel morbido sedile imbottito. Poi la locomotiva sbuffò e il treno, lentamente, si mosse.

20.

Sua madre non fu né spaventata né contenta quando Marie si affacciò alla porta. Una delle sorelle più piccole aveva la febbre, il mastello era strapieno di biancheria, sul fornello c'erano le patate a lessare e la madre la guardò con faccia stanca.

Marie mise giù la valigia e andò al mastello. Sua madre aveva un'aria rassegnata e occhiaie profonde, e solo la sera Marie si accorse che le mancava un dente. I bambini erano finalmente a letto e la madre sorrise per una delle storie che Marie le raccontò su Berlino.

Sorrise di nuovo quando Marie le diede la metà della paga che Heinrich Reichenheim aveva ottenuto per lei, ma non chiese alla figlia cosa faceva a Berlino, come se la passava e che progetti aveva. Era come se non fosse mai partita, come se quell'altro mondo non esistesse: aiutava la madre nelle faccende, strofinava il pavimento, sbucciava le patate, lavava il viso ai fratelli più piccoli e le montagne di biancheria, e a tarda notte si buttava a letto stanca morta. Dopo un giorno, Berlino era lontana mille miglia, e il varietà, la scuola di dattilografia, Heinrich Reichenheim e le ampie vie della grande città erano cose fuori da ogni immaginazione.

Marie fu felice di poter lasciare l'angusto appartamento e il paese qualche giorno dopo, e di vedere la piccola stazione ferroviaria scomparire rapidamente in lontananza. Sua madre non le aveva chiesto quando sarebbe tornata, l'aveva abbracciata e Marie si era incamminata da sola per la lunga strada che portava alla stazione.

Mentre il treno si avvicinava a Berlino, Marie fu assalita dall'ansia. Negli ultimi giorni era giunta alla conclusione che non avrebbe trovato Heinrich ad aspettarla sul binario, ma non le importava. Aveva ancora la metà della paga e il biglietto da visita del banchiere al quale poteva rivolgersi per un impiego, e se lui non l'avesse assunta, poteva sempre andare ai macelli. Non era una castellana, per fortuna; non le dava fastidio l'ambiente rozzo, ed era tanto meglio per lei che fare la cameriera nei cabaret.

Poi, mentre di là dal finestrino sfilava la pianura grigiobruna sotto il cielo plumbeo, pensò che magari, invece, lui sarebbe venuto, e si chiese come sarebbe stato rivederlo. Cosa doveva dirgli se avesse voluto accompagnarla a casa? Dove avrebbe alloggiato finché le cose non si fossero sistemate? Non si rese conto di mangiucchiarsi l'unghia del mignolo fino a quando una signora anziana e molto ben vestita seduta di fronte a lei non la guardò con aria di disapprovazione.

Marie drizzò la schiena e decise che lui non sarebbe venuto, che dopo la serata al varietà aveva avuto qualche rimorso, sì, ma adesso che aveva rimediato al suo errore non avrebbe più dato peso alla faccenda. Forse avrebbe ottenuto il lavoro in banca e l'avrebbe rivisto lì. Comunque sarebbe tornata da Lili e le avrebbe chiesto ospitalità per qualche notte, poteva anche darle in cambio un po' di soldi.

Poi i binari di là dal finestrino si infittirono, spuntarono le fabbriche, le strade, il fumo e le ciminiere. Quando il treno si fermò alla stazione di Potsdam, Marie cercò invano il viso di lui sul binario gremito, tirò giù la valigia dalla bagagliera, scese dal treno, e senza voltarsi si fece largo tra la folla dei passeggeri in arrivo e della gente ferma in attesa.

Uscita dalla stazione si fermò un istante per orientarsi.

"Signorina Stahmann, dove sta andando?" Eccolo, era di fronte a lei e la guardava con aria di rimprovero.

"Se qualcuno viene a prenderci alla stazione, bisogna anche dargli la possibilità di farlo, o voleva battersela alla chetichella? Se inizierà a lavorare da Mendelssohn, le cose non funzioneranno in questo modo, lo sa? Cominciamo domattina alle nove, ho fatto io un colloquio per lei. Ma prima andiamo a mangiare un boccone, la carrozza ristorante di solito lascia a desiderare. Carne dura, troppo sale nelle patate."

Marie lo seguì in silenzio nel ristorante austriaco, che lui osannò con lodi sperticate. Mangiò una Wiener Schnitzel con insalata di cetrioli e un Kaiserschmarren, entrambi su raccomandazione di Heinrich, perché da sola non avrebbe saputo cosa ordinare. Nessuno dei piatti elencati nel menu le diceva niente. In seguito si chiese più volte se Heinrich Reichenheim se ne fosse accorto, ma non seppe mai rispondersi. In effetti lui chiacchierò per tutto il tempo, parlò di altri ristoranti austriaci in città, che in quel periodo erano in gran voga, di un viaggio a Vienna e di una zia che viveva lì e che lui adorava.

Quando le chiese dove volesse andare, lei si fece accompagnare da Lili. All'arrivo nella stretta Annenstraße, l'elegante carrozza attirò l'attenzione di tutti e Marie si affrettò a salutarlo. Un nugolo di bambini si era radunato intorno alla vettura, carrettieri e pedoni l'aggiravano, finestre si spalancavano di colpo, i ciclisti scampanellavano come impazziti, pioveva e il fango schizzava dappertutto, la gente gridava dietro alla carrozza che lentamente lasciava la strada animata. Quando Marie si voltò verso la casa, vide che Lili già l'aspettava alla finestra.

La tromba delle scale era buia e stretta, puzzava di muffa e di cavolo lesso. A ogni gradino il nervosismo cresceva, Lili l'aveva guardata con espressione di biasimo. Poteva fermarsi solo pochi giorni, poi doveva trovarsi una stanza per conto suo.

Dopo essersi lamentata di quella entrata in scena, così definì l'arrivo di Marie in carrozza, Lili volle sapere tutti i particolari. Cosa le aveva detto Heinrich Reichenheim e cosa le aveva promesso.

"Non lo so, Lili, era solo gentile e dispiaciuto per quello che era successo."

Lili sbuffò.

"Marie, fammi il piacere. Ho chiesto in giro, ha sempre nuove amanti, i genitori sono ricchi sfondati, sono ebrei per giunta, e come se non bastasse gioca d'azzardo. Lo conoscono in tutti i locali e gli alberghi che hanno bische clandestine, e lui gioca somme incredibili. Come lo zio, che un giorno si è sparato a Potsdam perché era finito sul lastrico. Soldi che hanno estorto a chi lavora."

Marie la guardò senza parole. Come faceva Lili a sapere tutte quelle cose?

"Vuoi diventare la ragazza di uno così?" disse Lili sprezzante.

Marie non conosceva nessun ebreo a Burg, a Magdeburg aveva visto qualche vicolo buio dove abitavano degli ebrei, ma non erano ricchi, il loro aspetto era diverso, avevano i loro negozi, i loro precetti e divieti. A volte, da Friedrichstraße, era entrata nello Scheunenviertel, dove vivevano gli ebrei di Berlino. Anche loro avevano un altro aspetto.

"Lili, ma sei davvero sicura? Voglio dire, che è un giocatore ed è ebreo?"

"Certo, ho le mie fonti. Al Café Astoria, al Café Josty in Potsdamer Platz e al Club degli Innocenti, è lì che va sempre. Ed è ebreo, perché ora diventano tutti cristiani, ma restano quello che sono. Dove prendono tutti quei soldi? Li guadagnano con un lavoro onesto? Che razza di lavoro è costruirsi una villa nel Tiergarten? No, quelli sono usurai, banchieri e commercianti che prendono i soldi dalle tasche della gente, che si arricchiscono grazie al nostro lavoro."

"Il nostro? Di te che distribuisci tagliandi al guardaroba?"

"Sì, i nostri, quelli di mio fratello e delle mie sorelle, per esempio. Lavorano in fabbrica, sono loro ad avermelo spiegato!"

Lili adesso era davvero furibonda e Marie decise che era meglio cambiare discorso, cosa che le riuscì facilmente quando le offrì dei soldi se l'avesse ospitata qualche giorno.

All'istituto bancario Mendelssohn in Jägerstraße, un edificio imponente che intimoriva Marie al punto che avrebbe volentieri fatto dietro front, ottenne il lavoro promesso. Sentiva che le altre dattilografe e stenografe la fissavano spudoratamente parlottando alle sue spalle, mentre l'impiegato guardava incredulo la prima lettera che aveva battuto a macchina e che gli consegnò sudata dopo troppo tempo. Cinque errori, meglio che a scuola, ma non abbastanza. Impensabile per l'istituto bancario Mendelssohn.

Marie imparava in fretta, quella era la sua occasione e la colse. La sera era stanca morta e a stento si reggeva in piedi dopo aver camminato e camminato per tornare in Luisenstadt. Non osava ancora prendere l'omnibus, non fosse mai la licenziassero, cosa che si aspettava accadesse tutti i giorni perché l'impiegato continuava a controllare sospettoso le lettere che di solito doveva battere a macchina due o tre volte. Ma i suoi sforzi furono ripagati, con il passare delle settimane non era diventata veloce come le altre, ma faceva meno errori. Ben presto nessuno si accorse più di lei, evitava il contatto con le altre signorine, era sempre puntuale e educata, e a un certo punto nello sguardo dell'impiegato vide solo indifferenza.

Aveva anche trovato una stanza in Moritzplatz, e quindi un po' più vicina a Jägerstraße. Da quando si era trasferita a casa di Lili, si incontravano regolarmente nei fine settimana, e Lili chiedeva sempre di Heinrich Reichenheim dopo averle parlato con entusiasmo di questo o quell'ufficiale che aveva visto al varietà.

"Tu e i tuoi ufficiali, un bel giorno se ne vanno in guerra e si fanno ammazzare," disse ridendo all'amica un sabato pomeriggio, mentre prendevano un caffè in uno dei tanti ritrovi nel parco di Hasenheide, per scaldarsi un po' dopo aver fatto qualche giro sulla nuova pista di pattinaggio sul ghiaccio. Marie era caduta due volte, le faceva male il ginocchio ed era completamente congelata. Sorseggiò con gratitudine il caffè fumante e si chiese se non avrebbe dovuto mangiare una fetta di torta. Da Mendelssohn non c'erano abiti troppo stretti da imporre alle signorine.

"Sempre meglio di un ebreo come il tuo," disse Lili, "l'imperatore e la patria a lui non interessano. E vedi, non si è più fatto vivo con te. Ieri era al varietà con un'altra signora e un gruppo di amici. Deve aver perso molti soldi qualche giorno fa al Café Josty, gli altri lo prendevano in giro mentre aspettava al guardaroba, e lui era piuttosto a disagio, si vedeva. Adesso porta i baffi, cerca di arricciarli, ma sono troppo sottili. E poi è così buffo con quel cilindro sulle orecchie a sventola."

Marie rimase in silenzio e cercò di nascondere il suo sgomento. Non aveva più visto Heinrich Reichenheim, anche se sotto sotto si aspettava di vederlo comparire in banca. Si era ripromessa di ringraziarlo, aveva immaginato cosa gli avrebbe detto quando se lo sarebbe trovato davanti. Ma ormai era la fine di gennaio ed era improbabile che si facesse vivo. Che cos'era? Senso del dovere? O un capriccio fugace? Smise di pensarci; la sera, quando Lili non lavorava, andava con lei e altre ragazze in qualche locale da ballo, e il ricordo di Heinrich Reichenheim svanì.

Attraversando Potsdamer Platz una sera – era marzo, un caldo insolito, la primavera era nell'aria e gli uccelli iniziavano a cantare – passò davanti al Café Josty e si ricordò di lui. Incerta, si fermò. Qualche gradino conduceva all'ingresso, e dall'interno provenivano voci e musica. All'improvviso, un gruppo di giovani signori uscì discutendo animatamente, e lei riconobbe Heinrich Reichenheim che veniva apostrofato con rabbia da un uomo alto e bruno in uniforme. Marie si avvicinò di un passo, calandosi il cappello sul viso per evitare che lui la riconoscesse. Adesso l'uomo in uniforme aveva afferrato Heinrich per il colletto, lo strattonava e lo spingeva con forza, il gruppo cominciò a muoversi e improvvisamente se lo ritrovò vicino.

"Signorina Stahmann, eccola, finalmente... Che bello che lei abbia avuto la pazienza di aspettarmi!" gridò Heinrich Reichenheim, e approfittando della sorpresa dell'uomo alto e bruno, la prese sotto braccio e la trascinò via.

"Non si giri e non si fermi, d'accordo?" le sussurrò all'orecchio, e lei annuì in silenzio e si lasciò guidare. Lui camminava in gran fretta, lei faticava a stargli dietro e solo dopo una decina di minuti lui si fermò, la prese per le spalle e iniziò a ridere. Era più una risatina che una risata, piena di malizia, come quella di un ragazzino che è riuscito a combinare una marachella.

"Lei mi ha salvato, dobbiamo festeggiare!" disse senza fiato, e le mise un braccio intorno alle spalle. Nel farlo sorrise, come se avesse trovato un tesoro che credeva perduto.

"Io... io..." Marie era infastidita dal fatto di non riuscire a formulare una frase, ma era ancora sorpresa per quell'incontro e le mancò il respiro.

Come se fosse la cosa più naturale del mondo, Heinrich la portò al Taubencasino di Taubenstraße, ordinò una bowle allo spumante per entrambi e per la prima volta Marie sedette su uno degli alti sgabelli da bar di fronte al bancone, di cui Lili le aveva già parlato. La musica da ballo proveniente dai locali sul retro era altissima, e Heinrich le chiese se voleva mangiare un boccone. La sorpresa di quell'incontro le aveva chiuso lo stomaco, e Marie scosse la testa.

Heinrich si comportò come se si fossero visti regolarmente fino al giorno prima, e fu solo quando s'incamminarono verso casa che lei prese il coraggio a due mani e gli domandò cosa fosse successo al Café Josty. Lui cercò di minimizzare l'episodio e di cambiare argomento, ma lei insisté. Quell'uomo sembrava furioso e, se non fosse stato per l'effetto sorpresa della sua apparizione, sarebbe finita male.

"Lei gioca, signor Reichenheim," disse di punto in bianco. "E questo non va bene."

Lui si fermò e la guardò. Nel frattempo aveva iniziato a piovere, una pioggerellina sottile che si posava come un velo sulle luci lampeggianti della città, l'asfalto nero brillava nel riflesso dei lampioni, lui si chinò verso di lei e la baciò.

21

Lili aveva ragione: Heinrich Reichenheim giocava d'azzardo. Baccarà, blackjack, roulette. Frequentava le corse dei cavalli, scommetteva e poi andava nei club con un gruppo di amici, per lo più giovani militari. Da Lauter, al Savoy in Friedrichstraße, al Café Josty, da Hecht o da Wittkopp in Mauerstraße. Lui cercò di nasconderlo, di minimizzare, mentì, promise di smettere, solo un'altra volta e poi mai più, solo quella sera per vincere i soldi che aveva perso, l'ultimo giro, dopo di che tutto sarebbe stato diverso.

Marie ascoltava le sue storie e gli diceva senza mezzi termini che erano solo bugie. Ora si incontravano una o due sere alla settimana e la domenica, quando Marie era libera. Andavano nelle sale da ballo e nelle enoteche, e a volte Heinrich la portava in un raffinato ristorante di qualche albergo di lusso, dove mangiavano caviale su letto di ghiaccio accompagnato da champagne Heidsieck. Era un altro mondo, e Marie si divertiva a osservare e commentare quello che le accadeva intorno. Diventarono complici, perché Heinrich, che amava la vita notturna, conosceva ogni varietà, ogni teatro, ogni bar, ogni albergo e ogni locale in cui sul retro si giocava d'azzardo, osservava e commentava con lo stesso distacco che aveva lei. I nuovi balli americani, i suonatori di banjo nei bar, le ragazze un po' brille con abiti che scivolavano sulle spalle scoprendole, le mogli timide che venivano portate una volta al mese nelle sale da ballo più tranquille e con i mariti ballavano goffamente il valzer, la polka o il rixdorf, gli artisti del cabaret "Dal Pegaso affamato" che adoravano Marietta, la bellissima ballerina, il pubblico internazionale del grillroom dell'Hotel Esplanade: per Marie erano tutte novità, e Heinrich si divertiva a mostrargliele e a riderne con lei.

Per almeno quattro sere alla settimana, però, Heinrich si trascinava nelle notti berlinesi da solo. Diceva di avere molto da recuperare, il suo servizio nell'esercito era appena terminato. Marie disse con orgoglio a Lili che Heinrich era un tenente della riserva, e quella fu l'unica volta che parlò di lui all'amica. Lili si limitò a sbuffare sprezzante che sì, certo, per gli uomini ricchi ed eleganti funzionava così, facevano il minimo indispensabile e tornavano dopo un anno come tenenti della riserva.

Adesso, quindi, aveva bisogno di recuperare un po', anche se Marie scoprì pian piano che stava giocando con gli amici conosciuti durante il servizio militare, con cui aveva condiviso da subito la passione per il gioco. Se gli chiedeva che intenzioni avesse, lui si limitava a sospirare, a parlare di altro o a lamentarsi delle strane idee di suo padre, delle ambizioni di sua madre, dello zelo di suo fratello Otto che aveva iniziato a studiare fisica e parlava di radiazioni ed elettricità, dei buoni matrimoni che avevano fatto le sorelle Gertrud e Luise, con due giuristi appartenenti alle migliori famiglie e dalle grandi prospettive di occupare posti di rilievo. Alla sorella maggiore Gertrud era toccato il dottor Robert Weismann, che da quando suo padre soffriva di cuore si intrometteva sempre e dettava legge. Quel dottor Weismann era già avanti con gli anni, e proprio non riusciva a capire perché Gertrud lo avesse sposato, la poverina era sempre stata timida e non aveva mai rifiutato nulla a sua madre. E poi il matrimonio della sorella minore Luise con un altro dottore in giurisprudenza. Le descrisse la grande festa di nozze in casa con un centinaio di invitati, settimane di preparativi e alla fine il rischio di annullare i festeggiamenti perché il color salmone di alcuni fiori non era esattamente quello ordinato. Adesso Otto, il fratello intelligente, aveva preso all'amo un pesce davvero grosso, disse Heinrich ridendo: Susanne Huldschinsky, figlia di Oscar Huldschinsky. Marie non aveva mai sentito quel nome, e Heinrich rise ancora più forte. Uno degli uomini più ricchi del paese, metalli, cosa del tutto diversa dai tessuti di cui si era occupata la sua famiglia.

"Susanne non solo è ricca, è anche gentile," disse poi con espressione seria. "Sono felice per Otto, peccato solo che il fidanzamento sia stato una cerimonia ufficiale così ingessata e impegnativa che i due poveretti non si sono divertiti nemmeno un po'."

Ora non rimaneva che combinare un matrimonio altrettanto grandioso per la sorella Sophie, a maggior ragione perché due anni prima sua cugina Charlotte aveva sposato il banchiere Paul von Mendelssohn-Bartholdy. Un bel colpo, e sua madre stava cercando per la povera Sophie un banchiere ancora più importante.

"Quel Mendelssohn dove lavoro io?" lo interruppe Marie nel bel mezzo del discorso.

"Sì, mia cara, non si nega un desiderio ai propri parenti, non è vero?"

Era sorpresa. Non aveva fatto una stupidaggine? E se i genitori l'avessero scoperto?

"Grandi doveri, grandi obblighi, un buon partito, e sempre in competizione con mia zia Margarethe, che ha trovato il banchiere per la sua figlioletta: ecco la mia spada di Damocle," le disse una volta scherzando durante una gita domenicale in barca sul Wannsee. Poi le mordicchiò teneramente il collo.

"Non prendi mai nulla sul serio, tu!" disse lei indignata e lo allontanò. Lui sbuffò, le schizzò dell'acqua addosso e continuò a remare allegramente.

Poiché non aveva interessi che piacessero a suo padre, adesso gli toccava lavorare come contabile nell'azienda di uno zio, e questa contabilità era davvero la cosa più noiosa che si potesse immaginare. Perché non dargli un po' di tempo, si lamentava Heinrich, non stava facendo del male a nessuno.

Heinrich voleva vivere e godersi l'ebbrezza della notte. Marie capì in fretta che non sapeva resistere al richiamo del gioco d'azzardo, che tutte le buone intenzioni del giorno venivano dimenticate al calar della sera, con il lampeggiare delle luci in Friedrichstraße, sul Ku'damm, in Potsdamer Platz. E aveva sempre con sé del denaro, in genere molto, solo ogni tanto era senza e si lamentava, ma la volta successiva che si incontravano ne aveva ancora di più. Quando glielo chiedeva, non le diceva quali somme giocava la sera. Rispondeva sempre che ormai il gioco d'azzardo era un capitolo chiuso.

Poi Marie perse l'impiego in banca. Era giugno, e la cosa non la sorprese più di tanto, a sorprenderla fu piuttosto che ci fosse voluto così tanto tempo. Non le avevano fornito motivazioni, solo una, inconsistente: non avevano più bisogno di lei e, come a dimostrare di avere la coscienza sporca, nella busta paga che uno dei contabili le mise in mano c'era il doppio dello stipendio dell'ultima settimana.

Heinrich era fuori di sé, prima cercò di tenerle nascosto che suo padre l'aveva tirata in ballo, poi lo ammise. Avevano avuto una discussione, questo è quanto le disse, e lei non fece domande.

La loro era una storia abbastanza avventurosa, e lei sapeva come andavano a finire di solito quelle relazioni: i bei giovanotti ricchi, non importa se ufficiali o studenti o commercianti, cercavano ragazze come lei e Lili, le invitavano a ballare, le riempivano di regali, se le portavano a letto e non ne avevano mai abbastanza. Se una ragazza restava incinta, le scrivevano una lettera per dirle che il bambino non poteva essere loro, e da quel momento diventava una perfetta sconosciuta. Se questo non accadeva, prima o poi sarebbe arrivata un'altra lettera: lei era stata il grande amore, ma adesso era arrivato il momento di prendere la vita sul serio e di accasarsi. Le ragazze come lei e Lili non erano contemplate; la parte della moglie toccava sempre a una signorina di buona famiglia, scelta dai genitori.

Com'era venuto in mente a Heinrich di trovarle prima un lavoro in quella banca e poi di iniziare una relazione con lei? Ogni giorno raccontava delle liti con il padre e delle lamentele della madre che stava diventando sempre più spietata nei suoi confronti. Una volta insisté disperatamente per portarla al ballo degli studenti della facoltà di fisica, dove studiava suo fratello Otto, e le scelse personalmente un vestito. Lei continuava a opporsi ma lui non tollerava rifiuti, ma alla fine fu una bella serata. Otto era gentile e più posato di suo fratello, quasi timido. Quando la vide, nonostante il bel vestito in cui lei, almeno in un primo momento, si sentiva a disagio, rimase sorpreso, ma poi fece finta di niente. C'era anche Susanne, la ricca Susanne Huldschinsky. Anche in lei Marie aveva notato un breve moto di sorpresa, ma poi era rimasta tutta la sera accanto a lei perché aveva percepito la sua insicurezza. Susanne era gentile, anzi, nonostante la giovane età – non aveva nemmeno vent'anni – aveva un che di simile alla bontà, e fece capire a Marie che le stava simpatica e che gli sguardi degli altri la irritavano. Le aveva chiesto del suo lavoro, dei suoi genitori, non per curiosità, ma con interesse. La sua risata era calda, e così il suo sguardo. Era carina, aveva i capelli scuri, gli occhi neri e un viso tondo. Guardando Otto, sorrideva.

Quando si salutarono, abbracciò Marie e le sussurrò all'orecchio che era contenta di averla conosciuta e che potevano diventare amiche, Marie ne fu talmente sorpresa che rimase senza parole.

"Abbi cura di te, Marie," le disse. "E per qualunque cosa, vieni a trovarmi. Dico sul serio."

A casa, naturalmente, Otto raccontò dell'incontro e riferì anche che Marie lavorava per Mendelssohn.

Lili brontolò: "C'era da aspettarselo, e adesso?". Quell'Heinrich la stava mettendo sempre più nei guai, e avrebbe continuato a farlo fino a quando non l'avrebbe lasciata.

"E se non lo fa è ancora peggio perché i suoi lo diseredano. E se non avesse più nulla? Non può lavorare, è un incapace, quello i soldi sa solo spenderli. Marie, questa storia non è una benedizione, devi chiudere!"

Marie non chiuse, arrivò il mese di luglio, un'estate torrida, andò a cercare un lavoro ai macelli, ma la puzza degli animali e della carne con quel caldo toglieva il fiato, e se ne andò in gran fretta. Allora provò in uno dei locali dove facevano cabaret, non aveva nessuna voglia di lavorare in un posto che di solito frequentava con Heinrich.

Lui si oppose, doveva smetterla di lavorare per pochi marchi che avrebbe potuto benissimo darle lui, e litigarono, Heinrich aveva ferito il suo orgoglio e non capiva perché. Litigarono così tanto che lui tolse il disturbo mentre lei gli gridava dietro che non doveva tornare mai più, che le portava solo sfortuna.

Nelle settimane successive pianse a dirotto quando di giorno restava sola nella sua stanza. Faceva sempre più caldo e in quella camera sul retro il calore si accumulava al punto che Marie si sentiva soffocare. Di notte lavorava come cameriera in una delle birrerie economiche, chiassose e affollate, dove gli studenti bevevano fiumi di birra e facevano battute volgari. Aveva libero solo il lunedì, le altre notti le passava in quel locale che puzzava di birra e di sudore. Detestava le brutte facce birrose di quei giovani, il loro alito puzzolente, il loro barcollare al secondo boccale, i loro schiamazzi.

Poi arrivò la mattina in cui trovò Heinrich sulla porta. Era malconcio, con i vestiti strappati e sporchi, la faccia ricoperta di sangue. Riuscì faticosamente a portarlo in camera e si chiese come fosse arrivato fin lì. Solo dopo aver pulito le ferite, vide che aveva un occhio nero e gli tolse la camicia a brandelli. Si teneva in piedi a fatica, così lo mise a letto.

Un'ora dopo, la padrona di casa, che abitava al piano terra, stava già bussando alla porta. Marie le disse che Heinrich era suo fratello, la donna non le credette ma accettò che rimanesse finché non si fosse rimesso in piedi. Poi doveva sloggiare, disse, era inaccettabile che una delle sue inquiline facesse entrare un uomo in camera. A quel punto Heinrich dormiva profondamente, non aveva sentito né i colpi alla porta né le grida della donna infuriata, e Marie era dubbiosa e insieme felice, felice che lui fosse lì, che fosse tornato, non importava perché.

Heinrich aveva pagato dei debiti di gioco con una cambiale contraffatta, e la persona a cui l'aveva data non sapeva stare agli scherzi. Heinrich si chiedeva cosa fare. Non poteva tornare a casa perché sicuramente i suoi erano già informati di tutto, ma non aveva nemmeno idea di dove trovare la grossa somma necessaria per estinguere il suo debito. Non osava lasciare la stanza perché temeva che gli tendessero un'altra imboscata. Quando, dopo due giorni, fu in grado di uscire, Marie lo convinse a tornare a casa e ad affrontare la questione: non aveva altra scelta, dove sarebbe andato senza un centesimo in tasca?

"Vai da Otto e chiedigli di darti dei soldi," la supplicò, e l'impotenza e la disperazione di lui la intenerirono. Ma dove avrebbe trovato una somma così grossa suo fratello? Anche per lui l'unica soluzione sarebbe stata parlarne con i genitori.

Marie fece come le aveva chiesto e attese Otto davanti all'istituto di fisica. All'inizio lui fu sorpreso di vederla, poi però fu contento, contento e rigido al tempo stesso. Il padre aveva avuto un malore, le sue condizioni erano critiche ed era partito immediatamente per una cura termale.

Otto la seguì nella stanzetta, pagò alla padrona di casa quattro volte l'affitto settimanale per farla stare tranquilla e implorò Heinrich di tornare a casa. Otto non fece nessuno sforzo per nascondere il suo orrore nel vedere le condizioni di Heinrich, la stanza misera, lo squallore, il chiasso. Alla fine Heinrich si arrese e tornò a casa con il fratello. Per due giorni Marie non ebbe sue notizie e non chiuse occhio, e non uscì dalla stanza per paura che tornasse mentre lei non c'era.

Heinrich si presentò il terzo giorno completamente a pezzi. Il padre, il cognato e gli zii avevano deciso: doveva lasciare Berlino, stava mettendo in pericolo il buon nome della famiglia, non era più tollerabile. Sua madre in particolare era stata dura, "Mi ha ripudiato", quelle parole rimasero scolpite nella memoria di Marie, sulla bocca di Heinrich suonavano strane, come un giudizio biblico. Doveva andare lontano, lontano da Berlino e dal gioco d'azzardo, ma anche lontano da lei, altro motivo di scandalo. Nel quartiere di Tiergarten la gente non parlava di avventure amorose e di scappatelle, pensò Marie con amarezza, ma se le cose si facevano serie, un legame di quel genere era forse addirittura peggiore della dipendenza dal gioco. Così Heinrich era costretto ad andare a New York. Poche settimane dopo sarebbe partito per Liverpool, la sua nave per New York salpava il 25 ottobre. Suo padre gli aveva consegnato delle lettere di raccomandazione per due aziende, una a New York, l'altra in Pennsylvania, doveva trovarsi un lavoro e rimanere in America fino a quando il polverone non si fosse posato e lui non fosse tornato a più miti consigli.

Marie scoppiò a piangere, era successo quello che aveva detto Lili, per quanto la situazione fosse molto diversa. Anche Heinrich pianse, disse di essere perduto e di non sapere cosa fare in un paese straniero, aveva bisogno di lei. Se doveva smettere di giocare, lei doveva essere al suo fianco, altrimenti non ce l'avrebbe fatta.

"Tornerò a prenderti," disse. "Verrai quando troverò un lavoro. La vita a New York è molto più semplice. Nessuno ci conosce e nessuno si aspetta niente da me."

"Non è quello che vogliono loro, Heinrich. Loro vogliono che tu ti allontani perché la gente qui si dimentichi di te. E tu ti dimentichi di me. Se non lo farai, non potrai tornare a Berlino mai più. Non sarai mai più uno di loro."

"E allora?" disse lui sorridendo debolmente. "Mio padre mi ha già diseredato, della mia quota legittima potrò avere solo gli interessi. Non sono già più uno di loro."

22.

"La solita vecchia storia," disse Lili appoggiandosi allo schienale. Uscita dal varietà del giardino d'inverno, si era fermata al bar per studenti dove lavorava Marie. Erano già passate le tre di notte, solo qualche ubriaco sedeva ancora al tavolo, e Marie si era tolta il grembiule e si era seduta accanto a Lili.

"Questa storia la conosco, Wedding è piena di ragazze che tra una settimana partiranno per l'America. Aspettano di ricevere la lettera con il biglietto della nave, una settimana dopo l'altra, un mese dopo l'altro. Di solito non arriva nulla. Qualche volta una cartolina da New York, subito dopo lo sbarco. Credo che quella città non esista nemmeno, ci sono solo poche cartoline con gli edifici enormi e le strade cupe in mezzo. E poi è finita, Marie."

A Marie facevano male i piedi e si massaggiava il collo. Stava lavorando da quasi dieci ore e nel locale entrava il vento umido e freddo di febbraio. Esitava a tornare a casa, un misto di nebbia e fumo aleggiava nelle strade e i lampioni gettavano solo una luce fioca.

"Mi ha già scritto due volte," protestò, "si è sistemato bene, ha un *apartment* – da quelle parti li chiamano così – in…" tirò fuori un biglietto dalla tasca della gonna. "Gramercy Park."

"Non esiste," disse Lili con fermezza. "Che assurdità, è un nome che non ho mai sentito. Conosciamo delle famiglie che sono andate in America, e tutti i tedeschi vivono a Yorkville, altrove non è possibile perché ci vivono altri stranieri: polacchi, italiani. Certo, lui è un ebreo ed è ricco. Allora non sarà partito senza nemmeno un soldo," disse con scherno. "Diseredato un corno, l'hanno mandato via perché potesse farsi le ossa e capire, vivendo all'estero, cos'ha da guadagnare dalla sua vita qui, nel quartiere di Tiergarten, nel palazzo dei Reichenheim."

"Ha trovato un lavoro come contabile…"

"Macché, quello gliel'ha procurato il padre, avrà scritto una lettera di raccomandazione a qualche banchiere di lì, gli ebrei hanno parenti ovunque, soprattutto a New York, se ne stanno lì con i loro soldi e governano il mondo, mentre noialtri dobbiamo sgobbare giorno e notte per una vita miserabile," disse Lili in tono brusco, e Marie cambiò argomento.

Un'ora dopo si avviò verso casa a piedi, perché le carrozze non circolavano più. Quando arrivò, mezz'ora dopo, aveva le scarpe inzuppate di pioggia e fango. Esausta, si accasciò sul lettuccio, allungò la mano sotto il cuscino e tirò fuori le lettere che le aveva scritto Heinrich. Due, da quando era partito a ottobre. Ogni giorno aspettava notizie, da lui personalmente o da Otto. Otto, che a dicembre era comparso alla sua porta e le aveva messo in mano una busta con del denaro. Cento marchi, un sacco di soldi, troppi. Si era sentita offesa: che cosa significava? Era per tenerla buona?

"È un desiderio di Heinrich, signorina Marie, non voglio offenderla," si era scusato Otto in tono gentile. "Mi dispiace molto che lei abbia tutte queste scocciature; insomma, non è colpa sua, ma di mio fratello. È stato lui a trascinarla in una situazione tanto spiacevole."

"Sono sicura che i suoi genitori la vedono diversamente, signor Reichenheim," aveva risposto lei con amarezza.

"Deve capirli. Sono molto generosi e concedono a noi figli tutto ciò che possiamo desiderare. Ma ci sono delle regole e dobbiamo rispettarle. Heinrich non le ha mai rispettate, non ha mai rispettato nulla. I miei genitori sono in pensiero per lui. Ma questo non deve essere un peso per lei, lei non ha fatto nulla di male. Solo non deve aspettarsi niente da mio fratello."

"Allora si riprenda i soldi, signor Reichenheim. Non mi aspetto niente, soprattutto non questi soldi. Non sono quel tipo di persona, anche se i suoi genitori pensano che lo sia."

"So che lei non è così. E so anche che ha aiutato molto mio fratello. Ha detto che se avesse smesso di giocare, sarebbe stato grazie a lei. Mi ha promesso che non lo farà mai più. Ma le condizioni di mio padre sono ancora pessime, lo aspetta un altro lungo soggiorno in sanatorio. Tutta questa storia per lui è terribile, la frode grave, e poi le chiacchiere sulla relazione con lei, sui locali dove lavora. La prego di prendere questi soldi, per Heinrich è molto importante. Mio fratello ha tanti difetti, signorina Marie, lo so fin troppo bene. Ma è un'anima fedele."

Quindi Marie aveva preso il denaro. Otto le aveva dato anche una lettera di Susanne, che le scriveva gentilmente, chiedendole come stava e dicendole che pensava a lei.

Marie ne era stata felice. E restò in attesa di un segno di vita che alla fine arrivò, poco prima di Natale. Una lettera da New York in cui Heinrich le parlava del suo lavoro di contabile, del suo *apartment* e del fatto che doveva raggiungerlo, che presto le avrebbe spedito il biglietto per la nave e i soldi per il suo guardaroba, che la vita in un paese straniero era bizzarra e che la lingua era molto diversa da quella che parlavano in Inghilterra e difficile da capire, la città troppo grande e il cibo spesso immangiabile. E che non giocava più, ma la sera guardava solo uno *show* ogni tanto e beveva una birra.

Marie pensò alle parole di Lili e sul momento diede poca importanza alla lettera. Era appena partito, e la nuova città, quel mondo bizzarro, avrebbe cancellato il ricordo di lei. Presto di lettere non ne sarebbero arrivate più.

Poi ne arrivò una seconda, leggermente più fiduciosa della prima: lui non vedeva l'ora di mostrarle tutto, doveva solo aspettare un po', presto sarebbe riuscito a inviarle i soldi per la traversata. La sua scrittura era uniforme e piena di arzigogoli.

A Berlino la primavera dava i suoi primi, timidi segni, gli alberi erano coperti di gemme, Marie si svegliava all'alba perché alle cinque i passeri iniziavano a cantare, nel Tiergarten e a Hasenheide i castagni erano in fiore, e lei provava un desiderio, una trafittura nel petto che a volte le impediva di addormentarsi, anche se era esausta. Si sentiva sola, sebbene Lili e alcune ragazze che aveva conosciuto al varietà o al corso di dattilografia ogni tanto la convincessero a uscire per andare in qualche locale. Le era sempre piaciuto incontrare le amiche, e di solito, nei piccoli gruppi, era al centro dell'attenzione perché era di buon umore e aveva la battuta pronta. Ora invece sedeva in silenzio, presente, ma con i pensieri altrove. Da Lili, intanto, si teneva alla larga, ma se l'amica riusciva a trovarsi con lei a tu per tu, si rifiutava di parlarle di Heinrich.

Nella tarda primavera, giugno era appena iniziato, un sabato pomeriggio Marie andò a passeggio da sola nel

Tiergarten. Il maggiociondolo e il rododendro erano già in fiore, variopinti di giallo, rosa e bianco acceso. Il verde degli alberi era ancora tenero e brillante, la giornata era calda e insieme tirava un'arietta fresca. Anche la natura qui era ricca e strabordante. Senza volerlo, all'improvviso si trovò in Rauchstraße, davanti alla casa dei Reichenheim che le sembrò una reggia. Si fermò sul lato opposto della strada e si meravigliò dello splendore della facciata, delle colonne, dei frontoni e degli ornati, della carrozza ferma davanti al portone. Quando si aprì, ne uscì una donna atletica, non più giovane, una figura imponente in tenuta da cavallerizza, accompagnata da due domestici, da Otto, anche lui in tenuta da cavallerizzo, e da una giovane donna. È Sophie, pensò, Fifì, la sorella minore di cui Heinrich le aveva parlato tanto. E sua madre. Marie guardò con stupore il grande cappello ornato da una piuma iridescente. Tutti seguivano la signora Reichenheim, era lei a dirigere il corteo. Prima di salire in carrozza, Anna Reichenheim gettò un'occhiata intorno e Marie fece un passo indietro, spaventata. Poi vide Anna Reichenheim salutare un uomo con un alto cappello a cilindro che passava non lontano da lei. Lì una come lei era invisibile, pensò Marie, in quelle magnifiche vie, dove i maggiociondoli e i rododendri facevano a gara per fiorire più belli, nessuno l'avrebbe notata.

Pochi giorni dopo arrivò da New York una grossa busta con dentro un biglietto per la nave, cento dollari e cento marchi, il tutto accuratamente avvolto in carta velina. La *Rijndam* sarebbe salpata da Rotterdam il 2 luglio 1905, destinazione New York.

23.

Marie non parlò a nessuno dell'imminente partenza, nemmeno a Lili. Lavorava come al solito cinque sere alla settimana, incontrava le amiche e rideva con loro, persa nei suoi pensieri. Le sembrava di condurre una doppia vita, perché di giorno era impegnata nei febbrili preparativi per il viaggio. Heinrich le aveva comprato un biglietto di prima classe e le aveva raccomandato di dire che andava a New York per far visita a una cugina. Le aveva anche scritto un nome e un indirizzo.

Lili le aveva parlato molto dei transatlantici, della folla stipata in terza classe, dei letti angusti, del cibo scadente servito su tavoli stretti, della puzza e del chiasso. Nessuno si sarebbe accorto di lei, non in quella calca.

Ma in prima classe? Aveva ancora la vecchia valigia di cartone, due vestiti e due paia di scarpe, uno dei quali così consumato che doveva infilarci dentro della carta di giornale per non bagnarsi i piedi quando pioveva. Le vennero in mente le parole di Heinrich, in America era tutto diverso, lì erano tutti uguali. Non ci credeva davvero, in ogni caso aveva bisogno di altri vestiti. Se sulla nave c'erano tre classi, significava che con l'uguaglianza non erano andati troppo lontano neanche lì.

La sera se ne stava a letto sveglia, si girava e rigirava il biglietto fra le mani leggendo attentamente ogni parola. Holland America Line, la nave si chiamava *Rijndam*, era ormeggiata nel porto di Rotterdam, alla stazione centrale un treno avrebbe atteso i passeggeri di prima classe e li avrebbe portati fino alla banchina, i bagagli andavano consegnati a Berlino così da non avere disagi durante il tragitto in treno. L'ufficio della compagnia di navigazione aveva sede in Unter den Linden…

Spesso si svegliava al mattino esausta, con il biglietto ancora in mano.

Susanne le scrisse un'altra lettera, lei e Otto evidentemente sapevano del viaggio, e una sera l'invitò nell'atelier di un giovane sarto vicino a Hausvogteiplatz. Abbracciò Marie come se fosse una vecchia amica, ordinò al sarto di prenderle le misure e gli consegnò un'intera lista di abiti che riteneva necessari per lei.

"Non posso accettarli," disse Marie timidamente, "sono troppi."

"Ti serviranno tutti," ribatté Susanne, "aspetta e vedrai. Io e Otto sappiamo che per Heinrich sei la salvezza. È il minimo che io possa fare dopo tutti i guai che hai avuto."

Quando gli abiti furono pronti, Susanne andò per assistere alla prova, espresse i suoi elogi, fece fare qualche modifica qua e là e compilò nuove liste delle cose che ancora mancavano: cappelli e spilloni, scarpe coordinate, calze di seta, camicie da notte. Marie perse il conto di tutto; le sembrava strano che servissero così tante cose per una persona sola. Cinque giorni prima della partenza, Susanne le fece spedire tutto in due valigie di pelle scura nuove di zecca, il cui arrivo fece scalpore nell'angusto condominio.

Mentre era sul treno per Rotterdam, le ultime case di Berlino ormai alle spalle, fu presa dal panico. Rotterdam si trovava in Olanda. Non aveva mai lasciato la Germania in vita sua, per lei anche andare da Magdeburg a Berlino era un'avventura. E poi la nave: avrebbe sofferto il mal di mare? E se all'arrivo non avesse trovato Heinrich ad aspettarla? Cosa avrebbe fatto da sola a New York, una città sconosciuta? Dopo il biglietto, non aveva più ricevuto lettere.

Otto era venuto nel locale dove lei lavorava. Era una delle sue ultime serate. Voleva salutarla e le chiese se avesse bisogno di qualcos'altro. Con aria stanca, disse che suo padre non stava bene e che la lite con Heinrich lo stava distruggendo.

"Ma Heinrich è andato a New York, non è quello che voleva?" aveva chiesto lei. Che altro c'era da discutere? Otto le rimase debitore di una risposta, non aveva aggiunto altro, le aveva fatto gli auguri e le aveva dato una lettera per il fratello. E da Susanne un astuccio di cuoio e una lettera. Più tardi l'aveva aperto e dentro vi aveva trovato dei pettini, pettini di avorio che brillavano di perle e intarsi d'argento. Susanne scriveva che le augurava tutta la felicità del mondo e sperava che presto si sarebbero incontrate come cognate.

Quella sera Otto si era congedato in fretta.

"Si prenda cura di Heinrich, signorina Stahmann," le aveva detto. "Ha bisogno di lei."

Anche Otto e Susanne ormai erano lontani, Marie non pensava più a loro, sebbene di primo mattino si fosse infilata nei capelli uno dei pettini di Susanne, felice di vedere l'avorio brillare tra le ciocche brune.

Il paesaggio di là dal finestrino del treno non significava nulla per lei, Hannover, Düsseldorf, guardava fuori ostinatamente per non essere coinvolta nella conversazione degli altri passeggeri. Ad Aquisgrana salì un gruppo di suore, giovani donne poco più grandi di lei. Due di loro entrarono nel suo scompartimento e Marie scoprì subito che andavano a Rotterdam come lei, e poi avrebbero raggiunto New York a bordo della *Rijndam*.

Non fecero altre domande quando Marie raccontò di sua cugina, e parlarono dell'ospedale in cui avrebbero lavorato, di New York, dove non era mai stata nessuna di loro.

I centri abitati olandesi non sembravano molto diversi da quelli tedeschi, la campagna era piatta e verde, a un certo punto Marie vide dei mulini a vento e poi le prime case di una grande città, Rotterdam. Alla stazione centrale si unì alle suore che, come lei, si fecero strada tra la folla per raggiungere il binario speciale da cui sarebbe partito il treno per il porto. Era elettrizzata e insieme stanca morta, era tutto diverso, non capiva una parola di quello che sentiva dire intorno, e persino la cantilena renana delle suore francescane le era estranea.

Al treno per il porto i passeggeri venivano accolti con tutti i crismi, gli addetti le presero la valigia piccola con il bagaglio a mano e l'accompagnarono in uno scompartimento. Marie si sentiva sopraffatta e insieme impreparata, tutto accadeva così in fretta, e all'improvviso il treno si fermò di nuovo e dovettero scendere. Marie si guardò intorno: un ampio fiume, navi a perdita d'occhio. La *Rijndam* era enorme e, quando fu sulla banchina, si sentì una nanerottola. Non ebbe tempo di pensarci, perché le chiesero in modo gentile ma deciso di salire a bordo, la sua cabina era pronta, il bagaglio già a disposizione, doveva solo compilare tutti i documenti.

La tensione l'abbandonò solo qualche ora dopo, quando fu seduta sul letto nella sua cabina. Tappeti dappertutto, la boiserie alle pareti, e attraverso un piccolo oblò si poteva guardare fuori.

Aveva sopportato pazientemente il benvenuto del capitano, sorridendo di tanto in tanto, poi le esercitazioni di salvataggio e il giro dei ponti superiori, riservati ai passeggeri di prima classe: sala da pranzo, *lady's room*, *library*, ponte scoperto, ponte di passeggio e vari bar e sale fumatori per i signori. Cristallo, legno scuro, marmo ovunque, non aveva mai visto tanto lusso in vita sua. Per raggiungere i ponti più alti, c'erano addirittura degli ascensori che si aprivano e si chiudevano con grate di ferro finemente intrecciate e all'interno erano rivestiti di specchi. A ogni angolo, uomini in uniforme che le tenevano aperta la porta, azionavano l'ascensore o le chiedevano se avesse bisogno di qualcosa. Si era tenuta in disparte, sopraffatta da tutto quello splendore.

Adesso, seduta sul letto, guardava le due valigie disfatte davanti a lei. Gli altoparlanti stavano annunciando che la nave era pronta a salpare, i passeggeri erano invitati a salire sul ponte per assistere alla partenza, poi si sarebbe servita la cena. Marie rimase seduta sul letto, non si era nemmeno tolta l'abito da viaggio e non sapeva decidersi a cambiarsi e avventurarsi nella sala da pranzo.

Qualche ora dopo fu svegliata da qualcuno che bussava forte alla sua porta: doveva essersi addormentata. Stupita, si alzò e diede un'occhiata di là dall'oblò. Acqua, nient'altro che acqua, su cui scintillava il riflesso della luna.

Davanti alla porta c'era uno steward con un vassoio d'argento.

"Ha perso la cena," disse l'uomo in un tedesco stentato, "così abbiamo messo insieme qualcosa per lei. Posso servirla?"

Marie lo guardò confusa. Cosa avrebbe servito e dove? Decise di fingere che fosse la cosa più normale del mondo.

"Sì, con piacere, grazie," rispose.

Il giovane entrò in cabina con disinvoltura, spinse le valigie in un angolo e appoggiò il vassoio sul tavolino vicino all'oblò. Poi sollevò la campana d'argento dal grande piatto di porcellana bianca e fece un inchino.

"Gradisce pasteggiare con un bicchiere di vino?"

"No, grazie," mormorò lei guardandolo fisso mentre lui rimaneva fermo sulla soglia, sembrava aspettare qualcosa, infine s'inchinò e si allontanò in fretta.

La mancia, ma certo, ecco cosa stava aspettando. Le venne in mente mangiando il bollito di manzo con contorno di piccole patate e salsa al rafano, e s'infuriò con se stessa. Guardò fuori dalla finestrella rotonda, sentì gli applausi e una banda di ottoni che attaccava a suonare. Davanti a lei un'infinita distesa d'acqua si allungava a perdita d'occhio nel chiaro di luna. Da qualche parte, oltre l'orizzonte, Heinrich la stava aspettando.

Nei giorni successivi, Marie perse la sua timidezza e la paura di non trovare la strada per tornare in cabina, smarrendosi fra un ponte e l'altro. Al tavolo sontuosamente imbandito in sala da pranzo sedevano due suore, un'ungherese e una figlia con il padre, entrambi olandesi. Solo le suore di Aquisgrana parlavano tedesco, con gli altri, per fortuna, non era possibile intendersi. Non soffriva il mal di mare come i due olandesi al suo tavolo, con la donna ungherese comunicava a gesti, anche lei voleva andare a New York dove l'aspettava il marito, e ogni giorno passava ore e ore sul ponte a guardare le onde grigie su cui danzavano creste di schiuma bianca. Era la prima volta che vedeva il mare, le sembrava potente e meraviglioso, amava l'odore e il vento che sapeva di sale e le entrava fra i capelli sotto la tesa del cappello. A un certo punto, durante la colazione, una delle signore del tavolo accanto le fece notare piccata che il suo viso era già piuttosto scurito dal sole, e che avrebbe dovuto fare attenzione al suo incarnato.

Marie consumava i pasti in sala da pranzo, ma non assisteva ai concerti e raramente andava nella *lady's room*. A volte se ne stava in biblioteca a sfogliare libri su New York, ma le foto e le illustrazioni non l'aiutavano a immaginare la città, i profondi canyon tra quegli edifici troppo alti, i ponti giganteschi, sembrava tutto un'allucinazione folle, e il più delle volte metteva via quei libri quasi subito.

Il suo guardaroba non spiccava, Susanne aveva scelto abiti eleganti e semplici che agli occhi degli altri passeggeri la rendevano uguale a loro, anche se la maggior parte delle signore erano vestite in modo molto più sofisticato e si cambiavano a ogni pasto. La lasciavano in pace, le suore francescane le chiedevano sempre come stava e l'ungherese le rivolgeva sorrisi amichevoli di incoraggiamento. La volta che una delle altre signore attaccò discorso, lei raccontò della cugina che la stava aspettando a New York. La descrisse come Heinrich le aveva descritto Sophie, la sorella preferita: bella, sportiva, appassionata di cavalli e di giochi con la palla, elegante e slanciata. La sua storia suonò convincente, le signore annuirono con zelo e a turno le raccontarono di figlie o nipoti che assomigliavano a quella cugina.

Solo lo steward a cui non aveva dato la mancia la prima sera aveva mangiato la foglia. Probabilmente si era accorto che trascorreva molto tempo in cabina o a passeggiare da sola nel solarium, e una volta che le portò qualcosa in cabina, la trovò che si era appena infilata una delle sue calze di seta. E fece un sorrisetto.

Una sera l'aspettò sul ponte di passeggio dove di solito, dopo cena, non andava nessuno tranne Marie: al crepuscolo la sua carnagione non avrebbe sofferto, e lei poteva starsene in santa pace a contemplare le onde. Sotto, sul ponte di seconda classe, si suonava e si ballava, le disse, e le chiese se le andasse di accompagnarlo. Non era in uniforme, e lì per lì non lo riconobbe.

Marie esitò per un istante, poi pensò: "Perché no", ballare le piaceva, e tra la folla dei passeggeri di seconda classe nessuno l'avrebbe notata. Accettò l'invito e lo seguì.

Sul ponte suonava una piccola banda di ottoni, la gente rideva e ballava e faceva un gran chiasso. Almeno così sembrava a Marie, dopo la tranquillità dei ponti più alti. Era tutto un pigia pigia, tra le file passavano bicchieri colmi di birra e di vino versati da grandi brocche. Lo steward le porse un bicchiere, brindarono e bevvero, poi andarono a ballare. Per la prima volta da giorni, Marie sentì la tensione sciogliersi. Qualcuno la urtò, qualcun altro rovesciò della birra, un altro ancora spintonò un uomo con il naso paonazzo da spugna, una ragazza schiaffeggiò urlando un giovanotto, e l'orchestra suonava sempre più forte per coprire quel baccano.

Quando lo steward l'attirò in un angolo e cercò di baciarla, lei si sfilò ridendo e corse via su per le scale, salì sempre più in alto fino a raggiungere il solarium, che ormai era completamente deserto e avvolto nell'oscurità. Da allora non scese più ai ponti di sotto, ma si domandò cosa l'aspettava nella nuova terra, se l'avrebbero accettata al fianco di Heinrich o se ci sarebbe stato sempre qualcuno capace di indovinare che lei non apparteneva a quel mondo.

Una mattina, appena sveglia, sentì che i corridoi erano più animati del solito. Guardò dall'oblò e vide i gabbiani librarsi gridando sulla superficie dell'acqua. Le signore che sedevano al tavolo accanto al suo e che andavano a New York due volte all'anno gliene avevano parlato: quando si vedevano i gabbiani, significava che la terraferma non era lontana. Si vestì in fretta, non voleva perdersi la grande Statua della Libertà di cui parlavano tutti. Di sopra, sul ponte, i passeggeri si accalcavano e il sole splendeva su di loro con tutta la sua potenza, lasciando all'improvviso indifferenti anche le signore dalla carnagione pallida. Ed ecco che la vide: una figura enorme, imponente nella sua dignità e fierezza, brandiva la torcia verso un radioso cielo azzurro. Aveva un'espressione seria e risoluta, la fiaccola tesa in alto era una promessa. La Statua della Libertà.

Marie sentì che gli occhi le si riempivano di lacrime e subito cercò in borsa un fazzoletto che però, tanto per cambiare, aveva dimenticato in cabina. Si asciugò le lacrime con la manica, poi le venne da ridere: era arrivata, era in America, ce l'aveva fatta, quella era New York. In lontananza, nella foschia del sole mattutino, c'era la città, i famosi grattacieli – *scaiscreipa*, l'unica parola inglese imparata dalle suore che ne parlavano spesso – più alti di qualsiasi cosa avesse mai visto. Sembravano affiorare dal mare, e più si stagliavano alti, più Marie era eccitata. Preparò i bagagli e in preda all'agitazione si domandò cosa avrebbe fatto se Heinrich non fosse stato lì ad aspettarla. Dove sarebbe andata? Aveva solo l'indirizzo della donna che aveva spacciato per sua cugina. Indirizzo? Numeri, piuttosto, perché le vie lì erano numerate, non avevano nomi veri e propri. Come avrebbe fatto a trovarla?

La valigia era già pronta da un pezzo, si sedette sul letto con addosso il cappotto e il cappello e non riuscì a lasciare la cabina, anche se dagli altoparlanti risuonava un annuncio dopo l'altro.

Quando bussarono, capì che si trattava dello steward. Aprì, felice che qualcuno la liberasse da quella paralisi. Per la prima volta lo guardò con attenzione. Aveva le lentiggini e occhi verdi, un collo possente e spalle larghe. Avrà avuto la sua età o poco più. Aveva un incisivo spezzato.

"Siamo arrivati, vieni o vuoi tornare indietro?" chiese.

Marie fece un respiro profondo.

"Siamo in America," disse lui. "Qui tutto è possibile, qui sarai una lady. Sei riuscita ad arrivare fin qui, non ti arrenderai."

Lei lo fissò, poi gli gettò le braccia al collo, lo attirò a sé e lo baciò sulle labbra che sapevano di sale e della sigaretta che doveva aver fumato poco prima. Lui fu preso del tutto alla sprovvista, e l'ultima cosa che lei vide fu il suo sorrisetto mentre lo spingeva fuori dalla cabina e sbatteva la porta. Sentì nascere una risata. Pensò a Hugo di Burg bei Magdeburg, che la domenica veniva da loro, si sedeva a tavola in silenzio, mangiava involtini di cavolo e la guardava con la faccia stanca, a Emil lo storto e alle sue urla, agli studenti con i volti rozzi deformati dall'alcol nei locali.

Poi prese la valigia e sbarcò.

24.

Heinrich era fermo sul molo, Marie lo vide quasi subito mentre scendeva dalla nave percorrendo una stretta passerella. Si dovette fermare un attimo quando sentì la terra sotto i piedi, perché quasi perse l'equilibrio.

Era magro, con un cappello e un soprabito marrone, l'aspetto elegante, in mano una sigaretta. Accanto a lui una donna non più molto giovane con i boccoli biondi passati per l'arricciacapelli, denti grandi e mento sfuggente.

Quando Heinrich individuò Marie, le andò incontro sventolando il cappello, la sollevò e fece una giravolta, cosa non facile, perché lei era in carne, non era dimagrita nemmeno dopo gli ultimi faticosi mesi a Berlino.

"La mia castellana è arrivata a New York, evviva!" gridò baciandola.

Poi le presentò il muso cavallino, come Marie soprannominò fra sé la donna bionda, era proprio quella Agnes Klassmann che aveva spacciato come sua cugina e che adesso la salutava con grande gentilezza.

Heinrich fermò una carrozza, salirono e lei non si voltò più per cercare con lo sguardo la nave che l'aveva portata fin lì. Aveva occhi solo per la grande città, per i grattacieli, per il trambusto nelle strade, per tutta quella gente che sembrava tanto diversa dalla gente di Magdeburg e di Berlino – neri, cinesi, sudamericani – poi attraversarono strade in cui vivevano solo italiani, c'era un gran chiasso, le vie erano affollate e buie, il sole stava tramontando tra gli edifici altissimi, e Heinrich parlava come un fiume in piena.

Agnes, seduta di fronte a loro, li guardava raggiante. Marie vide subito che Agnes era innamorata di Heinrich, che avrebbe fatto qualsiasi cosa per lui e sperava nella sua gratitudine. Non si aspettava nulla di più. In seguito, Marie avrebbe incontrato più volte donne così, sempre la stessa tipologia, e si dispiaceva per loro.

Agnes era raggiante anche quando Heinrich interruppe il suo torrente di parole per dirle che era riuscito a organizzare il loro matrimonio, sarebbe stato celebrato quattro settimane dopo, c'era un pastore che sposava alla svelta e senza tante complicazioni.

Marie lo guardò sorpresa, non avevano mai parlato di matrimonio, non c'era stato quasi il tempo per parlare di nulla. Lui sembrò accorgersi del suo sguardo e le spiegò che una coppia poteva vivere in pace solo se era sposata, e lei di certo non intendeva abitare in pianta stabile dalla signorina Klassmann.

"È una proposta di matrimonio?" chiese lei ridendo, e lui la baciò al volo mentre la signorina Klassmann ridacchiava, cercando di nascondere i dentoni con la mano.

"Sì," disse improvvisamente serio, "questa è una proposta di matrimonio, e spero che l'accetti."

Marie guardò di là dal finestrino della carrozza, le strade adesso erano più ampie, gli edifici ancora più alti, le persone più eleganti, e dovette trattenersi per non scoppiare a ridere. Heinrich Reichenheim non era sicuro se lei avrebbe accettato la sua proposta di matrimonio, se lei,

Marie Stahmann di Burg bei Magdeburg, guardarobiera, cameriera e peggior dattilografa di tutti i tempi, avrebbe voluto sposarlo.

"Sì, lo farò, ti sposerò," disse felice, "anche tra quattro settimane. Ma si può fare in così poco tempo... voglio dire, i documenti..."

"Questa è l'America," disse lui, e la sua risata era anche di sollievo. "Indosserai il tuo vestito più bello, non dovrai fare altro, al resto penserò io."

In seguito, nei loro ricordi, i primi giorni e le prime settimane a New York furono come un sogno. Raggiunsero l'appartamento di Heinrich, situato vicino a un piccolo parco; era al primo piano di un edificio altissimo, così sembrò a Marie, ma poi si rese conto che sei piani lì non erano tanti. Le case erano bellissime, molte avevano scale di ferro antincendio che si muovevano a zigzag lungo facciate elegantemente decorate, le vie laterali erano tranquille, c'erano alberi ovunque, non aveva mai visto strade del genere prima.

La mattina del matrimonio rimase a lungo seduta davanti all'elegante toeletta – la prima toeletta in vita sua – che Heinrich aveva messo in camera da letto per lei, e cercò di sistemarsi i capelli fermandoli in un'acconciatura artistica con i pettini di Susanne. Pensò a quella di Anna Reichenheim che torreggiava sotto il grande cappello, alla folta capigliatura bruna di Susanne, sempre pettinata con cura. Agnes alla fine l'aiutò, l'acconciatura era perfetta, ma i capelli erano troppo sottili per quei pettini, e a un certo punto, dopo il pranzo, Marie li sfilò e li mise in borsetta.

Francis Schneider, un uomo di bassa statura dalla grigia chioma ondulata e i movimenti frenetici, che affermava di essere un ministro evangelico e parlava un tedesco stranamente stentato, li accolse nel suo salotto, che descrisse come una *walk in church*, e li sposò in meno di cinque minuti. Diede loro un certificato dall'aspetto molto autorevole che firmarono tutti, compresa la signorina Klassmann in qualità di testimone. Poi il pastore si dileguò, doveva andare avanti perché *time is money*, e andarono a mangiare da Lüchow's, nella 14th Street, un ristorante tedesco dove Heinrich ordinò arrosto di maiale con canederli, un piatto che non avevano mai mangiato a Berlino.

Adesso era Mary Reichenheim. Heinrich non finiva più di baciarla, Agnes ridacchiava dietro la mano e finì per bere troppo vino bianco. Dopo di che Heinrich ordinò una carrozza e andarono a Central Park. Era una calda giornata di agosto, il cielo era di un blu intenso e il grande parco fra quegli edifici alti come torri le sembrò di una bellezza inverosimile.

Quando dormirono insieme quella notte, lei si sentì felice. Sarebbero rimasti in quella grande, chiassosa, bellissima città che era così nuova, così moderna, avrebbero avuto dei figli a cui non sarebbe importato chi era la madre, chi era il padre. Li avrebbe portati a passeggiare nel parco, e forse un giorno sarebbero tornati in Europa e ridendo lei e Heinrich avrebbero raccontato ai figli com'erano andate le cose, nulla avrebbe più avuto importanza, né il palazzo al Tiergarten né il piccolo appartamento squallido a Burg bei Magdeburg. Marie pensò alla tintura madre che Lili le aveva dato per non rimanere incinta – "l'ultima cosa di cui hai bisogno" – e con la quale si era sempre sciacquata e lavata con cura dopo che Heinrich si era addormentato. Adesso no, non ne aveva più bisogno. Chiuse gli occhi pensando a una bambina, una bambina americana che diceva *hello* come uno dei bambini che aveva visto nel parco.

Marie trascorreva le sue giornate in casa, tre stanze che Heinrich aveva arredato con bellissimi mobili. Mobili che si era fatto spedire da Berlino.

Preparava un pranzo che Heinrich chiamava *lunch*, quando tornava a casa a mezzogiorno dalla Insurance Company – lui diceva "insciurenscompani" – dove lavorava. Marie sospettava che fosse stato il padre o uno degli zii a trovargli quell'impiego, lui si lamentava dei proprietari, della loro frenesia, di quanto fosse noioso il lavoro, della vita estenuante nella grande città rumorosa, anche se loro vivevano in una zona tranquilla, 207 di East 15th Street. Marie andava spesso a passeggio, il più delle volte nel piccolo Stuyvesant Park che era nelle vicinanze. Ai piedi delle filliree e degli alti olmi inglesi c'erano panchine di ferro dove poteva sedersi e guardare il prato. Marie amava gli scoiattoli grigi che giocavano nel parco, trascorreva lì interi pomeriggi, pomeriggi che non finivano mai perché Heinrich rientrava a casa tardi e lei non aveva amiche.

Spesso camminava per le strade senza meta, in direzione del Gramercy Park e poi verso il Madison Square Park. Non si sentiva sola, anche se Heinrich le chiedeva con ansia tutti i giorni, mattina e sera, se si annoiava.

Marie aveva ventiquattro anni e non era mai stata sola. Aveva sempre dovuto condividere uno spazio troppo piccolo con troppe persone: con i genitori e i fratelli, con le ragazze nelle camere in affitto, sugli omnibus, persino nei vicoletti dove aveva vissuto, sempre a farsi largo fra bambini che giocavano, ciclisti, carrozze e troppi passanti. Amava quella solitudine, amava quel piccolo appartamento che a lei sembrava enorme, con il bagno moderno, una vasca, un lavandino e un water, la sua toeletta e la cucina con un bellissimo fornello a gas, sul quale cercava di ricreare i piatti di sua madre, gli involtini di cavolo, le uova in camicia, l'insalata di patate, l'arrosto della domenica, che a casa mangiavano solo poche volte all'anno. Nei fine settimana andavano al parco, in Times Square, dov'era l'edificio più alto della città, all'Hotel Astor o in battello a Coney Island. Oppure andavano al lido, mangiavano un hot dog da Feltman's, facevano un giro sulle montagne russe e Heinrich si cimentava nel tiro a segno, di solito senza successo. A volte incontravano Agnes o erano invitati a casa di uno dei colleghi di Heinrich che parlavano tedesco, anche se spesso in dialetti che Marie non aveva mai sentito. Le prime volte aveva temuto che i colleghi potessero notare che lei veniva da un ambiente del tutto diverso, che le mogli sapessero scorgere i segni, ma per lo più provenivano da paesini del Sud della Germania ed erano impressionati a sentirla raccontare di Berlino e del Tiergarten.

Heinrich le dava ogni settimana una somma di denaro che a lei sembrava spropositata. All'inizio gli restituiva più della metà il venerdì, ma poi lui le disse che poteva tranquillamente comprarsi qualcosa. Le mostrò Bloomingdale's sulla 59th Street, dove lei trascorse interi pomeriggi, incapace di scegliere tra un abito e l'altro.

In quei mesi, Marie visse in un mondo tutto suo, pieno di pace e di bellezza, e sospettava che non sarebbe durata per sempre, se non altro perché pensava che presto sarebbe rimasta incinta e allora tutto sarebbe cambiato. Il fatto che Heinrich una o due sere alla settimana ormai rientrasse a casa sempre più tardi – le prime volte disse qualcosa a proposito di certi impegni, poi più niente – non la preoccupava. Lui le aveva promesso che non avrebbe più giocato d'azzardo, e questo le era sufficiente. Decise di ignorare la cosa, e la pace dei giorni che poteva trascorrere da sola non ne fu turbata. Ogni settimana ricevevano lettere di Susanne che raccontava di Berlino, dei preparativi per il matrimonio, delle nuove avventure di Fifì, del lavoro e dei successi di Otto. Chiedeva sempre di Marie e della sua vita a New York. All'inizio Marie si vergognava. La grafia di Susanne era elegante e slanciata, riusciva a scrivere come se fosse seduta di fronte a lei e raccontasse a voce. Quando Marie teneva la penna in mano, invece, sembrava dimenticare tutto. Era sicura che avrebbe fatto molti errori. Ma Susanne la ringraziava con tanto trasporto per ogni lettera, interessandosi a tutto ciò che le scriveva, e pian piano Marie finì per perdere la sua timidezza. Presto si trovò ad aspettare le lettere di Susanne e a formulare le sue fra sé e sé, mentre camminava per le strade o sceglieva un nuovo cappello da Bloomingdale's.

Poi arrivò la notizia della morte di Julius Reichenheim. Era la fine di settembre e Heinrich era distrutto, piangeva, si incolpava di ogni cosa, non andava al lavoro ed era inconsolabile, cosa che Marie non capiva perché alla fin fine lui sapeva che suo padre era malato di cuore, che le sue condizioni erano peggiorate e che aveva trascorso gli ultimi mesi in sanatorio.

Heinrich ora voleva tornare in Germania, a Berlino, voleva andare al funerale, voleva stare con sua madre, ma in diversi telegrammi suo cognato Robert e poi anche la madre gli scrissero che a Berlino non era gradito. Non ora per il funerale, e non subito dopo aver informato la sua famiglia del matrimonio con Marie.

Aveva forse pensato di potersene andare in America con lei per sei mesi, sposarla e poi riportarla indietro con sé come se niente fosse? Quindi non c'era nulla di vero in tutto quell'entusiasmo per l'America, nei sogni di una vita diversa insieme? Marie si sforzava di capire, ma non ci riusciva. Aveva fatto affidamento su suo padre che adesso era morto? Sua madre era più dura e severa? Quando cercava di parlarne, lui svicolava o cambiava subito argomento.

Heinrich tornò al lavoro, ma si lamentava sempre più spesso e alla fine un giorno rientrò a casa molto prima e disse che era stato costretto a licenziarsi, quello non era un lavoro adatto a lui. Marie era sconvolta, ma lui disse che da tempo stava pensando di lasciare New York, che la città era troppo grande e non abbastanza tedesca. Se non fossero tornati a Berlino, avrebbe dovuto cercarsi qualcosa lì. E adesso aveva una proposta di lavoro in Pennsylvania, lì c'erano solo tedeschi e lei avrebbe trovato più velocemente degli amici.

Marie non disse nulla, quale fosse la volontà di Heinrich, cosa lo spingesse, lei poteva solo immaginarlo. Spesso aveva la sensazione che lui continuasse a ripetersi le cose fino a crederci, e quindi preferiva non parlare delle sue ragioni. Se lei faceva domande, lui si arrabbiava, non alzava la voce, semplicemente se ne andava a trascorrere le serate e le notti in giro per locali, proprio come faceva a Berlino. Una volta, quando lei gli chiese se avesse ripreso a giocare, lui rispose di no, quello era un capitolo chiuso, definitivamente. Lei sapeva di potergli credere. Almeno questo.

25

Quello stesso anno lasciarono New York, Stuyvesant Park, gli scoiattoli grigi, Coney Island e Central Park, i grattacieli, Agnes Klassmann innamorata e il piccolo appartamento con il parquet in legno scuro, su cui Heinrich aveva sempre avuto da ridire: troppo piccolo, troppo buio, troppo rumoroso.

Marie si era spaventata quando Heinrich aveva perso il lavoro, ma quella perdita non aveva avuto alcun effetto sulla somma che le dava ogni settimana. Lui acquistò anche dei mobili nuovi, le disse che sarebbero andati a vivere in una casa in Pennsylvania e che dovevano sistemarsi, non le chiese consigli, ordinò e commissionò, fece imballare e spedire tutto al nuovo indirizzo. Due volte partì per trascorrere una settimana nella nuova città, Erie, "Vicino ai *great lakes*," disse, laghi grandi come mari, non si vedeva nemmeno l'altra sponda.

Alla fine il loro appartamento era vuoto, e alla Jersey City Station della Pennsylvania Railroad salirono con una piccola valigia sull'elegante scompartimento di un treno che li avrebbe portati a Erie.

Marie era eccitata, voleva ascoltare Heinrich parlare del suo nuovo lavoro in una cartiera, i signori Behrend, così disse che si chiamavano, erano originari della Slesia come suo nonno, le famiglie si conoscevano, e a lui sarebbe stato affidato un incarico di responsabilità. Lei annuì e guardò fuori dal finestrino: il paesaggio le sembrava immenso, il cielo così alto, il treno avanzava come un giocattolino. Viaggiarono per ore, e le nuvole si ammassavano formando cumuli possenti sulle loro teste. A un certo punto il treno si fermò accanto a un edificio basso e allungato, fatto di semplici assi di legno, che Marie non riconobbe subito come una stazione. Quella di Magdeburg, in confronto, era una reggia, e pensò che Heinrich si fosse sbagliato quando si alzò, afferrò le valigie e le disse di sbrigarsi, dovevano scendere. Si fermarono smarriti sull'unico binario e guardarono il treno ripartire. A Marie sembrò di essere in uno di quei romanzetti sul Far West che vendevano per quattro soldi nelle edicole di Berlino.

Heinrich aveva ragione, Erie era molto diversa da New York, una piccola città con strade ampie e alberate e case piccole, distanti tra loro e abitate ciascuna da una sola famiglia, in mezzo a prati e giardini. Erano case chiare, molte in legno, con una veranda davanti. Qualche strada del centro ricordava vagamente New York, i negozi e gli edifici a sei piani con i tetti piatti, le facciate decorate e lo zigzag delle scale antincendio, in più qualche grande albergo signorile.

La loro casa, al 717 di West 9th Street, era rivestita di legno scuro, aveva una veranda preceduta da cinque gradini e un timpano all'ultimo piano, era accogliente, con molte, troppe stanze, pensò. Tutt'intorno, un prato e un giardino. Non lontano, il grande lago che sembrava un mare si estendeva all'infinito come il cielo sopra di loro.

Era gennaio, quattro mesi dopo la morte del padre di Heinrich, e faceva un freddo pungente. Due giorni dopo il loro arrivo iniziò a nevicare con una furia che spaventò Marie. Per Heinrich era il primo giorno di lavoro alla Hammermill, la cartiera, e lei era rimasta da sola nella casa nuova, stava per disfare le valigie e mettere in ordine le ultime cose, quando vide i primi fiocchi di neve. Cadevano sempre più fitti, e dopo qualche minuto la strada non si vedeva più. Il turbinio bianco dei fiocchi si confuse con il grigio del cielo in una nebbia densa che inghiottiva ogni suono, e Marie iniziò ad avere paura. Alle undici del mattino la casa era cupa, accese la luce, si sedette sul nuovo divano di raso a righe in salotto e aspettò.

Marie non sapeva cosa fare. Heinrich le aveva detto che sarebbe tornato a casa a mezzogiorno per darle una mano. La neve attutiva ogni suono, e alla fine la casa fu sommersa dal silenzio e dal freddo, la stufa doveva essersi spenta, ma lei non sapeva come aprirla. Le ore passavano, nevicava a più non posso, e Heinrich non arrivava. Marie si mise prima una coperta sulle gambe, poi s'infilò il cappotto, correva continuamente alla finestra, ma presto non vide più nulla, pensò di essere sola al mondo, sola in quella casa estranea.

Quando bussarono alla porta, si spaventò. Le ci volle un po' prima di riuscire ad alzarsi e a guardare chi era. Aprì e davanti a lei si trovò una donna alta con gli occhi chiari e un po' sporgenti, capelli biondo cenere raccolti sulla nuca con fiocchi di neve qua e là, e un grande sorriso.

Marie capì solo *hello* e *welcome* ma tirò la donna in casa e chiuse la porta alle sue spalle. La sconosciuta si guardò intorno incuriosita, parlando a voce alta senza fermarsi, a gesti le disse che faceva troppo freddo, cercò la stufa, aprì lo sportello, mise della legna, corse in cucina, guardò negli armadi, scosse la testa indignata e infine le fece segno di vestirsi e di seguirla. Sulla soglia si fermò, indicò se stessa e disse: "Aide". Marie indicò se stessa e disse: "Marie", e l'altra annuì sorridendo e ripeté: "Merri, Merri".

Marie impiegò mesi per afferrare qualche vocabolo qua e là nei fiumi di parole che fuoriuscivano da Aide, la quale non ne era affatto disturbata. Lo stesso tempo impiegò prima di riuscire a riconoscerne lo strano nome, scoprendo così che Aide era la forma americana di Ida, del resto da un pezzo anche lei si faceva chiamare Mary da tutti, compresi quelli che parlavano tedesco, e a Erie non erano pochi.

Quel primo giorno della loro amicizia, Aide la trascinò sotto la tempesta di neve per portarla a casa sua, sull'altro lato della strada, le preparò un caffè caldo e poi dei pancake con uno sciroppo dolce dal sapore strano, pancetta e tanto burro. Anche se non capiva una parola, Marie rise molto per le espressioni di Aide, per il modo in cui gesticolava quando le descriveva la città e la campagna, il terribile inverno che era lungo e freddo da morire, il vento gelido che soffiava dal lago, ma anche le estati meravigliose, le spiagge che si trovavano a soli dieci minuti di distanza, Presque Isle, la penisola sabbiosa che si protendeva nel lago, i fari, i battelli, i locali, gli stabilimenti balneari. E suo marito, Ciarls, che aveva sposato due anni prima.

Aide non smetteva di parlare un attimo, e il pancake caldo con la pancetta salata e lo sciroppo dolce e appiccicoso la tranquillizzò, gli occhi di Aide cambiavano colore, erano chiarissimi, ora grigi, ora azzurri, più grigi in quella mattinata grigia come la neve, e le sopracciglia bionde sottili e ben disegnate si alzavano e si abbassavano incessantemente mentre cercava di spiegarle le cose. Aveva una grande bocca, e quando sorrideva era bellissima. Se la guardava seria, invece, aveva lineamenti quasi duri, anche se era giovane, sui venticinque anni, pensò Marie. Aide di solito sorrideva o rideva, ed era sempre in movimento.

Alla fine, Aide la condusse in un'altra stanza dov'era una grande poltrona colorata, anche lì faceva caldo, un fuoco scoppiettava nella stufa. Posò una coperta sulle gambe di Marie e lei si addormentò quasi subito, esausta.

Rimaneva la sua prima impressione del nuovo ambiente: le raffiche di neve, il freddo, Aide e i pancake, era tutto strano e insieme piacevole.

Se a New York Marie era stata sola, qui a Erie non lo era quasi mai. I colleghi di Heinrich e le loro mogli erano soliti invitare a casa, i fratelli Behrend li volevano a pranzo tutti i fine settimana e chiedevano di Berlino e della Germania. I fratelli avevano aperto la Hammermill Paper Company solo nel 1898, ma la qualità della loro carta era ormai rinomata in tutto il mondo, e Heinrich le raccontava con orgoglio degli affari che aveva concluso per l'azienda in tutto il paese e all'estero. I fratelli Behrend si fidavano di lui e delle sue buone maniere, e lo mandavano spesso in viaggio d'affari a Boston e a New York, a Chicago e in Canada.

Presto Heinrich divenne membro del Country Club, dove anche le signore si incontravano e realizzavano oggetti artigianali a scopo benefico – Marie faceva di tutto per evitare che i suoi ricami maldestri attirassero l'attenzione – Heinrich giocava a baseball con un gruppo di colleghi, e c'erano sempre partite in cui le mogli facevano il tifo per i mariti da bordo campo.

Aide le spiegò che doveva diventare membro di un'associazione di assistenza, e da allora Marie partecipò con la sua amica alle riunioni della Hamot Hospital Aid Society.

Poi Heinrich scoprì un circolo di allevatori di bassotti al quale volle iscriversi e acquistò un bassotto, parteciparono alle gare e Heinrich finì per diventare addirittura presidente del circolo, cosa di cui era immensamente fiero. Marie imparò a giocare a bridge e a turno le signore si invitavano fra loro per disputare tornei accompagnati da tè e fette di torta. Adesso le sue lettere a Susanne erano molto più lunghe di quelle che le mandava da New York, aveva così tante cose da raccontare che a volte stava seduta due ore a scrivere una lettera e poi, dopo averla spedita, le tornava in mente qualcosa che aveva dimenticato di dirle.

E tutto finiva sempre sul giornale, l'"Erie Daily Times" riferiva delle attività del circolo degli allevatori di bassotti, del Country Club e della Hamot Hospital Aid Society, annunciava ogni volta che i fratelli Behrend invitavano a una festa in campagna, e la cosa importante era sempre essere menzionati.

Marie a volte sbuffava, non sapeva né ricamare né lavorare a maglia, e le signore della Hamot Hospital Aid Society avevano spesso un'aria così seria. Preferiva di gran lunga andarsene a passeggio con il piccolo bassotto bruno che si chiamava Bello e la salutava con gioia ogni mattina quando si alzava dal letto. O lo shopping con Aide nel negozio di coloniali a Little Italy e da George Pulakos in State Street. Heinrich le spiegò con pazienza che tutte quelle cose si dovevano al fatto che lavorava alla Hammermill, loro facevano parte di un mondo che stava sotto i riflettori.

"Non è poi così diverso da Berlino, in fondo: le cene della mamma, i suoi tè e i balli in inverno, il lavoro nell'orfanotrofio della comunità ebraica di Weinbergsweg; solo che il baseball e il circolo dei bassotti sono molto più divertenti della Società geografica tedesca e delle cene ingessate con la moglie del consigliere di commercio e il signor generale. *It's fun, honey!*"

Mentre lo diceva, si illuminava. Heinrich era felice, qui la leggerezza con cui prendeva la vita e la volontà in condizionata di fare tutto quello che gli piaceva non facevano scandalo. Solo quando parlava di Berlino e della sua famiglia si incupiva. Marie lo conosceva ormai abbastanza da sapere che poi si sarebbe ricordato quanto gli sarebbe piaciuto, in realtà, tornare a Berlino. Cosa che dimenticava in fretta quando si scatenava in giardino con il cane o trascorreva una serata al club con i colleghi.

L'estate successiva Otto e Susanne si sposarono, seguiti poco dopo da Fifi. Susanne inviò delle foto e scrisse del marito di Fifi, Victor von Klemperer, che Anna Reichenheim all'inizio non voleva accettare perché per la sua Sophie aveva messo gli occhi su qualcun altro. "Ma Fifi fa quello che le pare," scriveva Susanne, "immaginatevi che è stata lei a chiedere al signor von Klemperer di sposarla." Heinrich aveva riso di gusto, era proprio tipico di sua sorella, che del resto aveva tutte le ragioni: se quel von Klemperer era l'uomo giusto, perché aspettare tanto? Marie guardò le foto e per la prima volta si sentì triste per essere così lontana. Comprò delle cornici d'argento e sistemò le foto sulla mensola del camino.

Ben presto la nuova vita non fu più nuova; Marie si era abituata agli inverni gelidi e nevosi e alle estati luminose e calde, ai tornei di bridge e ai pranzi al Country Club, alle partite di baseball di Heinrich e al circolo degli allevatori di bassotti. Aveva quasi trent'anni, era attenta al suo guardaroba e portava i capelli castano scuro semplicemente appuntati sulla nuca. Era riuscita a tenersi in forma, anche se spesso comprava del cioccolato quando andava con Aide al George Pulakos' Confectionery Store.

Le lunghe passeggiate con il bassotto nella baia di Presque Isle aiutavano. Nelle belle giornate camminava costeggiando il lago per due o tre ore, e il vento le scioglieva i capelli.

Il fatto che spesso Heinrich rientrasse a tarda notte con addosso un odore non solo di whisky ma anche di profumo, che lei scoprisse tracce di rossetto sulle camicie che poi nascondeva alla cameriera, non la turbava più. Finché i *delivery boys* le fischiavano dietro e i *waiters* dell'Ice Cream Parlour le facevano l'occhiolino, provava un sentimento di soddisfazione e di rivalsa.

Nei mesi estivi, come tutti i loro amici, andavano a Cambridge Springs, salivano a bordo di un treno della Erie Railroad e andavano a qualche ora di distanza dai grandi laghi passando per un territorio pianeggiante e alberato, fino a raggiungere quello che Aide chiamava un *recreation resort*, una piccola località ricca di sorgenti termali, dove la gente si sottoponeva a bagni curativi alloggiando in alberghi eleganti, faceva la cura delle acque, andava in barca nei laghetti o – Marie sospirava al pensiero – le *ladies* si incontravano per l'inevitabile pomeriggio da dedicare al ricamo o al bridge. Naturalmente, l'"Erie Daily Times" riferiva del viaggio ed elencava uno per uno i nomi di chi aveva soggiornato in quale hotel. Heinrich e Marie, come Aide e suo marito, alloggiavano nell'Hotel Bartlett, non il più grande e il più elegante, ma pur sempre di prima classe, dove a volte la sera si tenevano concerti e balli nel salone grande.

L'idea di andarci per una volta d'inverno e di festeggiare lì la fine dell'anno era venuta a Heinrich dopo essere tornato da un viaggio a Berlino, nervoso e stordito. Anna era ancora implacabile, non voleva saperne di vedere la nuora, e poi lui doveva prima farsi un nome, raggiungere un traguardo, il suo lavoro alla Hammermill a quanto pareva non era sufficiente, era nulla in confronto alle cariche rivestite dai fratelli e dai cognati, raccontò Heinrich rassegnato.

Fifì viveva a Dresda con Victor von Klemperer, che aveva assunto la direzione della sede centrale della Dresdner Bank. Robert Weismann e Victor von Leyden avevano intrapreso carriere inarrestabili, e suo fratello Otto si era fatto un nome come fisico.

E Heinrich? Lui non era un semplice contabile, questo Marie l'aveva capito, piuttosto negoziava per conto della Hammermill, "prendeva gli ordinativi", come le aveva spiegato, e a seconda di ciò che vendeva, gli veniva corrisposta una provvigione oltre allo stipendio. Si trattava di un buon posto, insomma, e la Hammermill era conosciuta in tutto il mondo per le sue carte di gran pregio, le compravano addirittura a Berlino. Ma un pubblico ministero, un giudice, un direttore di banca e un fisico: con loro Heinrich non poteva competere.

L'influenza di Anna si faceva sentire fino a Erie, pensò Marie, quella donna era sempre presente, anche se lontana mille miglia. Da quando era tornato, Heinrich si arrabbiava per qualunque piccolezza, licenziò la cameriera e ne assunse una nuova che però ben presto non fu più di suo gradimento, litigò con un collega per un lavoro importante e la sera tornava a casa tardi.

Poi gli venne l'idea di andare dopo Natale a Cambridge Springs. L'Hotel Bartlett invitava a una festa di Capodanno e a pattinare sul ghiaccio dei piccoli laghi dov'erano stati in barca l'estate prima, e Heinrich decise che era proprio la distrazione di cui aveva bisogno. Da bambino gli piaceva molto pattinare sul ghiaccio, e il ricordo fu sufficiente a farlo sentire di nuovo allegro, persino euforico. Ora dovevano andare a Cambridge Springs, avevano bisogno dei pattini migliori che si potessero comprare a Erie, convinse Aide e Ciarls e alcuni amici del circolo a unirsi a loro, e in una grigia giornata di dicembre subito dopo Natale presero il treno tutti insieme.

Un giorno, mentre pattinava, Fred Schumacher scoprì Heinrich che baciava sua moglie dietro il canneto ricoperto di brina all'estremità opposta del laghetto, mentre le carrozze li aspettavano sulla riva e veniva servita cioccolata calda, vin brulé fumante e crêpe dolci: Aide e Marie avrebbero riso per anni dell'urlo che lanciò.

L'acconciatura di Mrs Schumacher era tutta in disordine, anche lei si mise a urlare e si lasciò cadere drammaticamente sul ghiaccio. Marie si era accorta da tempo che la donna guardava Heinrich un po' troppo e che in sua presenza era nervosa, sia che si trovasse a casa loro per il bridge sia che si incontrassero al club. Sbatteva le palpebre e si toccava continuamente le piccole orecchie o si sistemava l'acconciatura.

Quel pomeriggio, fu deciso che Mrs Schumacher era inciampata e Heinrich l'aveva aiutata ad alzarsi. In modo un po' maldestro, bisognava ammetterlo. Cos'altro potevano fare se volevano evitare uno scandalo che avrebbe fatto sciogliere su due piedi il loro piccolo gruppo?

Una settimana dopo, Aide le comunicò di essere incinta. Come Marie, Aide aspettava la notizia ogni mese, aveva consultato vari medici, assunto gocce, provato tinture a base di erbe e si era demoralizzata tutte le volte che le era venuto il ciclo e un'altra possibilità era sfumata. Quante volte ne avevano parlato, e con quale amarezza Marie pensava ora alla tintura madre di Lili, di cui non avrebbe mai avuto bisogno per il semplice fatto che non rimaneva incinta. Alla fine Aide aveva trovato un medico: era appena arrivato da New Orleans, e prometteva alle pazienti di risolvere il problema con dei massaggi. Aide

217

aveva speso una fortuna, era andata due volte alla settimana dall'uomo che le massaggiava la pancia, cosa che Marie trovava strana. Aide, invece, aveva avuto fiducia, parlava di New Orleans come se lì tutti potessero fare magie, e adesso il miracolo era avvenuto, e anche Marie aveva preso un appuntamento con il medico massaggiatore degli Stati del Sud, il quale le disse che il suo era un caso particolarmente difficile e che doveva andare da lui tre volte alla settimana.

Quando tre settimane dopo i primi massaggi le vennero le mestruazioni, era tanto abbattuta quanto furiosa, furiosa con se stessa e con il proprio corpo, e improvvisamente anche con Heinrich e Mrs Schumacher.

Quella sera aveva cucinato un involtino di manzo con il cavolo rosso che era bruciato, e quando Heinrich fece un'osservazione, lei prese il piatto di lui e il suo, corse in cucina e gettò tutto, piatti compresi, nel bidone della spazzatura. Poi corse al piano di sopra e si chiuse in camera. Heinrich scosse più volte la porta che però non si aprì. Alla fine si arrese e si sdraiò sulla chaise longue nel suo studio. Marie pianse tutte le lacrime che aveva, finché non le venne il mal di testa. Si alzò per lavarsi il viso e quello che vide nello specchio la sconvolse, era stanca, pallida e gonfia di pianto.

Il giorno dopo Heinrich prenotò il viaggio in nave per l'Europa.

26.

Quando a febbraio lasciarono Erie per New York, l'"Erie Daily Times" riferì ancora una volta della loro partenza: avrebbero trascorso sei settimane in Sud Italia, tanto richiedeva la salute del signor Heinrich Reichenheim.

All'inizio Marie era terrorizzata dall'idea di fare un viaggio così lungo; non voleva lasciare Erie, Aide, il bassotto, e tanto meno il medico massaggiatore che ogni settimana le assicurava, in modo convincente, che presto sarebbe rimasta incinta.

Così come si era messo in testa di andare a Cambridge Springs d'inverno, adesso era questo viaggio in Italia a ispirare Heinrich: non avevano mai fatto il loro viaggio di nozze, e Marie non era mai – mai! – stata in Italia, il clima era mite, il suo mal di testa sarebbe sicuramente scomparso, e poi doveva mostrarle Napoli, Sorrento, Capri, e anche Pompei e la Sicilia, parlava del profumo dei limoni, di arte e cieli azzurri, di Wagner che aveva trascorso gli inverni in Sicilia – sua madre adorava Wagner e andava a Bayreuth ogni anno – e a un certo punto Marie era stata contagiata dal suo entusiasmo.

Heinrich aveva scacciato le sue preoccupazioni per il lavoro, la salute ne aveva risentito – ma non per giocare a baseball, si disse Marie – e aveva bisogno di qualche settimana per rimettersi in forze, i fratelli Behrend l'avrebbero capito. E infatti sembrarono capirlo, in ogni caso durante un pranzo poco prima della partenza fecero a Marie gli auguri di ogni bene.

La nave li avrebbe portati da New York a Napoli facendo scalo a Genova, viaggiavano sulla *König Albert* in prima classe, e Marie sapeva come premunirsi: con i cappelli appropriati e abiti lunghi, un guardaroba che, riposto in due bauli armadio, i facchini dovevano trascinare fino al treno e dal treno alla nave e poi in Italia, sempre al loro seguito. Ma soprattutto non dovevano mancare i pettini di Susanne, i pettini con gli intarsi che Marie lucidava più e più volte e custodiva come le lettere che arrivavano ancora regolarmente e raccontavano della vita al fianco di Otto, di un primo figlio e di un'altra gravidanza.

Marie desiderava tanto vedere Susanne, ma Heinrich oppose un netto rifiuto quando lei avanzò l'ipotesi di andare anche a Berlino. No, avevano bisogno di riprendersi, non volevano mica arrabbiarsi per la testardaggine di sua madre e l'arroganza dei suoi cognati. Marie sospettava che lui temesse di perdere le poche possibilità che ancora aveva di tornare all'ovile, se si fosse presentato con lei. D'altra parte, dove l'avrebbe lasciata se davvero gli avessero dato il permesso di tornare? Ecco come sarebbero andate le cose: lei sarebbe rimasta a casa, lui non l'avrebbe nemmeno nominata, lei esisteva, ma per Anna Reichenheim e la famiglia sarebbe rimasta un fantasma, e invisibile finché non avessero avuto dei bambini. L'idea che Heinrich potesse gioire del fatto che lei non era incinta la rendeva furiosa e la spinse ad andare dal miracoloso medico di New Orleans tre volte nella settimana prima della partenza. E insisté per portare Bello con loro in viaggio.

L'aveva imparato da Aide: quando si voleva oppure non si voleva una cosa, bisognava impuntarsi. Per dimostrare che si esisteva. Marie non avrebbe mai preteso nulla da Heinrich, nemmeno quando la sera tornava a casa tardi con i segni di rossetto sul collo della camicia. Non le leggeva ogni desiderio sulle labbra – se non altro perché raramente ne aveva uno che non avrebbe potuto soddisfare con il denaro che le dava ogni settimana – ma si assicurava di farle dei regali per il suo compleanno, a Natale e per l'anniversario di matrimonio.

Il cane era una di quelle cose su cui si poteva insistere. Così Bello sarebbe andato con loro, il che rendeva più difficile l'organizzazione del viaggio, ma non importava. "Più i desideri sono complicati, meglio è," diceva Aide.

A New York, salirono a bordo della *König Albert* e Marie rimase a lungo sul ponte ad ammirare la città. Era felice a Erie, ma New York era stata l'inizio di tutto: l'inizio di una nuova vita migliore. Poi la nave salpò accompagnata dalla musica della banda di ottoni, e passarono davanti alla Statua della Libertà e a Ellis Island. Marie era turbata. Perché se n'erano andati da New York? Da lontano l'isola di Manhattan sembrava sempre più audace e irreale, un sogno da cui poteva risvegliarsi in qualsiasi momento. Heinrich le si avvicinò, le prese la mano e la baciò.

"Sono così felice, tesoro mio, di fare finalmente la nostra luna di miele. Ti innamorerai dell'Italia, non c'è niente di più bello. Andiamo in cabina, vorrei sdraiarmi un attimo."

Marie fece un respiro profondo, si strappò alla vista della città che scompariva e si girò verso di lui.

"Stai già male?" Sapeva che Heinrich soffriva a ogni traversata, il mal di mare lo tormentava, poteva mangiare solo un boccone e doveva sdraiarsi in cabina. Era anche pallido, ma poteva essere dovuto alla stagione, era stato un inverno lungo e buio.

"No, no, va tutto bene. Vieni anche tu?"

"Avviati, ti raggiungo subito," rispose con un tono talmente deciso che per un attimo lui la guardò sorpreso, poi si girò e se ne andò. Barcollava, difficilmente avrebbe cenato.

Marie restò sul ponte più alto finché Manhattan non divenne un'ombra indistinta in lontananza. Quando entrò in cabina, trovò Heinrich sdraiato sul letto e Bello che mugolava piano nella sua cesta, doveva uscire urgentemente. La cena sarebbe iniziata tra quindici minuti e avrebbero mangiato in cabina. "Heinrich deve avere la coscienza molto sporca se ha prenotato una cabina così grande," pensò poi, quando fu servito il consommé e lui si sedette di fronte a lei, pallido, e senza dire una parola mangiò quel brodo torbido che per lei non sapeva di niente, ma che era possibile ordinare senza temere di commettere un errore.

"Questa cabina dev'essere costata molto," disse per rompere il silenzio.

"La cabina? Perché? È una cabina normale, quale altra avrei dovuto prendere?"

"Ho pensato... è così grande, in alto e rivolta verso l'esterno."

"Lo sai che soffro il mal di mare. Se devo passare più di una settimana rinchiuso qui dentro, almeno posso godermi la vista. E più la cabina è bassa, più questo dondolio costante è insopportabile," disse Heinrich con aria innocente.

Lei rimase in silenzio. Era Mary Reichenheim da quasi quattro anni e non aveva ancora imparato che certe cose si potevano avere a prescindere da quanto costassero.

Trascorsero quella settimana in mare quasi ognuno per conto proprio, Heinrich sdraiato sul letto alto e spazioso della loro cabina, in attesa del medico di bordo che ogni giorno cercava di confortarlo con nuove pillole e polverine, e Marie che andava a passeggio con Bello e, se non altro, pranzava nella sala ristorante e sedeva in biblioteca o guardava dal parapetto le onde grigie dell'Atlantico. Il suo umore migliorava di giorno in giorno, in parte perché il ciclo non arrivava e le sembrava di avvertire una nausea leggera, un fastidio alla bocca dello stomaco. Due giorni prima di arrivare a Genova furono sorpresi da una burrasca, e mentre cercava di aiutare Heinrich a raggiungere il bagno perché non tratteneva più niente, anche per lei la nausea divenne così forte da non lasciarle dubbi: finalmente, finalmente era incinta. Approdati a Genova, Marie si costrinse ad alzarsi e ad andare sul ponte. Era pomeriggio inoltrato, il sole basso sul mare che da un pezzo non era più grigio, ma scintillava in tutte le sfumature del verde e dell'azzurro. La luce si posava sopra le case addossate una all'altra e le inondava di un chiarore caldo che le faceva risplendere in cento tonalità d'oro e arancio. L'intrico di quelle case si allungava in alto, insinuandosi nel verde delle colline che si stagliavano dolcemente sull'abitato e, in lontananza, Marie vide le cime innevate. Rimase incantata a guardare dal parapetto quella città: le sembrava la cosa più bella che le fosse mai capitato di vedere in vita sua.

Nelle quattro settimane successive, mentre attraversavano il Sud Italia, non fece che pensare a questo: tanta bellezza ovunque si guardasse, niente di paragonabile a quello che aveva visto in Germania e anche in America.

Si fermarono una settimana a Napoli, visitarono Pompei, proseguirono per Capri e da ultimo fecero la Costiera

Amalfitana fino a Ravello. Se ne stavano seduti sulla terrazza dell'Hotel Caruso a picco sul mare, l'aria era tiepida, quasi venti gradi, e a Marie pareva di essere più viva che mai. La nausea era scomparsa, ma ancora niente ciclo. Mentre cenava con Heinrich spesso i pensieri vagavano, guardava quei pini, le palme e il mare, il rosa e il viola fulgido delle buganvillee, e pensava al bambino al quale avrebbe mostrato tutto questo. Mangiavano pesce e lo accompagnavano con champagne o vino bianco italiano, anche le pietanze erano eleganti, avevano la stessa bellezza che qui era in ogni cosa, negli uomini e nelle donne, nelle piazze ampie, nelle chiese e nei palazzi. Solo a Napoli aveva visto bambini cenciosi che chiedevano l'elemosina nei vicoli e donne della sua età sdentate, i capelli arruffati, che le avevano gridato dietro parole incomprensibili. Heinrich l'aveva subito trascinata via, si erano persi, i vicoli erano stretti e in quella penombra l'aria era umida e stranamente fresca. Ma sulla terrazza dell'Hotel Caruso tutte queste immagini si erano dileguate, lì non c'era che luce e bellezza.

Heinrich intendeva proseguire per la Sicilia, ma lei protestò, non voleva sottoporlo a un'ulteriore traversata prima del lungo viaggio di ritorno. Lo convinse invece ad andare a Roma in treno, e così trascorsero un'altra settimana in un albergo vicino a piazza di Spagna.

Fu allora – stavano camminando per il Foro Romano e ammiravano le colonne – che avvertì la sensazione di bagnato tra le gambe. Non ebbe bisogno di controllare per sapere che le era venuto il ciclo, di nuovo, come ogni mese. E lì, in quella che chiamavano la Città Eterna, Marie si rese conto che non sarebbe mai rimasta incinta, poteva andare quante volte voleva dal ciarlatano di New Orleans che aveva aiutato Aide: a lei non poteva dare nessun aiuto, qualunque fosse stata la ragione, il destino o chissà quale Dio iroso convinto, come Anna Reichenheim, che lei e Heinrich non fossero fatti per stare insieme e nulla di quello che facevano dovesse avere un seguito.

Presto si rimisero in viaggio verso casa e Marie fu felice che Heinrich fosse alle prese con se stesso e la sua nausea, perché le veniva continuamente da piangere e gli attacchi di mal di testa erano più forti che mai.

Non aveva detto a Heinrich della presunta gravidanza, così come non gli aveva detto del medico di New Orleans. Stavolta il flusso era più abbondante del solito, non voleva saperne di fermarsi, e Marie stringeva i denti per ignorare il mal di pancia. A Roma, ogni mattina, le lenzuola grondavano sangue, lei se ne vergognava e lo teneva nascosto a Heinrich, e le cameriere cambiavano il letto tutti i giorni senza lamentarsi.

Quando si misero in viaggio, l'emorragia andava finalmente diminuendo. La bellezza della città e della costa le apparve improvvisamente come una sconfitta, la sua sconfitta personale e definitiva. Aveva trent'anni e non avrebbe avuto un figlio, mentre i fratelli di Heinrich avevano tutti una prole. Lui, il primogenito, quello che Anna Reichenheim aveva ripudiato, non l'avrebbe avuta, e lei non poteva farci nulla.

"*You can come back any time, you know? No need to cry.*" La voce la strappò ai suoi pensieri, guardò infastidita l'uomo fermo al parapetto accanto a lei. Un italiano, forse poco più giovane di lei, pensò, ben vestito con un abito scuro e una redingote. L'uomo sollevò il cappello, e i bei capelli castano scuro gli ricaddero sulla fronte. "Andrea Mancuso," si presentò, "napoletano di New York."

Aveva uno sguardo caldo negli occhi scuri, ma i denti di un bianco smagliante tra le labbra piene davano al suo sorriso qualcosa di simile a quello di un lupo.

Anche Marie si presentò e poco dopo già ridevano dell'accento di lui e di lei, parlavano di Napoli e della Costiera Amalfitana, dei carciofi che lei aveva mangiato a Roma e di New York dove lui, così raccontò, dirigeva una ditta di import-export. Aveva una voce profonda e pronunciava alcune parole con accento italiano.

A cena, Marie si sentì a disagio quando fecero accomodare lei e Heinrich a un tavolo dove era già seduto l'italiano. E poi una famiglia, sempre italiana, che non parlava una parola di inglese e che stava andando a trovare dei parenti a New York. Marie tirò un sospiro di sollievo perché gli altri italiani discorrevano ininterrottamente con Andrea Mancuso, a volte parlavano tutti insieme, e lei si lasciò trasportare dal suono delle voci e dalla melodia della lingua.

Quando Heinrich le domandò qualcosa, si rese conto di non averlo ascoltato, e più tardi, in cabina, non riuscì a togliersi dalla mente il sorriso dell'italiano, quel sorriso da lupo, e il modo in cui capelli gli ricadevano sulla fronte. Nel frattempo la nave aveva preso il largo, Heinrich era piombato in un sonno agitato dal quale si svegliò nel cuore della notte con il mal di mare.

Marie cercava di evitare l'italiano. Nei suoi abiti eleganti, si muoveva con la flessuosità di un ballerino, proprio come certi uomini che aveva visto in Italia. Durante la cena, Andrea Mancuso cercava il suo sguardo, e qualche volta la incontrava come per caso quando lei portava a spasso Bello e sempre, immancabilmente, quando era sola sul ponte: sembrava sapere in anticipo dove sarebbe stata e quando. Il quarto giorno, Heinrich si ritirò definitivamente in cabina, e il sorriso di Andrea Mancuso ricordava ancora di più quello di un lupo mentre traduceva alla famiglia italiana ciò che Marie diceva a proposito dell'assenza di Heinrich.

"L'accompagno alla sua cabina," le disse con risolutezza al termine della cena offrendole il braccio. Marie esitò, poi accettò l'offerta. Sentì il braccio avvampare, e forse dipendeva anche dal fatto che all'improvviso aveva un gran caldo. Non la condusse verso le cabine, ma verso il solarium che a quell'ora era deserto, e dopo alcuni minuti che le sembrarono un'eternità la baciò. In quel bacio si perse così come si perse tra le sue braccia poi, nella cabina di lui. Era una cabina più grande della sua e Marie vi sarebbe tornata ogni notte e, se riusciva, anche durante il giorno, come se fosse una cosa naturale, e lui era sempre lì ad aspettarla. Non le chiese nulla e neanche lei chiese e raccontò nulla, si meravigliò della bellezza di quelle forme che emergevano da sotto i vestiti, del modo sicuro con cui l'accarezzava, della conoscenza che aveva del suo corpo e delle reazioni che gli provocava, e per un attimo ne fu spaventata. Rise di lei, rise con quella sua risata da lupo quando Marie si rivestì in fretta e lasciò la cabina. Sapeva che sarebbe tornata.

A tavola, Marie studiava il suo viso come se volesse memorizzarlo per sempre, i capelli ancora domati con un po' di brillantina e che più tardi, di notte, si sarebbero liberati ricadendo sulla fronte, il riflesso ramato della pelle, morbida e liscia nelle pieghe delle braccia e del collo, le mani tozze e forti con le unghie larghe, il pollice con cui le accarezzava delicatamente la guancia.

La traversata fu burrascosa, Heinrich mandava a chiamare il medico ogni giorno, e Marie trascorreva il resto del tempo in cabina con lui, cercava di distrarlo o di calmarlo, ordinava per lui camomilla e fette biscottate, lo costringeva a mangiare qualcosa quando si girava gemendo. Quasi non chiudeva occhio e si sentiva come se non fosse mai stata così sveglia in vita sua, viveva con ogni fibra del suo corpo.

Marie era in piedi sul ponte scoperto con Andrea quando apparvero i primi gabbiani, avevano cenato da poco e lui stava fumando uno dei suoi sigari sottili dall'odore speziato che le piaceva tanto.

"Quasi arrivati," disse in italiano, e Marie scosse la testa senza capire.

"Vieni con me ancora una volta," aggiunse sempre in italiano. Fecero l'amore con una fretta feroce, in bocca il sapore della separazione, e subito dopo Marie si liberò dal suo abbraccio. Lo baciò in fronte con la delicatezza con cui si bacia un bambino e lo guardò, guardò il suo viso e il corpo che le ricordava una delle statue viste nei musei romani, implacabile nella sua bellezza, e poi gli disse "*Lebewohl*", addio.

Nel porto di New York, lei e Heinrich furono tra i primi a lasciare la nave. Quando Marie si voltò, vide Andrea Mancuso appoggiato alla ringhiera, in una mano il sigaro, l'altra alzata in segno di saluto.

27.

Appena tornati, Marie iniziò subito a dividere il tempo in prima e dopo l'Italia. Non la smetteva più di pensare al Dio iroso che adesso, al loro quinto anno di matrimonio, aveva deciso che le cose non potevano andare avanti così.

Sapeva che sarebbe rimasta senza figli, nonostante Aide facesse di tutto per convincerla del contrario: la rimbeccava, la spediva dai guaritori, le forniva miscele di erbe, tè e tinture madri, la indirizzava da medici cinesi e italiani e da una chiaroveggente che le predisse tre figli, incoraggiava Marie a passare del tempo con la piccola Claire perché il contatto con un bambino avrebbe rafforzato la fertilità, e rimproverava Marie quando si abbatteva.

Una volta scrisse una lettera a Susanne raccontandole quanto desiderasse avere un figlio, ma poi non la inviò, si vergognava perché nessuna delle donne Reichenheim aveva quel problema.

Heinrich si accorgeva del suo sconforto, ora lei si lamentava spesso del mal di testa e gli chiese di andare a dormire nella cameretta che avevano allestito in previsione di un figlio. A volte per un po' si preoccupava e la guardava con aria indagatrice, ma non le chiedeva nulla, le diceva solo che se non si sentiva bene doveva farsi visitare dal medico.

Da quando si era fatto eleggere presidente dell'associazione degli allevatori di bassotti, Heinrich era completamente assorbito dalla sua carica. E aveva iniziato a lamentarsi dei fratelli Behrend e della Hammermill. Marie sapeva come sarebbe andata a finire, l'aveva già visto accadere un paio di volte: si sarebbe lamentato sempre di più, avrebbe trovato un'ingiustizia dopo l'altra, alla fine si sarebbe ammalato e avrebbe smesso di andare al lavoro. E poi? Poi ricominciare tutto da capo in un posto nuovo? No, quella era l'ultima cosa che intendeva fare, lei voleva rimanere a Erie, vicino all'adorato grande lago, con Aide e la sua audace ostinazione. Aide, con cui poteva ridere come faceva, a volte, con le sue amiche di Berlino; Aide e Claire, lei e quel suo faccino che le piaceva tanto, sebbene le ricordasse ciò che non aveva.

La fine alla Hammermill si fece aspettare più di quanto Marie avesse pensato. Heinrich si lamentava e continuava a lavorare, ma senza entusiasmo e quindi senza provvigioni.

Arrivò l'inverno, come ogni anno Erie fu sepolta dalla neve, Heinrich si ammalò di un'influenza che si trascinò e alla fine si trasformò in polmonite. Restò a casa per due mesi, e Marie gli era sempre accanto, cercava di abbassargli la febbre e di dargli le medicine prescritte dal medico. In seguito, Heinrich era così debilitato che tornò in ufficio ma solo per poche ore al giorno; non giocava più nella squadra di baseball perché il medico glielo aveva sconsigliato. Un giorno di aprile, verso l'ora di pranzo, tornò a casa furibondo perché era convinto che gli avessero negato una provvigione a cui aveva diritto. Ne aveva parlato con il signor Behrend che però non voleva saperne, e quindi si era licenziato su due piedi, non si sarebbe lasciato imbrogliare.

Marie lo ascoltò paziente, gli disse che non doveva agitarsi, fuori, nei giardini davanti alle case, gli ultimi rimasugli di neve si stavano sciogliendo e in cucina il pranzo si raffreddava, spezzatino alla zurighese, un piatto che a Heinrich piaceva.

"Non preoccuparti, troverò qualcos'altro. E forse tra non molto potremo tornare in Germania, a Berlino è tutto più facile," disse come se fosse una cosa scontata, tanto che Marie perse le staffe.

"Cosa dovrebbe essere più facile a Berlino?" chiese irritata dal suono stridulo della propria voce. "La tua famiglia non vuole avere nulla a che fare con me, tutti pensano di conoscerti, tu per loro sei un buono a nulla e ti tratteranno di conseguenza. Qui abbiamo i nostri amici, stiamo bene, siamo qualcuno, perché dovremmo andarcene?"

Lo sguardo di Heinrich era difficile da interpretare, sembrava colpito dalle sue parole, che erano state più taglienti di quanto lei avesse voluto. Aveva ancora l'aria esausta, la fronte imperlata di sudore, i capelli appiccicati alla testa e il labbro inferiore che tremava quando rispose. "Ma eri tu che ti lamentavi sempre di quanto fosse difficile imparare la lingua, e di quanto fosse cattivo il pane, almeno se non lo prendevi dal fornaio tedesco, e poi che d'inverno faceva troppo freddo e che le tempeste di neve erano insopportabili. E in più che ti piacerebbe vedere Susanne, me lo dici da anni."

Marie si arrabbiò ancora di più, ebbe la sensazione di non essere mai stata così arrabbiata con Heinrich: dei suoi problemi non si era mai preoccupato e non le aveva mai chiesto niente quando lei si lamentava – il che accadeva abbastanza di rado – e adesso quelle cose che fino a poco prima gli erano state del tutto indifferenti le tirava fuori per puntarle contro la sua vita a Erie. Aveva sempre pensato che non l'ascoltasse quando era insoddisfatta di questo o di quell'altro, ma la cosa peggiore era che lui aveva sentito tutto perfettamente e se n'era fregato.

Stava urlando così forte che il bassotto iniziò ad abbaiare, dopo di che si chiuse in camera. Heinrich bussò a lungo alla porta, ma lei non aprì.

Non si rivolsero la parola per una settimana, e quando ripresero a parlare delle cose di tutti i giorni, del bassotto e dell'imminente gara canina, del tempo e del piede che Aide si era fratturata cadendo dalle scale, il ritorno in Germania sparì dalle loro conversazioni.

Quando Otto e alcuni colleghi furono invitati a un congresso di fisica in Canada, Marie scrisse lunghe lettere a Susanne dipingendo Erie e il lago con i colori più belli per convincerla ad accompagnare il marito. Se Susanne fosse venuta, se entrambi – Otto e Susanne – avessero visto come vivevano lì, se l'avessero poi raccontato a Berlino, forse Heinrich non sarebbe più stato il giocatore d'azzardo che aveva sposato la donna sbagliata, ma il figlio maggiore che aveva fatto fortuna in America. Di questo fantasticava a volte quando portava a spasso il cane, e poi di Anna Reichenheim che veniva a trovarla e restava impressionata da Erie e dalla loro casa.

Sospettava però che Susanne volesse rimanere con i bambini, li amava molto e passava più tempo con loro di quanto ritenessero normale nella famiglia di Heinrich. In ogni caso, quando Otto andò a trovarla – da solo – le riferì che sua madre si era "mostrata sorpresa", si espresse così, del fatto che Susanne si occupasse per lo più da sola dell'educazione dei figli, che avesse persino deciso di non assumere una balia e di allattare. La cognata faceva quello che le pareva, di Susanne Huldschinsky Anna Reichenheim poteva mostrarsi sorpresa, niente di più.

Heinrich portò il fratello a visitare il suo club, e organizzarono una festa a casa per presentare Otto a tutti i loro amici. Heinrich era felice di quella visita, dopo i lunghi mesi di malattia e malumore sembrava rinato. La sera Marie si ritirava presto per dare ai fratelli del tempo da trascorrere insieme. Una volta che si trovava sul pianerottolo di sopra, sentì Otto dire a Heinrich che non doveva preoccuparsi, che presto sarebbe potuto tornare, che lui e Susanne avrebbero convinto la madre.

"E Marie?" chiese Heinrich.

Marie trattenne il respiro.

"Ci penserà Susanne, non preoccuparti. Mi sto solo chiedendo…" Qui Otto esitò, sembrava cercare le parole giuste.

"Sarebbe certamente più facile se avesse un figlio, i figli portano sempre armonia, in fondo, la mamma non potrà più essere arrabbiata. Passa molto tempo con i nipotini."

Se Heinrich rispose, non riuscì a capirlo esattamente, doveva essersi alzato per versare di nuovo da bere, Marie sentì i cubetti di ghiaccio cadere nei bicchieri, un tintinnio leggero, poi Heinrich li riempì, e quando rispose parlò così piano che era impossibile decifrare quello che diceva.

Marie corse in camera e si sdraiò sul letto. Non sapeva se avrebbe voluto sentire la risposta. Il giorno dopo Otto partì.

Heinrich si prese tutto il tempo per cercarsi un nuovo lavoro. O forse non trovava nulla che gli sembrasse adatto. Marie non lo sapeva né faceva domande, e ogni lunedì, come se niente fosse, lui le dava sempre la stessa somma. Da che si era licenziato dalla Hammermill, lei metteva da parte la metà del denaro una settimana dopo l'altra, e quando il lunedì guardava nell'astuccio dei pettini che le aveva dato Susanne e contava le banconote verdi e bianche, si tranquillizzava. Heinrich a volte le diceva che doveva valutare attentamente ogni ipotesi, aveva molte possibilità e non voleva trovarsi di nuovo in una situazione come quella con i fratelli Behrend, aveva bisogno di più libertà e non di superiori che impartivano ordini assurdi. Marie rimase in silenzio e a Aide disse solo che non riusciva a immaginare cosa volesse fare, non aveva il minimo spirito imprenditoriale né il capitale e l'ambizione per avviare un'attività o un'azienda, quindi avrebbe dovuto lavorare alle dipendenze di qualcuno che di sicuro gli avrebbe detto cosa fare e non fare. Aide la rassicurò, i fratelli Behrend, si sapeva, erano persone difficili, e Heinrich godeva di una buona reputazione, conosceva mezza città grazie alle sue cariche, qualcosa avrebbe trovato di sicuro. E comunque il denaro veniva dall'Europa, aggiunse en passant.

"Cosa vorresti dire?" chiese Marie.

"Gli assegni da Berlino arrivano regolarmente, non lo sapevi? Il marito della signora Ansinger lavora in banca, è stata lei a dirmelo."

"Sì, ma certo." Marie annuì, non voleva fare di fronte a Aide la figura di quella che non sapeva niente. Quindi Heinrich aveva mentito – cosa che accadeva abbastanza spesso – quando le aveva detto di poter contare solo sulle proprie forze, di essere stato diseredato e di doversi guadagnare da vivere. Era arrabbiata con se stessa per esserci cascata. Probabilmente gli assegni mensili erano molto più alti del suo stipendio e corrispondevano a ciò che Heinrich intendeva con "diseredato" e "contare solo sulle proprie forze".

Una sera, mentre Heinrich era al club, Marie contò i suoi soldi e decise di stringere ancora la cinghia. Più riusciva a mettere da parte, meglio era. Per un attimo pensò di chiedere a Aide cosa ne pensasse, ma si vergognava di ammettere di essere all'oscuro della loro situazione finanziaria.

Con il nuovo anno, Heinrich trovò finalmente un lavoro: discrict manager per la Pennsylvania della New England Mutual Life Insurance Company. Una compagnia di assicurazioni sulla vita, spiegò tutto fiero a Marie, ma lei non sapeva bene cosa fosse.

"Che genere di lavoro sarà?" chiese Marie a Aide mentre camminavano in una delle prime belle giornate di marzo, il bassotto al guinzaglio e Claire che si era addormentata nella carrozzina non appena questa aveva iniziato a muoversi. Aveva la faccina serena, in testa il berretto rosso che Marie le aveva fatto a maglia per Natale.

"Un'assicurazione sulla vita, come si può assicurare una vita?"

"Marie, che domanda! La New England esiste da oltre cinquant'anni e, quando è nata Claire, anche Ciarls ha stipulato una polizza di assicurazione sulla vita con quella compagnia. Cosa faremmo se gli succedesse qualcosa?" Guardò Marie con espressione seria.

"In quel caso l'assicurazione ti aiuterebbe?"

"Esattamente, riceverei i soldi dall'assicurazione e potrei vivere tranquilla e serena. Ci sarà anche in Germania qualcosa del genere, no?"

Marie non seppe cosa dire, sicuramente quelle compagnie esistevano anche in Germania, solo che lei non ne aveva mai sentito parlare. Poi il bassotto attaccò ad abbaiare, aveva avvistato un altro cane in lontananza e tirava il guinzaglio. Nonostante il pallido sole primaverile, dal lago soffiava un vento freddo e Marie accelerò il passo per riscaldarsi.

"Heinrich ha un ufficio al sesto piano del Marine Bank Building e ne va molto fiero. *Downtown*, sottolinea. E nessuno gli dice più cosa fare. Magari è felice," disse pensierosa.

"Magari," rispose Aide. "Ma temo che dipenda, come sempre, da ciò che Berlino ha da dire al riguardo." Poi tirò fuori dalla carrozzina Claire che si era svegliata e aveva iniziato a piangere.

28.

Aide, come spesso accadeva, aveva ragione, e Marie, come spesso accadeva, si domandò come facesse la sua amica a saperlo, e se fosse così ovvio che Heinrich, nonostante tutte le loro amicizie e la bella vita che conducevano a Erie, stesse solo aspettando la possibilità di tornare in Germania. Chissà se ne parlava con Ciarls? Con lei evitava l'argomento, provò a fargli qualche domanda una volta, quando gli arrivò una lettera che lei non aprì: il mittente era Robert Weismann, il marito della sorella Gertrud, divenuto ormai segretario di stato. Heinrich l'aveva letta la sera, e dopo era talmente di cattivo umore che Marie gli chiese come mai.

"Cosa vuoi che abbia scritto?" rispose irritato Heinrich. "Che dei miei successi come district manager non gli importa nulla, né a lui né a mia madre. Un agente assicurativo non è quello che si immaginavano loro. Mentre il signor von Klemperer di Fifi, il banchiere, lui sì che ha una bella professione, tutti hanno una professione seria e rispettabile tranne me!"

"Lasciali parlare," disse Marie, "che t'importa, Berlino è lontana." Lui evitò il suo sguardo e si alzò per versarsi un whisky.

Quindi Berlino non era lontana, pensò Marie, Berlino era ancora la meta, e per quanto Heinrich di solito fosse poco determinato, non si sarebbe arreso. Probabilmente le sue speranze si erano riaccese in aprile, quando era arrivata un'altra lettera, quella di Susanne a Marie. Stavano facendo colazione, Marie aveva preparato i pancake, quando il postino suonò e le consegnò una busta color crema con sopra i ghirigori di Susanne. Era più spessa del solito, e l'aveva aperta con curiosità. Dalla busta era caduta una fotografia, l'immagine di una bimba, quasi ancora una neonata, sdraiata con un vestitino di pizzo su una pelliccia chiara. "Charlotte Ida Marie, nata il 3 gennaio 1913," era scritto con inchiostro blu sul retro. Marie guardò la foto a lungo. Non sentì le parole di Heinrich e alla fine lui le tolse la foto di mano.

Ida Marie – non si era mai chiamata così, pensava che suonasse troppo serio, a cosa le servivano due nomi, e comunque Marie le era sempre piaciuto di più. Ricordò che Heinrich l'aveva presentata così all'epoca: signorina Ida Marie Stahmann. Probabilmente pensava che fosse più elegante.

"Susanne è una brava persona," disse Heinrich, "e guarda, ti vuole bene. Charlotte Ida Marie… bello."

Marie era rimasta in silenzio perché stava lottando con le lacrime. Solo la sera lesse la lettera in cui Susanne le scriveva della nascita della piccola Charlotte e della gioia di Anna Susanne, nata tre anni prima, che adesso aveva una sorellina. Da quel momento in poi portò la foto sempre con sé, nascosta in uno scomparto laterale della borsetta. No, non voleva tornare in Germania, non voleva andare a Berlino, ma se era inevitabile, ad aspettarla non ci sarebbe stata solo Susanne, ma anche Charlotte Ida Marie.

Poi scoppiò la guerra.

A Erie, quella del 1914 fu un'estate calda, e iniziò prima del solito. Alla fine di giugno, Heinrich e Marie avevano dato una festa in giardino, e Marie aveva trascorso l'intera giornata a occuparsene insieme alla cameriera. La sera prima, Heinrich aveva preparato la bowle alla fragola in un enorme recipiente di terracotta azzurro e bianco. Non perdeva occasione di farla personalmente, perché solo lui sapeva cosa metterci dentro: era una ricetta che aveva imparato quando prestava servizio nell'esercito, un colonnello del suo reggimento la faceva spesso d'estate. Marie sapeva solo che era meglio non berne più di un bicchiere. Stava mescolando il liquido profumato di fragola, quando Heinrich entrò improvvisamente, sudato, il fiato in gola, il cappello in mano.

"Hai saputo? A Sarajevo hanno ucciso l'erede al trono austriaco! Ci sarà una guerra."

Nella sua voce c'era un misto di terrore ed euforia, voglia di sensazioni forti e costernazione. Una guerra... Dove? Qui o in Europa? Marie non sapeva bene perché quell'omicidio a Sarajevo avrebbe dovuto scatenare una guerra, ma non voleva nemmeno indagare, così non gli rispose. Heinrich, dal canto suo, sembrava non aspettarsi risposte, si tolse la giacca impolverata, la gettò sul divano in soggiorno e corse su per le scale salendo due gradini alla volta. Marie sentì l'acqua scorrere in bagno e poco dopo lui scese di nuovo. Si era messo una camicia pulita e scappando via le disse che sarebbe andato al club.

"La festa..." gli gridò dietro Marie.

"Per quell'ora sarò già a casa da un pezzo."

E in effetti, quando arrivarono gli ospiti, Heinrich era a casa e controllava che la cameriera desse a ciascuno il benvenuto servendo la sua bowle alla fragola. Vennero tutti, bevvero la bowle e parlarono di una possibile guerra, dell'imperatore e di ciò che avrebbe fatto, dei conflitti con i francesi e i russi, della Serbia e dell'erede al trono assassinato. Marie era occupata a servire il gelato, poi i sandwich e la birra, ascoltava e si meravigliava che quelle persone, in gran parte nate e cresciute a Erie, facessero di quell'omicidio e della reazione dell'imperatore nella lontana Germania una faccenda che le riguardava personalmente.

"Sono americani, alla fin fine, alcuni di loro ormai non parlano nemmeno tedesco," disse a Heinrich più tardi, quando l'ultimo ospite se ne andò e si misero a raccogliere piatti, posate e bicchieri sparsi in giardino.

"Americani? Che cosa vorresti dire? I membri del club sono quasi tutti tedeschi, e anche tu vai nei ristoranti italiani, nelle gastronomie greche e nelle panetterie tedesche. Non importa da quanto tempo sto qui, nel mio petto batte sempre un cuore tedesco. La mia madrepatria è e sarà sempre la Germania."

Marie portò i bicchieri in cucina e impilò con cura tutti i piatti sporchi, a lavarli avrebbe provveduto la cameriera. Mentre si addormentava, cercò di non pensare al cuore tedesco.

Il primo agosto 1914, la Germania dichiarò guerra alla Russia e, pochi giorni dopo, alla Francia. Il cuore tedesco divenne sempre più importante, la madrepatria era all'improvviso sulla bocca di tutti, una madrepatria che bisognava difendere. Heinrich non parlava d'altro che di madrepatria e del suo dovere e del suo onore come soldato dell'imperatore e della chiamata a unirsi al suo reggimento della guardia reale, che presto sarebbe arrivata in Rauchstraße. Non si parlava d'altro nemmeno al club, al circolo degli allevatori di bassotti, ai tornei di bridge e alle riunioni della Hamot Hospital Aid Society. Guerra, guerra, guerra, *war*, Marie non ne poteva più, quella parola non voleva più sentirla, non le andava di pensare a ciò che stava succedendo in Europa, ormai vivevano a Erie, a Erie erano felici, e poi per tanto tempo la Germania e Berlino non avevano voluto saperne di loro, quindi all'imperatore non dovevano proprio nulla. Come se non bastasse, quando Heinrich aveva preso la cittadinanza, aveva sottoscritto che, in quanto cittadino americano, non avrebbe più obbedito agli ordini dell'imperatore.

Heinrich si imbarcò per la Germania nel settembre del 1915. Marie aveva litigato e discusso più volte con lui, per settimane non si erano rivolti la parola, poi avevano ripreso a parlare, gridare, urlare, lei lo aveva accusato di usare la guerra come scusa per tornarsene a casa, per lasciarla, per ripresentarsi dalla sua famiglia, voleva sapere se era stata sua madre a chiederglielo, lo aveva accusato di mettere a rischio anche la sua esistenza se avesse richiesto un passaporto tedesco – perché tutti quelli che lo facevano ora finivano per andare in guerra, questo era chiaro, e lo sapevano bene anche le autorità americane – il tutto senza nessun risultato. Heinrich, a modo suo, oscillava tra l'entusiasmo per la guerra, l'amore per la patria e la preoccupazione per i parenti a casa. Lei non credeva al suo senso del dovere, e una volta scoppiò in una risata amara quando lui attaccò con quella solfa. Marie stava sparecchiando, aveva in mano una ciotola di spinaci che voleva riportare in cucina, quando lui ricominciò a parlare dei suoi doveri nei confronti dell'imperatore, della patria e della famiglia. Detto da lui, che non aveva tenuto fede a nessun dovere, era semplicemente ridicolo, gli disse. Heinrich si arrabbiò così tanto che balzò in piedi e le diede uno schiaffo. L'impronta della sua mano sul viso bruciava al punto che Marie, sconvolta, lasciò cadere la ciotola. In silenzio raccolse i frammenti facendosi un taglio profondo al dito. Il pollice sanguinava, lo mise in bocca, ma il sangue continuava a uscire a fiotti. Heinrich stava di fronte a lei disarmato, non sapeva che pesci prendere. Lo lasciò lì, pulì i resti di spinaci dal pavimento e poi, in silenzio, andò a letto. Si chiuse la porta della camera alle spalle.

Heinrich falsificò la sua richiesta di passaporto, ma glielo disse solo tre giorni dopo. Il motivo del viaggio in Germania era che, in quanto primogenito, doveva sistemare l'eredità del padre.

"È morto dieci anni fa," disse Marie a bassa voce quando le mostrò il foglio, "non ci crederanno."

"Non chiedono di esibire il certificato di morte," rispose irritato Heinrich.

Marie non aggiunse altro. Cosa lo tratteneva lì? Il circolo degli allevatori di cani, il club? Lei? Con un figlio sarebbe stato diverso.

Qualche settimana dopo, alla stazione di Erie, la stessa dove erano arrivati quasi dieci anni prima, Marie non versò una lacrima. Era stremata da mesi di litigi e adesso che se ne stavano lì, senza sapere se e quando si sarebbero rivisti, Heinrich accanto a lei sul binario con la valigia di pelle marrone in mano, l'unico sentimento che provava era di stanchezza.

"Ti scriverò. E se non potrai più spedire lettere in Germania, scrivi all'indirizzo svizzero che ti ho dato," le ripeté per la terza volta. "Ogni mese arriveranno trecento dollari, potrai ritirarli in banca." Anche questo le aveva ripetuto più volte.

"E tornerò presto." Non suonava granché convincente, lei non credeva che sarebbe tornato, né che la guerra sarebbe finita tanto alla svelta. Il treno arrivò avvolgendoli in una nuvola di polvere e fumo. Alcuni passeggeri scesero, altri spingevano per riuscire a salire. Heinrich le diede un bacio rapido sulla bocca, sapeva di sigarette e dopobarba, aveva le labbra secche e fredde. Marie evitò il suo sguardo, era stato detto tutto, ma erano solo promesse vuote.

"Ti ho portato in America, mia castellana, e anche dopo questa guerra ti ritroverò, non preoccuparti." Il suo sorriso le ricordò la serata al varietà del giardino d'inverno, lui le fece l'occhiolino come se volesse corteggiarla, e lei si costrinse a sorridere.

Il treno partì, Heinrich salutò dal finestrino aperto e Marie alzò la mano in segno di saluto. Rimase così a lungo, anche dopo che il treno era scomparso in una nuvola di polvere.

29.

Poi iniziò l'attesa. Marie lo sapeva, era come se gli ultimi dieci anni non fossero esistiti, la loro vita insieme, i cani, gli amici, i piatti da cui avevano mangiato insieme, il letto in cui avevano dormito insieme. Di nuovo l'evento più importante, un giorno dopo l'altro, era l'arrivo della posta.

Una cartolina arrivò abbastanza rapidamente da New York, poi, qualche settimana dopo, la prima lettera da Berlino, che suonava euforica e febbrile com'era stato Heinrich nelle ultime settimane prima della partenza. Non scriveva di come l'aveva accolto la famiglia, non di sua madre, ma solo di Susanne e Otto, di quanto fossero alte e belle le bambine, di Charlotte Ida Marie che avrebbe compiuto tre anni pochi mesi dopo e che chiamavano Lotte o Lottchen.

Qualche settimana dopo arrivò una lettera da una località nei dintorni di Berlino di cui non aveva mai sentito il nome, dove lo stavano preparando per l'impiego al fronte. Heinrich scriveva di moderni fucili, di trincee e punti di snodo, di una guerra completamente nuova e di proporzioni inaudite, dei suoi vecchi compagni pronti alla battaglia, che aspettavano solo di combattere.

Sembrava un gioco e lei mise da parte la lettera con rabbia.

La vita di Marie cambiò, licenziò la cameriera, e il giardiniere che veniva una volta alla settimana. Poteva tenere la casa pulita da sola, e il giardinaggio le faceva bene. Trascorreva le mattine con Aide, badava a Claire, oppure andavano insieme a passeggio o a fare compere. All'inizio di ogni mese, passava dal Marine Bank Building, dove prima lavorava Heinrich. Allo sportello bancario al piano terra, ritirava i trecento dollari che arrivavano dalla Germania ogni mese. Si trattava per lei di una somma elevata, anche al netto dell'affitto, e ne risparmiava una buona parte. L'astuccio da tempo non bastava più a contenere tutte quelle banconote bianche e verdi, e Marie ora le riponeva in un cassetto dell'armadio, dove teneva la biancheria. Ogni mese temeva che il denaro non arrivasse, e ogni mese l'impiegato allo sportello le consegnava la stessa somma con aria imperturbabile.

Nell'inverno del 1915, arrivarono i primi resoconti sulle trincee piene di fango e acqua, sui feriti e sui morti, sui ratti e sulle razioni scarse, sulle battaglie che si trascinavano per settimane. Non aveva più notizie di Heinrich e Marie cercò di immaginarlo in uniforme dentro a una trincea, immerso nel fango fino alle ginocchia. La guerra sarebbe dovuta finire da molto tempo, almeno così aveva sostenuto Heinrich, ma adesso le cose sembravano stare diversamente.

Marie a volte andava al cinema con Aide nel pomeriggio, e i cinegiornali, che lì si chiamavano *newsreel*, mostravano immagini di soldati britannici che salutavano allegramente con la mano mentre marciavano con i fucili in spalla, paesaggi francesi pianeggianti attraversati da trincee, cannoni che venivano azionati con orgoglio e cavalli imbizzarriti. Il tutto era accompagnato da marce musicali, e a volte in qualche punto lontano del piatto paesaggio grigio e bianco volavano altissime fontane di terra e il pubblico scattava in un applauso forsennato.

A gennaio, arrivò da Lassigny, un posto da qualche parte nel Nord della Francia, una lettera che Heinrich aveva scritto poco prima di Natale. Scriveva delle trincee, degli esercizi con la maschera antigas, della superiorità dell'esercito tedesco, della tecnologia straordinaria, del sistema telefonico Siemens nelle trincee; scriveva che per Natale il secondogenito dell'imperatore avrebbe visitato il loro reggimento al fronte, e di quanto fosse fiero di combattere per il suo imperatore. Non una parola sul fango e sulle razioni scarse, non una domanda su come stava, solo guerra, guerra, guerra. Marie lesse la lettera una volta, poi una seconda volta, quindi la mise insieme alle altre nel cassetto con la biancheria.

Nel marzo del 1916 arrivò una lettera da Noyon. Quindi Heinrich era ancora lì, nel Nord della Francia, e Marie andò a consultare un vecchio atlante mondiale nella libreria di Heinrich. Scriveva delle trincee che si estendevano da Noyon a Roye passando da Lassigny e Dives, della piaga dei ratti, dei cani che avevano ricevuto in dotazione. Dovevano cacciare i topi ed essere utilizzati come cani portaordini, al posto dei portaordini che avevano perso. Airedale terrier, cani pastore e doberman pinscher. Scriveva che gli mancavano i suoi bassotti, ma che i doberman pinscher gli piacevano, imparavano alla svelta ed erano assai irruenti e molto affettuosi. "Forse," scriveva, "quando tutto questo sarà finito dovremmo mettere su un allevamento di bassotti, si potrebbe guadagnare un patrimonio."

Marie mise via anche questa lettera, raccontò a Aide dei doberman pinscher e dell'allevamento di cani, e lei si mise a ridere, rise così forte che Claire, spaventata, scoppiò a piangere. "Tuo marito," disse, "ha delle idee. È un bene che tu non abbia grilli per la testa, con un marito del genere si finisce all'ospizio dei poveri se non si sta attente."

L'attesa continuò, non arrivarono altre notizie e quando Marie ricevette la lettera successiva i primi di giugno, vide dai timbri postali che era stata spedita ad aprile. La aprì in fretta.

Heinrich scriveva di una ferita alla testa, all'occhio sinistro. Era stato colpito da una scheggia di granata e non sapeva ancora se sarebbero riusciti a salvargli la vista, ma sarebbe tornato al fronte il prima possibile. Aveva ricevuto la Croce di Ferro per il suo coraggio.

Marie lesse la lettera più volte. Heinrich ferito all'occhio? Che cosa significava e perché doveva tornare al fronte? Perché non tornava a casa, invece? Scrisse una lettera all'indirizzo che trovò sulla busta, ci mise tanto perché non riusciva a trovare le parole giuste, ricominciò più volte. La lettera divenne più breve di quanto credesse, sulla carta i suoi pensieri le sembrarono sciocchi, e a un certo punto piegò con cura la pagina e la infilò nella busta. Quando finalmente portò la lettera all'ufficio postale, si chiese se Heinrich l'avrebbe mai ricevuta.

Non arrivò nessuna risposta, Marie aspettava e aspettava. Bello, il bassotto con cui Heinrich aveva vinto premi in molte gare, morì in estate. Aveva mangiato un'esca avvelenata piazzata dai vicini, e Marie si rimproverò di non essersene accorta e di non aver evitato al cane quella misera fine. Una mattina, uno degli amici di Heinrich del club degli allevatori di bassotti si presentò alla porta con un piccolo cucciolo di bassotto e la convinse a prenderlo.

"Heinrich sarà contento quando tornerà," disse, e Marie guardò i grandi occhi scuri del cucciolo, tremando di emozione accarezzò il suo pelo nero lucido e si arrese. Lo chiamò Pifchen e quell'estate trascorse con lui ore e ore al lago perché il cucciolo voleva sempre correre, sembrava non stancarsi mai, e la sera si addormentava esausta. Ad agosto Aide la convinse a passare con loro almeno due settimane a Cambridge Springs, come facevano ogni anno. Furono due settimane di inquietudine e al suo ritorno per prima cosa al mattino corse all'ufficio postale, ma non era arrivata nessuna lettera da Heinrich, solo una da Susanne che raccontava com'era cambiata la vita a Berlino e quanto erano diventati difficili i tempi.

A novembre, uscì un film inglese di cui parlava tutta Erie: era un evento sensazionale, era stato girato al fronte, dove una battaglia aveva infuriato per mesi, sulla Somme, nel Nord della Francia. Marie guardò nell'atlante e vide che il fiume non era lontano dai luoghi che Heinrich aveva indicato come indirizzi nelle sue ultime due lettere. Heinrich era stato lì? Era tornato al fronte ed era stato mandato sulla Somme a combattere nelle trincee? Era ancora vivo? Andò al cinema con Aide, piena di paura.

Il film era diverso dalle immagini dei cinegiornali, era vicino ai soldati, mostrava il fango delle trincee, le facce dei feriti deformate dal dolore, i soldati che uscivano allo scoperto e cadevano a terra, il tutto accompagnato da una marcia musicale, sempre la stessa. Poi i prigionieri di guerra tedeschi, anche loro feriti ed esausti. Marie cercò di distinguere i volti, ma erano sfocati e si somigliavano tutti. Sentì salire la nausea e si alzo di scatto, superò le persone sedute accanto a lei e corse verso il bagno, dove vomitò. Vomitò finché non uscirono solo i succhi gastrici.

Un bel giorno arrivò un'altra lettera dalla Francia: Heinrich scriveva che era tornato al fronte dopo che l'occhio era guarito bene, che lei non doveva preoccuparsi.

La guerra sarebbe certamente durata più a lungo e non sapeva come si sarebbe comportata l'America. Doveva prepararsi a usare l'indirizzo svizzero.

Marie notò che gli umori stavano cambiando: una volta che era andata a prendere un gelato con due amiche tedesche in uno dei caffè italiani, il cameriere le guardò con disprezzo e dovettero aspettare a lungo prima di essere servite.

Nell'aprile del 1917, gli Stati Uniti entrarono in guerra e per molto tempo non arrivarono lettere. A letto Marie non chiudeva occhio, tormentata dal pensiero di ciò che sarebbe accaduto. Dopo una delle tante notti passate in bianco, la mattina seguente si sedette al tavolo della cucina e scrisse a Heinrich una lettera piena di domande che non riusciva a levarsi dalla testa, né di giorno né di notte. Heinrich adesso stava combattendo contro gli americani, come avrebbe fatto a tornare quando la guerra fosse finita? L'avrebbero lasciato rientrare in America? L'avrebbero arrestato? Sulla busta scrisse l'indirizzo svizzero che lui le aveva dato e si avviò verso l'ufficio postale. A metà strada esitò, fece dietro front, corse a casa e bruciò la lettera nel lavandino della cucina.

Qualche giorno dopo, Aide attirò la sua attenzione su un'auto che a volte parcheggiava di fronte a casa sua e nella quale era sempre seduto qualcuno. Quindi non fu sorpresa quando un pomeriggio di qualche settimana dopo suonò il campanello. Sulla porta, un uomo con spolverino, valigetta e cappello le disse in modo gentile ma deciso che doveva farle alcune domande. Marie lo invitò ad accomodarsi e gli preparò goffamente un caffè per mascherare il nervosismo. Mentre portava il caffè in soggiorno, gli raccontò con voce triste che suo marito l'aveva lasciata con il pretesto di dover sistemare l'eredità paterna

– era il maggiore di sei fratelli – ed era tornato in Europa. A quanto pareva, viveva con un'altra donna, e la cognata, che era ben disposta nei suoi confronti, l'aiutava mandandole un assegno ogni mese, ma il futuro era incerto. No, non sapeva nulla di una missione in guerra né dove si trovasse al momento. Anche la famiglia aveva perso i contatti con suo marito, era scomparso.

L'uomo sorrise comprensivo e non fece altre domande: aveva davvero creduto alla sua storia? Chissà. Aveva un viso spigoloso e occhi scuri, sostenne il suo sguardo anche quando si congedò, le strinse forte la mano e le augurò ogni bene. Quando riportò le tazze in cucina, Marie tremava così tanto che le caddero di mano rompendosi in mille pezzi.

30.

Charlotte Ida Marie, la figlia di Susanne e Otto, aveva sette anni quando Marie la vide per la prima volta: una bambina magra con gli occhi scuri, la fronte alta e una folta treccia bruna. La guardava senza battere ciglio e in silenzio, non sorrideva mentre sua madre abbracciava forte Marie e poi la riabbracciava ancora più e più volte. Dopo le strinse la mano e le fece un bell'inchino prima di nascondersi dietro la sottana della madre. Sorrise solo quando Marie le diede la bambola che aveva portato per lei dall'America.

Era una bambola di legno con articolazioni di metallo, quindi era molto più snodata della maggior parte delle bambole di porcellana che Marie aveva guardato per ore nel negozio di giocattoli di Erie.

Prima di tornare a vivere in Germania, aveva avuto molte faccende da sbrigare: sgomberare l'appartamento, vendere cose, impacchettarne alcune e spedirle in Europa, prenotare il viaggio in nave, preparare i bagagli. Poi l'addio: Marie aveva quarant'anni, aveva vissuto a Erie per quindici anni, quasi metà della sua vita, "Una buona metà," pensò mentre smontava le tende, impacchettava i telefoni e dava via oggetti che da tempo aveva dimenticato a cosa fossero serviti. In tutto quel trambusto, aveva più volte trascorso interi pomeriggi nel grande negozio di giocattoli di Liberty Street. Voleva portare un bel regalo a Charlotte Ida Marie, che avrebbe finalmente incontrato al suo rientro in Germania.

Le piacevano le bambole Schoenhut, che si trovavano solo in America: erano bambole di legno con espressioni più gentili di quelle di porcellana con gli occhi fissi. Quando si accorse che il commesso stava cominciando a guardarla con aria sospettosa perché continuava a tornare e a rimanere indecisa davanti alle lunghe file di bambole, a un certo punto ne scelse una con i capelli lunghi castano scuro e gli occhi neri. Indossava un vestitino color crema con i volant e un cappellino di paglia.

Marie uscì dal negozio con la bambola avvolta nella carta velina e riposta in una scatola di cartone colorata e sollevò lo sguardo. C'era nell'aria un accenno di autunno. Le foglie degli alberi che costeggiavano la strada stavano cambiando colore sui bordi, e Marie si fermò per raccoglierne una di un bel rosso scuro. Non riusciva a levarsi dalla testa la domanda che Aide le faceva da mesi: perché? Perché torni indietro, la tua vita è qui. Cosa ci fai in una Germania che è in crisi, che ha perso la guerra, dov'è in corso una rivoluzione e nessuno sa cosa accadrà dopo? Cosa cerchi da un uomo che non si è fatto sentire per due anni e che ora improvvisamente vuole che ritorni? Qui hai degli amici, qui hai una vita, qui hai dei soldi, resta.

Resta, resta, resta qui, a volte Marie si addormentava e sentiva ancora la voce di Aide che le parlava, a volte implorandola, a volte senza mostrare nessuna comprensione. Le dipingeva una vita libera: Marie aveva messo da parte un po' di soldi, la famiglia avrebbe continuato a mandarle denaro, Susanne non l'avrebbe abbandonata. E Marie poteva lavorare, poteva tornare a lavorare come dattilografa, erano tante le aziende alla ricerca di donne come lei, non di ragazzine che ambivano semplicemente a fare un buon matrimonio. E in effetti uno dei fratelli Behrend l'aveva avvicinata durante un *garden party*, chiedendole se voleva lavorare per loro, dato che parlava tedesco e un inglese ormai più che passabile.

Quando avvenne, era già arrivata la lettera, la prima lettera di Heinrich dalla fine della guerra, un anno dopo la fine della guerra, una lunga lettera in cui le descriveva la situazione a Berlino e in Germania, le spiegava cos'aveva fatto, dove era stato. Si sorprese della stanchezza che provò mentre la leggeva. Conosceva il suo modo di minimizzare tutto, le sue versioni di una realtà che poteva essere quella e forse un'altra. C'erano alcuni fatti che poteva ricavare dalla lettera: dopo essere stato ferito nel 1916 era rimasto cieco dall'occhio sinistro, aveva continuato a combattere e non era in buona salute. La situazione politica a Berlino era incerta. La famiglia non lo aveva ripreso. Faceva lavori saltuari, al momento in un ufficio postale. E stava cercando un nuovo lavoro. Non necessariamente a Berlino, pensava di lasciare la grande città e forse andare a Lipsia, dove si viveva meglio. Pochi rivoluzionari, tranquillità, aria migliore.

A quella prima lettera di Heinrich non rispose. Quando arrivò la seconda, capì che Heinrich non avrebbe desistito. Lui si accorse della sua esitazione, non credette nemmeno per un secondo che una lettera di lei potesse essere andata perduta. Non aveva risposto perché non era sicura. Heinrich invece era sicuro, sapeva di avere bisogno di lei. Doveva tornare, le scrisse, senza di lei non poteva vivere. E non poteva tornare negli Stati Uniti: aveva infranto il suo giuramento e combattuto per l'imperatore, per gli americani era stato dalla parte sbagliata. Doveva venire, doveva vendere tutto e mettere la parola fine alla sua vita in Pennsylvania. E la sua voce, che pure la stancava, era stata più forte di quella di Aide. Forse aveva sempre aspettato solo questo, questo "non ce la faccio senza di te" che era sempre stato la ragione del loro matrimonio, pensò in seguito, quando provava nostalgia di Erie e della spensieratezza di una vita che la guerra aveva distrutto.

E così disse addio, quando le foglie erano tutte colorate e l'aria già fresca e odorosa di fumo e legna, disse addio all'immenso cielo sul lago, all'acqua limpida, alle strade tranquille e alberate, al *downtown* con i suoi pochi edifici alti, agli *ice cream parlors* e al *confectionery store*. Dormiva poco, continuava a chiedersi se quella fosse la decisione giusta e se ci sarebbe stato un modo per tornare indietro se si fosse rivelata sbagliata. Quando di sera si affacciava alla finestra della sua camera e guardava la strada, a volte vedeva l'auto ferma sul lato opposto, ma l'uomo che vi era seduto dentro non aveva mai più suonato alla sua porta.

La notte prima di partire, sognò Andrea Mancuso, sognò che l'aspettava al porto di New York e che si imbarcavano insieme su una nave per l'Italia.

Marie prenotò un posto in seconda classe, questa volta Heinrich non le aveva inviato un biglietto e lei voleva portare con sé in Europa quanti più dollari poteva. La sala da pranzo era chiassosa, puzzava di cavolo e i tavoli venivano puliti di rado. Marie passava le giornate sul ponte ad aspettare di vedere la terraferma, l'Europa, che desiderava e temeva. Arrivata a Brema, prese il treno per Berlino, attraversò paesaggi piatti, grigiobruni, e a ogni chilometro la paura cresceva.

Heinrich era cambiato e al tempo stesso era l'uomo che era sempre stato. Era magro, molto più magro di come lo ricordava lei. L'occhio sinistro era cieco, le guance scavate: non mangiava più? A Berlino si faceva la fame? Come sempre, era vestito in modo impeccabile ed elegante, le francesine ben lucidate. Intorno a lei il baccano della fermata di Lehrter Bahnhof, le grida, il dialetto che aveva quasi dimenticato, sfacciato e chiassoso. Heinrich l'abbracciò e la baciò e all'improvviso si aggrappò a lei.

"Sono così felice che tu sia qui, temevo che non saresti venuta," disse con un filo di voce, baciandola di nuovo.

"Heinrich..." disse Marie, voleva spiegargli tutti i sentimenti che aveva provato, tutti i pensieri che aveva avuto, che non poteva lasciarlo solo e lo sapeva, ma a quel punto lui la lasciò e si chinò su Pifchen che tirava il guinzaglio e guaiva.

Non parlarono più del perché non avesse risposto alla sua lettera, se avesse avuto dei dubbi. Berlino era più rumorosa, più sporca, più povera di quanto ricordasse, la povertà era ovunque, sulle facce della gente, nei vestiti laceri, nei pochi prodotti scadenti nei negozi. Anche la guerra era ovunque, uomini senza gambe, con un solo braccio, con il volto sfigurato, maschere di cuoio, bende sugli occhi, pazzi che correvano urlando per le strade. E mendicanti, ovunque gente che chiedeva l'elemosina, donne, uomini, bambini emaciati, scalzi o con gli stracci ai piedi. Una volta andò a Wedding alla ricerca di Lili, ma non trovò nessuna traccia, nessuno si ricordava di lei. Nei corridoi c'era odore di minestra di piselli e di sudore, avevano tutti la faccia stanca, e due ore dopo se ne andò senza aver concluso niente.

Non rimasero a lungo, solo qualche settimana, alloggiavano in una pensione economica vicino al Kurfürstendamm, c'era rumore anche di notte. Heinrich trasaliva ogni volta che sentiva un mezzo pesante arrivare alle sue spalle, spesso si aggrappava a lei con forza. Il rumore di un cantiere, una sirena, ogni suono improvviso lo agitava.

"Questa città è troppo grande," mormorava, a volte con vergogna, quando si afferrava al suo braccio con tanta forza da farla inciampare. "Troppo grande e troppo rumorosa dopo tutti questi anni a Erie, dobbiamo andarcene da qui."

Marie non diceva nulla e non faceva domande: perché poi? Pensò al film che aveva visto, quello sulla battaglia della Somme, e sapeva di non poterne parlare con lui, che lui non sarebbe stato in grado di raccontarle nulla.

Poi Heinrich trovò un lavoro a Dresda e ne fu felice come un bambino. Tutto sarebbe andato bene a Dresda, era una città bella e tranquilla, una città residenziale, avrebbero fatto gite sull'Elba, visitato i castelli e la Volta Verde, e si poteva anche cucinare, la cucina sassone era famosa, glielo aveva detto Fifi, anche sua sorella viveva a Dresda. Come sempre, le cose nuove lo entusiasmavano con un'energia che la coglieva sempre di sorpresa, ma che adesso la rendeva felice: quell'energia la guerra non gliel'aveva tolta, anche se a volte aveva avuto questa impressione perché Heinrich era spesso abbattuto. Di sua madre non parlava mai, andavano a trovare solo Otto e Susanne.

Marie cominciò a non vedere l'ora di trasferirsi a Dresda quando Susanne promise di farle visita spesso e Charlotte le diede un bacio tenendo in braccio la bambola americana che aveva chiamato Marie.

31.

Marie si innamorò di Dresda fin dai primi giorni. Le sue riserve, le sue paure e le sue preoccupazioni si dissolsero non appena andò sull'Albrechtsbrücke e dal ponte vide tutta la città davanti a sé. Le torri – i campanili di Kreuzkirche, Frauenkirche, Schlosskirche, lo Zwinger – erano avvolte nel sole della sera. "Ecco come dev'essere Firenze," pensò mentre Pifchen, accanto a lei, abbaiava al fiume. Il primo fine settimana da quando erano arrivati – era una calda giornata degli ultimi di ottobre – presero uno dei vaporetti che partivano dalla Brühlsche Terrasse e navigarono l'Elba fino a Pillnitz. Era incantata dallo splendore della città, dalla bellezza dell'Elba che scorreva tra ampi prati e dolci pendii, sfilando davanti ai castelli che punteggiavano la valle e sotto il Blaues Wunder, un ponte, audace e moderno nella forma, come ne aveva visti solo in America. Il castello di Pillnitz le ricordava quelli delle favole, gli edifici dalle forme esotiche e orientali e il magnifico parco. Mangiarono la zuppa di patate nella taverna del castello e poi le Quarkkeulchen, le tipiche frittelle sassoni, e Heinrich aveva di nuovo la risata allegra di prima, cercava di imitare il dialetto di Dresda sostenendo che era molto diverso dal sassone di Lipsia, ma lei non sentiva nessuna differenza.

"Nu," continuava a ripetere, "nu" e questo significava sì. "È la prima cosa che devi imparare," disse. Proseguirono fino a Pirna dove c'era un luna park, era uguale a quelli che avevano visto a New York e ogni tanto a Erie. In mezzo alla piazza del mercato si ergeva una grande giostra, troppo grande per una piccola città e per le vecchie case tutt'intorno. Si trattava di una giostra con i seggiolini volanti, un tetto ornato di svolazzi e una base dipinta a colori vivaci, sopra erano disegnate principesse e sirene, un arlecchino e un re. La gente era in coda, e quando la giostra iniziò a muoversi, Marie rimase sbalordita: non solo girava, ma i seggiolini si alzavano e abbassavano come se seguissero il movimento di un'onda.

"Giostra delle catene," gridava il giostraio, "la novità che arriva da oltreoceano, unica in Germania, solo qui a Pirna."

"Giostra delle catene... Andiamo, devo provarla!" gridò Marie entusiasta, prese Heinrich per mano e lo tirò per mettersi in coda con lei.

"Sei sicura?" chiese lui dubbioso, perché un po' soffriva di vertigini. Alla fine si decise.

Quando finalmente arrivò il loro turno, Marie salì sul seggiolino e abbassò la barra di legno giù fino alle ginocchia. Poi la giostra iniziò a muoversi, prima lentamente e dopo sempre più veloce, su e giù. Marie vedeva il mercato girare ai suoi pedi e allargò le braccia ridendo. Anche Heinrich rise, le tese la mano, le loro dita si toccarono, volarono insieme su verso il cielo blu di ottobre, poi di nuovo giù verso il selciato della piazza, e Marie sentì un formicolio allo stomaco. Seguire Heinrich, andare a Dresda, una città bella e piena di vita, era stata la scelta giusta. Le piaceva la cantilena dei sassoni, la loro cordialità, o almeno quella che a lei sembrava cordialità. Non era cordialità, le diceva Heinrich, semplicemente le persone non erano dotate della stessa prontezza di spirito che avevano a Berlino, dove ogni carrettiere e ogni cameriera aveva sempre una battuta sfacciata sulla punta della lingua.

Heinrich aveva trovato un appartamento a Striesen, un quartiere borghese non lontano dal Großer Garten, dove si trovava la villa dei von Klemperer, un edificio ancora più grande della casa dei Reichenheim a Berlino. Victor von Klemperer, in qualità di direttore della Dresdner Bank, apparteneva a quelle che Heinrich chiamava "le alte sfere", e Fifi, la sorella preferita, conduceva la vita che Heinrich aveva visto condurre da sua madre a Berlino: inviti, eventi di beneficenza, e poi lo sport che amava e che non aveva mai abbandonato, nemmeno dopo la nascita dei figli.

Heinrich e Marie non venivano mai invitati né alle feste di famiglia né agli eventi mondani, e nemmeno a un semplice tè pomeridiano. Una cosa che ancora la feriva. Andava avanti così da quindici anni, forse non era più una punizione, forse il direttore di banca si vergognava di quella parentela, di quel cognato che ora viveva a Dresda ed era gestore di un cinematografo a Pirna.

Il cinematografo si chiamava Kammer-Lichtspiele, e Marie era orgogliosa di quell'attività, essere il gestore di un cinematografo non era cosa da poco, e a volte andava a Pirna con Heinrich per assistere agli spettacoli del pomeriggio. E il pianista sul palco si inchinava nella sua direzione.

Anna Reichenheim, però, era irremovibile, e i fratelli e i cognati li avevano cancellati, la pecora nera della famiglia, ecco cos'era quel fratello che era stato in America per così tanto tempo da poter essere dimenticato, e che poi era tornato ma continuava a non essere gradito perché neanche adesso era alla loro altezza. Susanne e Otto, e anche Fifi, la moglie del direttore di banca, erano diversi. Fifi a volte incontrava di nascosto Heinrich in qualche caffè all'ora di pranzo, ma solo raramente, aveva da mandare avanti una casa grande, i bambini, lo sport, la vita di società, la collezione d'arte, tutte cose che richiedevano la sua attenzione.

Poi arrivò l'inflazione e ciascuno prese a occuparsi di se stesso. Susanne ricominciò a inviare denaro, mazzette sempre più grosse, e Marie aveva il cuore in gola quando andava dal fornaio e dal macellaio, allungava il caffè e sul pane spalmava uno strato di burro più sottile. Con lo stipendio di Heinrich si arrivava a malapena alla metà del mese e Marie cambiò altri dollari che aveva portato con sé, li cambiava in banca e poi correva nei negozi a comprare tutto quello che poteva. Mille marchi, un milione, un miliardo, si confondeva con tutti quei numeri, doveva contare gli zeri più e più volte, e alla fine le rimaneva poco, entrava nei negozi con le tasche piene di soldi e ne usciva con un paio di salsicce, del pane, delle patate e un chilo di caffè. Le banconote bianche e verdi se ne stavano infilate in una busta spessa nascosta sotto la biancheria, e la busta si assottigliava di giorno in giorno. Aide spediva da Erie pacchi che profumavano di George Pulakos' Confectionery Store, di cioccolato, carta velina e America, e a volte Marie aveva una nostalgia di Erie che le toglieva il fiato.

Una sera di marzo del 1924, Heinrich tornò da Pirna più tardi del previsto. Solo una o due volte alla settimana si fermava fino al termine dell'ultimo spettacolo, controllava le casse e poi pernottava in un piccolo albergo nella piazza del mercato. Marie sospettava che avesse qualche tresca, ne sentiva l'odore sulle sue camicie e una volta, nella tasca della giacca, aveva trovato una forcina. Non ne parlò con lui, cosa doveva dire, era sempre stato così e la cosa, inclusa la scappatella con Mrs Schumacher, non l'aveva disturbata più di tanto. Se la infastidiva trovare tracce evidenti di rossetto, pensava ad Andrea Mancuso o ai camerieri dei caffè di Erie che le fischiavano dietro. A Dresda questo non succedeva mai. E poi lei aveva già superato la quarantina e al mattino si guardava allo specchio per osservare le rughe intorno agli occhi e alla bocca, vedeva le ciocche grigie fra i capelli bruni e sapeva che quel tempo era finito, ma non lo rimpiangeva.

Quella sera di primavera del marzo 1924, Heinrich le aveva annunciato che sarebbe tornato a Dresda prima dello spettacolo serale, e lei lo aveva aspettato con la cena pronta.

Quando finalmente arrivò, verso le nove, entrò in soggiorno, non si tolse né il cappotto né il cappello, e rimase in piedi davanti al divano dov'era seduta. Da quando erano tornati aveva messo su qualche chilo, non era più magro come prima, e adesso, nella luce della lampada da terra accanto al divano, la sua pelle sembrava grigia, le rughe intorno agli occhi e alla bocca erano profonde.

"Sono andato a trovare Victor," disse, "mi aveva mandato a chiamare."

"Victor?" Marie non capì subito.

"Il marito di Fifi," disse lui con impazienza.

Victor von Klemperer, cosa voleva da loro? Come mai riceveva Heinrich in casa? Marie era stupita.

"Il mio patrimonio, la mia eredità… non è riuscito a salvarla, dice, è sparito tutto."

"Ma io credevo che tu non avessi nessun patrimonio. Non ti avevano diseredato?" chiese ingenuamente Marie.

Heinrich la guardò con aria stanca.

"Ah, Marie," disse, "ah, Marie, ora siamo veramente abbandonati a noi stessi."

Quella notte sognò Erie, Aide e la piccola Claire, la spiaggia di Presque Isle e le strade tranquille, fiancheggiate da alti alberi. Era un sonno profondo che la portava lontano da Dresda e da quell'uomo che ancora, dopo tanti anni, non capiva, né lui né la sua famiglia che le era estranea, ma di cui faceva parte. Il viaggio in Italia, la bella mobilia, pensò prima di addormentarsi, e quanto era stata ingenua, figurarsi se tutto questo era possibile con lo stipendio che pagavano a Heinrich i fratelli Behrend. Nessuno dei suoi amici di Erie aveva fatto viaggi in mare per l'Europa, in prima classe poi, lei soltanto, ingenua e stupida com'era, e Heinrich non sapeva dire altro che "Ah, Marie".

Le urla di lui la svegliarono nel cuore della notte. Neanche a Dresda gli incubi si erano fermati, parlava nel sonno, dava ordini, gridava per mettere in guardia, era in trincea, e tutte le cose che non voleva o non sapeva dirle, Marie le sentiva di notte.

Lo scosse, accese la luce e il viso di Heinrich si contorse in una smorfia, aprì gli occhi e quello sinistro, cieco, sembrò puntare verso di lei. Marie si spaventò, e anche lei iniziò a gridare e a urlargli di svegliarsi, finché finalmente lui tornò in sé e lei lo abbracciò piangendo. Poi Heinrich si aggrappò a lei come se stesse per annegare.

32.

In autunno, Heinrich perse il suo lavoro al Kammer-Lichtspiele. Di solito si era sempre lamentato per un po' prima di licenziarsi, e Marie aveva avuto il tempo di prepararsi. Questa volta invece non sospettava nulla, Heinrich non si era lamentato né aveva detto che avrebbe preferito fare qualcos'altro, o che il lavoro lo tormentava, o che guadagnava troppo poco.

Nel primo pomeriggio di una tempestosa giornata di ottobre, suonò il campanello perché aveva dimenticato le chiavi a casa, e en passant le chiese se voleva che portasse Pifchen a fare una passeggiata nel Großer Garten, con quel tempo da lupi lei avrebbe fatto meglio a rimanere in casa.

"Come mai torni a quest'ora?" chiese stupita.

"Io... io non lavoro più a Pirna," disse Heinrich esitante. Poi, vedendo l'espressione preoccupata di Marie, aggiunse: "Perché non prepari prima un caffè? Porterò fuori Pifchen più tardi".

Le parlò di una discussione che aveva avuto con il proprietario del cinema e Marie non capì cosa fosse successo, se avesse dato le dimissioni o se l'avessero cacciato. Poi le chiese se aveva ancora soldi, senza dire una parola Marie andò in camera per vedere quanti dollari erano rimasti.

"Seicento," disse con un filo di voce quando tornò, l'inflazione non aveva lasciato loro molto, quella era la loro riserva di emergenza.

"Va bene," disse, "non preoccuparti, troverò presto qualcos'altro, qualcosa di molto meglio…"

Marie non si tranquillizzò: dove avrebbe trovato un lavoro, se dappertutto si parlava di disoccupazione, di fabbriche e aziende che non potevano più pagare i loro dipendenti ed erano costrette a chiudere. Ma pochi giorni dopo Heinrich tornò a casa con un grande cappello di paglia in mano, che sventolò allegramente. Non le disse come ci era arrivato, ma la condusse al Luisenhof, un ristorante a Weißer Hirsch, dove andavano spesso d'estate. Era una giornata ottobrina di sole, ma già abbastanza fresca, e si sedettero all'interno, mangiarono gulasch di manzo e l'accompagnarono con la birra, mentre Heinrich le raccontava del suo nuovo lavoro dai fratelli Köckritz, produttori di cappelli di paglia e di feltro a Pieschen. Non la finiva più di parlare dei cappelli di paglia e dei fratelli Köckritz che, secondo lui, avevano la produzione di cappelli di paglia più grande e più importante di tutta la Sassonia.

Marie mangiava in silenzio, non conosceva i fratelli Köckritz e non aveva mai sentito parlare dei loro cappelli, ma questo non significava nulla. Erano a Dresda da quattro anni, al Club del bassotto si erano fatti degli amici con cui si incontravano regolarmente, andavano spesso al cinema o alla Große Wirtschaft nel Großer Garten, ai concerti delle bande di ottoni che suonavano lì. Ogni tanto andavano alla Volta Verde per vedere gli strani tesori dei re sassoni, e d'estate prendevano il battello per Pillnitz, ma lei non conosceva le aziende di Dresda e non sapeva dove Heinrich avrebbe potuto trovare lavoro. Se doveva essere in una fabbrica di cappelli, per lei andava bene.

Heinrich non rimase a lungo alla Strohhüte, l'anno successivo trovò un impiego presso la banca Arnhold e poco dopo nella fabbrica di cioccolato Hartwig & Vogel, che Marie conosceva perché produceva il cioccolato Tell e la mela Tell, la mela al cioccolato che a lei piaceva tanto.

Dovevano stringere la cinghia, lo stipendio di Heinrich non era granché, a volte entrava qualcosa in più grazie alle provvigioni, ma abbastanza spesso Marie cambiava qualche dollaro quando voleva comprare qualcosa di speciale o quando d'inverno il carbone scarseggiava.

Marie era soddisfatta, lo stile di vita era più modesto che a Erie, ma a Dresda vivevano comunque bene. Cosa voleva di più?

Questo si chiedeva in una giornata calda poco prima del suo quarantasettesimo compleanno, mentre spazzolava la giacca marrone scuro a tre bottoni di Heinrich. Era una giacca autunnale, non la indossava da qualche mese, agosto stava per finire e da un momento all'altro il clima estivo poteva cedere il posto alla pioggia e al vento freddo. Stava sudando e per un attimo pensò di mettere da parte la giacca e riprenderla dopo qualche giorno, ma poi afferrò la spazzola per i vestiti e si mise al lavoro. Lì per lì stava per buttare via il foglietto grigio che era scivolato fuori dalla tasca, ma era ripiegato così tante volte che la incuriosì. Era una fattura, emessa dall'Ufficio di assistenza ai minori per i mesi da gennaio a giugno 1927. Indirizzata a Heinrich Reichenheim. Una fattura per il soggiorno del minore Walter Heinrich Seidel negli istituti per l'infanzia municipali di Marienhof, in Weinbergstraße 2. La giacca marrone scuro le cadde di mano, e lentamente Marie andò al tavolo e si sedette.

Walter Heinrich Seidel. Istituti per l'infanzia municipali di Marienhof. Weinbergstraße 2. Dopo aver trovato la via sulla mappa della città, prese la borsetta e con il foglietto in mano uscì.

Ci volle un'eternità prima che le facessero varcare la soglia dell'istituto per l'infanzia e la puericultrice, che alla fine la lasciò entrare perché si rese conto che quella donna non sarebbe andata via, l'accompagnasse dal direttore, un signore anziano con la barba bianca.

"Sono venuta a prendere il figlio di mio marito, Heinrich Reichenheim. Si chiama Walter Heinrich Seidel," ripeté con fermezza ciò che aveva detto anche alla puericultrice. "È suo figlio e possiamo prenderci cura di lui."

L'uomo che si era presentato come dottor Birnstein la guardò a lungo, e lei gli tenne testa.

"Walter Heinrich Seidel?" scandì infine. "Aspetti, Walter Heinrich Seidel…" Si alzò e si avvicinò a uno degli scaffali di legno scuro, dove si trovavano dei fascicoli rilegati in pelle. Ne prese uno, lo sfogliò e guardò Marie.

"Walter Heinrich Seidel ha compiuto cinque anni il primo agosto, signora…"

"Reichenheim, Marie Reichenheim."

"Esatto, signora Reichenheim." Il direttore pronunciò il suo cognome lentamente.

"Bene, il bambino ha cinque anni e finora, mi faccia vedere…" Sfogliò il fascicolo. "Finora nessuno è mai venuto a trovarlo né lo ha mai cercato. Mai per cinque anni e un mese. Eravamo contenti se il denaro arrivava in tempo, cosa che… aspetti… non sempre è avvenuta."

Richiuse il fascicolo, lo rimise nello scaffale e tornò a sedersi alla scrivania.

"Può darsi, dottor Birnstein," disse Marie, "ma ora sono qui e voglio prendere il bambino. È d'accordo con me, vero, che un bambino dovrebbe crescere con suo padre e non in un istituto, anche se bello come il suo?"

Si sporse con aria di sfida.

"Senza dubbio, cara signora Reichenheim, ma perdoni la mia esitazione: questo riconoscimento arriva ben cinque anni dopo la nascita del bambino."

"Meglio tardi che mai," disse Marie con fermezza, e sentì salire la rabbia.

"Mia cara signora, come le viene in mente? Lei si presenta qui senza preavviso e pretende di portarsi via da sola il bambino che è di suo marito?"

"Bene, allora faccia preparare le cose del bambino, io e mio marito verremo a prenderlo insieme domani."

"Non potete portarci via il bambino, il nostro bambino," aggiunse poi guardandolo sempre con la stessa aria di sfida.

Non poteva credere di averlo detto, non era vero, era un'assurdità bell'e buona, ma il dottor Birnstein si accarezzò la barba e il suo sguardo si addolcì.

"Conosce la storia di Salomone raccontata nella Bibbia? La sentenza di Salomone che assegna il bambino alla donna che lo ama e che preferirebbe rinunciare a lui piuttosto che vederlo ucciderlo?"

Marie per un istante esitò. "Era la madre naturale," disse, "la madre naturale era quella che amava così tanto il bambino."

"La signorina Seidel, la madre naturale di Walter Heinrich, non si è mai occupata del bambino. Non ha mai inviato denaro o altro. Dopo averci portato il neonato, non l'abbiamo più vista né sentita."

Marie rimase per un attimo in silenzio e guardò con fermezza negli occhi il dottor Birnstein. Poi prese il coraggio a due mani.

"Io e mio marito ci siamo sposati nel 1905, ventidue anni fa. Per ventidue anni ho sperato di avere un figlio. Non è successo. Stamattina ho trovato questo." Gli porse il foglietto grigio.

"Voglio portare il bambino a vivere con noi, per lui sarebbe la cosa migliore. E alla madre naturale non dispiacerà."

Lo sguardo del direttore si fece più gentile. Quando bussarono alla porta, gridò infastidito: "Non ora". Poi si alzò.

"Signora Reichenheim, vada con suo marito all'Ufficio di assistenza ai minori in Landhausstraße e sbrighi tutte le formalità. Poi potrà venire a prendere il bambino. E adesso mi segua!"

Il direttore uscì dalla stanza senza voltarsi e lei lo seguì per stretti corridoi fino a una grande porta. Il direttore l'aprì e le lasciò dare un'occhiata nella sala. I ragazzi sedevano a lunghi tavoli, chini sulla loro cena. C'era un odore di tè alla frutta e salsiccia e regnava un silenzio strano, il solo rumore che si sentiva era quello delle posate. Il dottor Birnstein fece un cenno a una delle sorveglianti che camminavano tra le file.

"Qual è il bambino di nome Walter Heinrich?" chiese.

"Quello." L'infermiera indicò un bambino seduto con espressione seria davanti al suo piatto, lo sguardo rivolto alla finestra. Aveva capelli folti e scuri, un viso stranamente triangolare con la fronte larga e alta e il mento appuntito, grandi occhi scuri e le orecchie a sventola. Un bambino magro che a Marie ricordava un pipistrello. Rimase sulla porta a guardare il piccolo, finché il dottor Birnstein non le mise una mano sul braccio e l'accompagnò all'uscita.

Quella sera Marie non cucinò, si sedette sul divano del soggiorno e non accese la luce quando il sole tramontò e infine si fece notte.

Lasciò che la grande stufa in maiolica verde scuro del soggiorno si spegnesse. Sedeva in silenzio, il pensiero al refettorio e a Walter Heinrich, quel bambino che sembrava un pipistrello ed era pelle e ossa. Più pensava a lui, più provava rabbia, vedeva i suoi occhi spalancati, lo sguardo che ora le sembrava di rimprovero, di accusa. Non aveva toccato cibo, cosa che evidentemente accadeva spesso.

Quando sentì la chiave girare nella toppa, quasi scoppiava dalla rabbia e non fiatò. Heinrich la chiamò, attraversò il corridoio e gettò un'occhiata nella cucina buia, la chiamò di nuovo e si affacciò in soggiorno.

"Marie?" chiese con voce incerta.

Lei non disse una parola, lui entrò nella stanza e a quel punto Marie si alzò lentamente, si avvicinò, sollevò la mano e lo schiaffeggiò con tutta la forza che aveva in corpo. Heinrich capì subito il motivo, come se in tutti quegli anni, cinque e poco meno di un mese, non avesse aspettato altro. Si perse in spiegazioni circostanziate mentre si teneva la guancia rossa per lo schiaffo.

Marie rimase in silenzio, rimase in silenzio senza ascoltare, rimase in silenzio fino a quando lui non si zittì. Poi lo guardò e ripeté quello che al mattino aveva detto al dottor Birnstein: "Domani andremo insieme a prendere il bambino, lo porteremo da noi, il suo posto è qui". E aggiunse: "Come hai potuto farmi questo, come hai potuto?". Non ascoltò la sua risposta, lui le spiegò che quella donna, una delle segretarie del cinema di Pirna, per lui non significava niente, che era scomparsa non appena aveva scoperto di essere incinta, di lei aveva avuto notizie solo quando l'Ufficio di assistenza ai minori lo aveva contattato per presentargli il conto. Non era stato capace di rinnegare il bambino, era un uomo onesto. Lo capiva o no?

Lei rimase in silenzio perché era lui a non capire niente, e del resto non aveva mai capito niente in vita sua. Di lei non sapeva nulla, gli era sempre stata accanto, lo aveva sempre seguito, era così che andavano le cose quando uno come lui aveva a che fare con una come lei. Ma questa era un'altra faccenda, non le importava cosa pensasse o non pensasse, voleva quel bambino, era suo figlio, il loro figlio, e il suo posto non era in istituto, nella grande sala da pranzo, con gli altri ragazzi.

"Andremo a prendere il bambino domani, prima dobbiamo andare all'Ufficio di assistenza ai minori e poi, nel pomeriggio, potremo portarlo con noi." Il suo tono non ammetteva obiezioni e Heinrich non si oppose.

Non fece neanche domande, cercò tutti i documenti, mangiò una fetta di pane restando in piedi in cucina, bevve una birra e andò a letto presto. Marie restò in silenzio per tutta la sera, andò a coricarsi molto più tardi e non riuscì a prendere sonno. Il respiro regolare di Heinrich la disturbava e le faceva rabbia, pensò al bambino, contò le ore e alle tre del mattino fu presa dalla paura che durante la notte potesse scomparire dall'istituto senza lasciare traccia, e che loro dovessero tornare a Tittmannstraße soli, per sempre senza figli.

Ma il bambino non era scomparso, il pomeriggio dopo era davanti a loro e li guardava con espressione seria. Poi tese la mano a Heinrich quando l'educatrice gli diede una piccola spinta. "Buongiorno," salutò, "buongiorno, signor Reichenheim."

Heinrich si accigliò. "Sono tuo padre," disse lasciando andare la mano del piccolo.

Marie lo spinse da parte, si inginocchiò davanti al bambino e lo abbracciò. Sentì quel corpo magro che invece di andarle incontro si irrigidiva. "Siamo i tuoi genitori," disse lei accarezzandogli i capelli, "puoi chiamarci mamma e papà, e ora andremo a casa insieme."

Lei lo prese per mano, una piccola mano calda e morbida, e lui la seguì senza esitare, non si voltò indietro, ma corse veloce verso l'automobile che aspettava davanti all'istituto.

I primi giorni il bambino non disse quasi una parola, parlava solo Marie. Gli mostrò l'appartamento, il quartiere, non la finiva più di raccontare e spiegare, andò con lui in giro per la città, gli comprò il gelato e la cioccolata, preparò la torta di mele e il budino alla vaniglia, prese i dollari e andò con lui in Prager Straße, al negozio di giocattoli B.A. Müller, il più bel negozio di giocattoli della città. Il bambino rimase lì con espressione confusa, fino a quando Marie scelse per lui un trenino, un orsacchiotto e un'autopompa.

Marie aveva deciso che bisognava trasformare lo studio nella cameretta di Heinz, come lo chiamarono ben presto, e non tollerò obiezioni. In quei giorni Heinrich era di poche parole, nel giro di ventiquattro ore la loro vita era completamente cambiata ed era stata Marie a decidere e ad agire. La sera, Marie restava a lungo seduta accanto al letto del bambino e gli raccontava le storie che aveva raccontato ai suoi fratellini e alle sue sorelline tanto tempo prima. Presto iniziò a cantargli delle canzoni e gli teneva la mano finché non si addormentava.

I primi giorni il bambino era stato sulle sue, non diceva una parola, Marie doveva sollecitarlo a fare qualunque cosa, e quando lo abbracciava, lui restava immobile. Presto la situazione cambiò, cominciò a sorridere e a ridere quando Marie lo chiamava Heini o Heinz, si accoccolava fra le sue braccia, e lei amava quel suo odore di bambino, un odore dolce di biscotti al burro. Ora mangiava molto quando lei cucinava i suoi piatti preferiti: frittelle, zuppa di patate e budino alla vaniglia; il suo viso non era più così appuntito, pensò Marie. Le faceva centinaia di domande quando andavano a passeggio insieme nel Großer Garten, prendevano la funicolare a Loschwitz per salire su a Weißer Hirsch o passavano il fine settimana a Pillnitz.

Soprattutto i primi tempi, Marie non riusciva a dormire, andava di continuo al lettino di Heinz, spiava il suo respiro regolare, a volte lui si rigirava nel sonno dicendo parole che lei non capiva, stava sognando, e Marie gli prendeva la mano, gli accarezzava il viso, e lui si calmava.

I vicini le avevano chiesto chi fosse quel bambino, e in particolare la signora Wagner del piano terra. "Ha visite, signora Reichenheim?" aveva domandato curiosa. "Dev'essere un nipote di suo marito, gli assomiglia così tanto."

"No, signora Wagner, è nostro figlio Heinz, adesso vive con noi," aveva risposto risoluta Marie. E aveva tirato via il bambino. Si accorse che i vicini mormoravano e al suo passaggio si zittivano di colpo, ma la cosa non la turbava, che parlassero pure, avrebbero presto trovato un altro argomento, la disoccupazione, i prezzi, il figlio della signora Wagner, Karl, che adesso era nelle camicie brune. Tutte questioni che a Marie non interessavano. Le preoccupazioni per il denaro che l'avevano tormentata ormai non avevano nessun peso, bisognava stringere la cinghia, sì, doveva fare economia, ma ne era capace e non le importava, finché avevano Heinz, finché erano una famiglia, niente poteva nuocere.

Susanne e Otto venivano a trovarli più spesso, e Lottchen, che aveva quattordici anni, giocava con Heinz e gli portava piccoli regali. Ogni tanto veniva anche Fifi, oppure si incontravano in un caffè nel Großer Garten, ma Heinrich rispondeva a monosillabi o se ne stava in silenzio quando Marie chiedeva degli altri fratelli e di sua madre, se volevano vedere il bambino, conoscere suo figlio.

A Natale, Heinrich portò a casa un abete enorme, che decorò con Marie la sera della Vigilia. Ai suoi piedi sistemarono tutti i regali – compresi quelli di Fifi, di Susanne e Otto, di Aide – tanti pacchetti avvolti nella carta rossa, e la mattina dopo Heinz era così eccitato che non riusciva a stare fermo un attimo. A mezzogiorno mangiarono minestra di pollo, poi si incamminarono per raggiungere la vicina Elisabethkirche, dove andavano ogni domenica mattina da quando era arrivato Heinz, e infine Heinz poté scartare i suoi regali. Quando aprì una piccola scatola di soldatini di stagno e lanciò un grido di gioia, gli occhi di Marie si riempirono di lacrime.

L'estate successiva andarono insieme sul Baltico, a Usedom, dove Heinrich aveva spesso trascorso le vacanze estive da ragazzo. Rimasero solo pochi giorni e alloggiarono in una piccola pensione, altro non potevano permettersi visto che i soldi erano sempre pochi. Affittarono uno Strandkorb e passarono intere giornate sulla spiaggia. Heinz non aveva mai visto il mare. Marie gliene aveva parlato per settimane, ma il ragazzo non riusciva a immaginarlo. Adesso era sopraffatto dall'emozione, rideva e strillava correndo nell'acqua fredda, costruiva castelli di sabbia e li decorava con le piccole conchiglie che trovava fra le alghe sul bagnasciuga. Heinrich lo aiutava, scavava un profondo fossato intorno al castello e lo riempiva d'acqua, correva avanti e indietro con il secchiello per prendere altra acqua, poi cercava dei bastoncini da infilare nella torre. Dimenticava tutto ciò che lo circondava, solo il castello e il bambino erano importanti, e sembrava deluso quando Marie chiamava Heinz perché aveva le labbra blu visto che continuava a correre in quell'acqua fredda, e lo infilava nello Strandkorb per asciugarlo con un grande telo.

33.

Nella primavera del 1929, dopo un inverno particolarmente rigido, a marzo venne un'altra ondata di freddo,
le temperature scesero a quindici gradi sotto zero, in Tittmannstraße si ruppero le tubature e rimasero per settimane senza acqua calda. Le prime fioriture dei crochi e dei
bucaneve si congelarono, sepolte dalla neve.

Heinz andava a scuola, ogni mattina Marie lo guardava correre via con una cartella di pelle marrone scuro
troppo grande sulla schiena, e doveva impedirsi di seguirlo, di prenderlo per mano come aveva fatto nei primi mesi, fino a quando Heinrich aveva pensato che il ragazzo
fosse ormai abbastanza grande per fare la strada da solo.

Heinrich faceva il padre con lo stesso entusiasmo con
cui un tempo aveva giocato d'azzardo, lo stesso con cui
viaggiava e si occupava dei suoi bassotti; Marie in passato era ammirata e insieme infastidita da quell'entusiasmo,
perché era puerile quanto imprevedibile. Adesso invece
lo amava per questo, quando vedeva gli occhi di Heinz
illuminarsi non appena il padre tornava a casa la sera e gli
dava un bacio sulla fronte.

"Oggi cosa ti hanno insegnato?" chiedeva con aria da
cospiratore, e non smetteva finché Heinz non raccontava

qualcosa della lezione o non prendeva la sua lavagnetta e ci scriveva sopra una parola nuova con grafia incerta e la lingua stretta tra le labbra.

Heinrich iniziò a portare dall'azienda francobolli che inseriva negli album con Heinz, li staccavano dalle buste con il vapore, poi cominciarono a comprarli e si abbonarono a riviste specializzate che studiavano insieme. Adesso ogni lettera di Aide era attesa con impazienza non solo da Marie ma anche da Heinz, Aide andava in cerca dei francobolli più particolari, e·all'ufficio postale si assicurava che i timbri fossero chiaramente leggibili.

Quella primavera avevano quasi esaurito le scorte di carbone, era stato un inverno freddissimo e non si aspettavano quella nuova ondata di gelo. Marie imbacuccava Heinz con diversi maglioni infilati uno sopra l'altro, e al mattino nella vasca da bagno a volte, sui ristagni d'acqua, si formava un sottile strato di ghiaccio. Heinrich lavorava ancora nella fabbrica di cioccolato, ma il suo stipendio era stato ridotto, come accadeva in molte altre aziende durante la crisi economica. Gli affari andavano male, e al venti del mese i soldi erano già finiti. Susanne ora inviava più spesso lettere da cui scivolavano fuori delle banconote dopo che, l'ultima volta che era andata a trovarli a Dresda, Marie le aveva detto quanto fosse difficile tirare avanti. Gliel'aveva accennato quando erano rimaste sole, sapeva che Heinrich si vergognava di parlare della loro situazione economica davanti al fratello e alla cognata. Adesso era diverso perché non si trattava più di denaro suo, dell'eredità che gli spettava e della quale i fratelli gli avevano inviato una somma in America ogni mese. Questa era elemosina. Marie non si vergognava e, da quando c'era Heinz, pensava che il bambino avesse diritto a essere accudito, che quella famiglia così ricca non potesse stare a guardare con le mani in mano il piccolo Heinz che congelava dal freddo. Così Susanne le inviava di nascosto del denaro e Marie la ringraziava, ma non abbassò mai la testa, si limitava a nascondere il denaro e a prenderlo quando ne aveva bisogno. Come adesso che era tutta contenta di far venire il carbonaio a riscaldare almeno la cucina e il soggiorno.

Ogni tanto Marie chiedeva a Heinrich quando sarebbero andati a Berlino per presentare Heinz alla nonna, ma Heinrich rispondeva in modo evasivo, c'era sempre qualche impedimento, aveva troppe cose da fare, stava cercando lavoro, e poi viaggiare d'inverno era faticoso.

Alla fine di aprile, quando il freddo finalmente se ne andò e i mughetti cominciarono a spuntare qua e là e a fiorire nei prati del Großer Garten, Marie decise che il momento era arrivato e convinse Heinrich ad andare a Berlino per fare visita a Susanne e Otto, senza neppure nominare Anna.

Partirono a giugno, era una calda giornata di inizio estate, tutto era in fiore e a Marie Berlino sembrò più accogliente di come la ricordava. I grandi parchi nel cuore della città, l'imponente Colonna della Vittoria con la statua dorata in cima, la Porta di Brandeburgo, che Heinz attraversò con passo solenne, le vie con le soprelevate della metropolitana che sferragliava sulle loro teste: Marie vedeva quella grande città moderna e vivace con gli occhi del bambino, che scopriva sempre nuove automobili e carrozze mai viste prima.

Durante un pomeriggio che Heinrich trascorse con Otto, Marie tirò fuori dalla valigia il vestito alla marinara che aveva comprato da Bleyle. Prima di partire per Berlino, aveva guardato nella cassetta dove teneva i dollari e aveva tirato fuori le ultime due banconote. Dopo un attimo di esitazione era andata a cambiare le banconote e l'aveva acquistato, poi l'aveva nascosto nell'armadio e infine messo in valigia avvolto nella carta velina. Marie strappò la carta sottile, il vestito era di lana blu scuro. Heinz fece una smorfia mentre se lo infilava.

"Pizzica," brontolò, "e poi fa troppo caldo. Devo proprio?"

Marie sorrise nervosamente. "Lo so, tesoro, ma è solo per oggi pomeriggio. Guarda come è bello." Spinse il bambino davanti allo specchio sentendosi in colpa, in effetti la lana era pesante e ruvida. Ma era davvero un figurino, il suo Heinz, ad Anna quel nipotino sarebbe piaciuto.

Dal Tiergarten, dove vivevano Susanne e Otto, prese un taxi per raggiungere Halensee. Anna Reichenheim aveva venduto la grande villa in Rauchstraße e si era trasferita. A Marie sembrava che il taxi impiegasse un'eternità sul Kurfürstendamm e poi ancora oltre. Heinz rimase attaccato al finestrino, guardando con meraviglia la strada ampia e soprattutto il traffico, tutte quelle auto che si incalzavano, si sorpassavano, suonavano il clacson. L'autista aveva abbassato i finestrini, fuori faceva caldo, il rumore della strada entrava mescolato ai gas di scarico. Marie pensò ad Anna, a come l'aveva vista l'ultima volta, davanti alla sua casa in Rauchstraße, poco prima di partire per New York. Si ricordò del cappello, quell'ampio cappello che indossava Anna, e involontariamente si toccò la testa. Avrebbe dovuto indossare anche lei un cappello per quella visita? Era estate, e quindi, forse...

"Mamma, siamo arrivati!" La voce di Heinz la strappò ai suoi pensieri; l'autista aveva svoltato e quasi subito si era fermato davanti a una casa imponente. Marie pagò e spinse Heinz fuori dall'auto.

Cercò il nome sulla targhetta di ottone lucido all'ingresso dell'edificio: Anna Reichenheim, eccolo, primo piano. Indugiò un attimo, poi suonò il campanello. Il pulsante di ottone era freddo.

La cameriera che scese ad aprire la squadrò. La signora Reichenheim non era in casa, disse, decisa a non far entrare quella visita non annunciata, ma Marie non si diede per vinta. Conosceva le cameriere come quella e non si lasciava certo impressionare.

"Aspetteremo," disse con fermezza, e fu accompagnata su per l'ampia scalinata fino a una stanza buia accanto alla porta d'ingresso, piena di mobili rivestiti di velluto e tende pesanti alle finestre. La cameriera le chiese di nuovo il nome, poi si chiuse la porta alle spalle. Non aveva offerto nulla, Heinz era sudato, il vestito era troppo pesante e Marie ne era dispiaciuta, ma lui si limitò a guardarsi intorno nella stanza buia senza fiatare. Anche Marie restò in silenzio, era una sciocchezza stare lì in attesa, chissà quando sarebbe tornata Anna, e quanto tempo avrebbero dovuto aspettare senza rendersi ridicoli? Quando sentì la porta che si apriva e delle voci, non sapeva quanto tempo fosse trascorso. Seguì il rumore di passi che prima si avvicinavano, poi si allontanavano. Marie si alzò e fece segno a Heinz di fare silenzio. Con cautela, aprì la porta. Il lungo corridoio, con un tappeto rosso scuro, era deserto. Ora le voci non si sentivano più. Piano, indietreggiò e richiuse la porta.

"Mamma, per quanto tempo dobbiamo rimanere qui?" chiese Heinz. "Voglio giocare con Lottchen, sicuramente mi sta aspettando. E la zia Susanne ha promesso di leggermi qualcosa quando tornerà a casa."

"Tra un minuto, tra un minuto, non manca molto," disse Marie in tono pacato, mentre le montava la rabbia. Poi sentì dei passi affrettati, la porta si aprì e davanti a loro comparve la cameriera.

Era ossuta e aveva occhi grigi molto ravvicinati. Le labbra sottili. "Odiosa," pensò Marie, e per giunta con quell'inflessione berlinese che a lei non era mai piaciuta.

"Temo che dovrete andarvene, la signora non si sente bene e vuole riposare," disse, e Marie credette di cogliere un pizzico di soddisfazione nella sua voce.

"Le ha detto che sono venuta con il suo nipotino?" chiese Marie.

"Ma certo, vi ho annunciati entrambi. La signora soffre spesso di mal di testa. Ora la prego di andare."

Marie prese Heinz per mano e uscì tirandoselo dietro. La porta si richiuse di scatto, sentì salire agli occhi lacrime di rabbia e delusione.

"La nonna non voleva vederci?"

"Ma certo che vuole vederti, Heini, solo che non sta bene, tutto qui," rispose Marie senza guardarlo, mentre scendeva le scale così di corsa che a malapena il bambino riusciva a starle dietro.

Appena fuori, si fermò di colpo, si girò e afferrò Heinz per le braccia così forte da fargli quasi perdere l'equilibrio per la sorpresa.

"Certo che vuole vederti," ripeté Marie e lo baciò sulla fronte, "tu sei suo nipote, non vedeva l'ora di vederti, ma adesso non sta bene, ecco tutto. Torneremo presto, e poi insieme mangerete una bella fetta di torta e berrete la limonata. Ora sbrighiamoci a tornare, Susanne e Lottchen ti stanno aspettando."

Si erano già allontanati dalla casa di qualche passo, quando si sentì chiamare.

"Signora Reichenheim, aspetti!"

Si girò e vide la cameriera correre verso di lei e consegnare al bambino un libro.

"Per te, da parte della nonna."

La sera Susanne gli lesse qualche pagina, il libro narrava le avventure straordinarie di un bambino che viene rapito da Hatschi Bratschi, un mago turco, a bordo della sua mongolfiera, e a Marie non piacevano né il mago malvagio né i mangiatori di uomini, ma Heinz amava il piccolo Fritz che, con la mongolfiera di Hatschi Bratschi, sorvolava le Alpi, l'Italia e il deserto fino in Oriente. Ogni volta che Marie riponeva quell'orribile libro in fondo allo scaffale, Heinz lo tirava fuori di nuovo, chiedendole se la nonna fosse stata nel deserto e in Oriente, e se avesse visto i mangiatori di uomini.

"I mangiatori di uomini non esistono, e non esistono neanche i maghi che rapiscono i bambini," disse poi Marie. "L'Italia, invece, esiste." Indicò la pagina con il grande transatlantico: "Io e tuo padre siamo andati in Italia su una nave come questa". E Heinz volle saperne di più, sulla nave e sull'Italia.

Due anni dopo, quando Anna cadde da cavallo e morì, Marie si ricordò del libro e delle righe sulla madre del piccolo Fritz che cercava il figlio scomparso, le sole che ricordasse: "Piange: dov'è il mio povero bambino? Forse vaga nella notte e nel vento".

34.

Undici nomi. La scritta sbiadiva, Marie singhiozzò, si asciugò le lacrime e contò di nuovo. Poi lesse i nomi ad alta voce, uno per uno, tutti familiari. Tre figlie, tre generi, tre figli e due nuore. Il suo non c'era.

Si alzò, prese il necrologio posato sul tavolo della cucina e l'infilò tra le pagine del giornale, esattamente nel punto in cui l'aveva trovato: tra la sezione sportiva e quella locale. Heinrich aveva cercato di tenerglielo nascosto. Le aveva detto che sua madre era morta e che sarebbe andato a Berlino per il funerale. Questo due giorni prima; il giorno dopo era tornato. Ma non avevano parlato della possibilità che lei e il bambino partissero con lui, e al ritorno non le aveva raccontato niente delle esequie.

Ormai era sposata con Heinrich da ventisette anni, e la suocera, anche da morta, non mancava di mostrarle cosa ne pensava.

Marie strinse i denti, le lacrime erano ormai esaurite, il solo sentimento che provava era rabbia. Poi sfogliò ancora una volta il giornale per trovare il necrologio: "Si è addormentata dolcemente nel suo settantasettesimo anno". Non c'era nulla di dolce in Anna. Nemmeno la morte; era montata a cavallo ed era caduta, ecco qual era stata la dolce morte per lei. A Locarno, perché Anna era sempre in viaggio, in qualche località termale o dai figli: tutti tranne Heinrich. Nel quartiere di Striesen, a Dresda, avevano costruito troppe fabbriche, aveva scritto una volta a Heinrich, l'aria non era buona.

In basso, l'annuncio riportava: ventuno nipoti e tre pronipoti. Sentì il sangue salire alla testa. Iniziò a calcolare freneticamente. Tra i ventuno nipoti c'era anche Heinz? Sì, c'era. Svelta infilò di nuovo l'annuncio tra le pagine del giornale che posò sul tavolino accanto al divano e tornò in cucina. I piatti della colazione erano stati lavati, i Königsberger Klopse erano pronti sul fornello.

Striesen non era un quartiere operaio, in Tittmannstraße c'erano edifici rispettabili con appartamenti spaziosi, almeno al secondo e al terzo piano. Ognuna di quelle case aveva un cortile e un giardino. Pensò alle ville signorili intorno a Walderseeplatz, al Großer Garten con il suo bel palazzo. A Striesen vivevano professori, artisti e proprietari di grandi magazzini. Tittmannstraße non era la via più elegante in assoluto, ma era comunque signorile; in fondo nel suo palazzo abitavano un ispettore della Reichsbank e un sovrintendente delle ferrovie. Il fatto che nella parte occidentale del quartiere avessero costruito una fabbrica di sigarette, due fabbriche di macchine fotografiche e una tipografia non aveva cambiato nulla nella vita della gente. "L'aria non era buona. Ma quando mai," sbuffò pensando alle strade grigie di Berlino e al fumo caliginoso che si respirava d'inverno. Non ovunque, ovviamente, non nel Tiergarten o a Halensee.

Ora lo sguardo le cadde sul tappeto del corridoio, una piccola passatoia. La prese, prelevò il battipanni dal ripostiglio e scese con cautela le scale per andare in cortile.

"Cera data di fresco," il cartello era attaccato sulla scala di legno scuro come ogni giovedì.

Era una fredda giornata di ottobre, il vento frusciava tra gli alberi con le chiome ormai colorate di giallo e di rosso, nell'aria un odore di autunno, di terra e di fumo. Sistemò la passatoia sull'asta per i tappeti e iniziò a batterla sempre più velocemente.

Presto le fece male il braccio, ma non si fermò. Anna, nostra madre, nonna e bisnonna amatissima, sempre la stessa Anna che non l'aveva mai voluta incontrare, Anna che non aveva voluto incontrare nemmeno il nipotino.

Marie ansimava per la rabbia e lo sforzo, Anna, Anna, Anna che decideva la vita dei suoi figli. I colpi del battipanni riecheggiavano nel cortile e il sudore le colava sulla fronte. Si accorse che sotto i colpi qualche filo si stava staccando dal tappeto rosso scuro con il motivo blu. Era usurato, come molte cose nel suo appartamento. Rammendato e curato, ma non nuovo.

"Suppongo che suo marito le stia dando di nuovo dei problemi." Marie si girò e si vide davanti Elsa Wagner. Perché quella stupida ficcanaso si intrometteva sempre in tutto? Era stata lei a vedere Heinrich con un'altra donna tre anni prima al Sächsischer Prinz, una sala da ballo di Striesen. No, non l'aveva certo visto lei personalmente, lei era vedova e non sarebbe mai entrata in un locale del genere. Ma suo figlio, il carpentiere Karl, era lì a farsi una birra e poi era corso dalla madre per spifferarle la scena. E lei non aveva visto l'ora che Karl se ne andasse per spifferarla ai vicini, e la mattina dopo nel negozio di biancheria in Bergmannstraße. Senza troppa enfasi, ma a voce abbastanza alta da farsi sentire da tutti gli altri clienti e dalla commessa.

"Siete gente diversa da noi, lo dice sempre il mio Karl."

"Mio marito è tedesco, signora Wagner. Non è diverso da lei, da suo figlio o da me."

La Wagner fece un passo verso di lei. L'alito le puzzava di cipolla, i capelli bianchi erano malamente raccolti in una crocchia, e sul mento le spuntava qualche pelo nero. A quel punto la donna strinse i piccoli occhi scuri e ringhiò.

"'Il movimento metterà ordine,' dice il mio Karl. Anche suo marito se ne accorgerà. Sono finiti i tempi che ci lasciavamo imbrogliare da quelli lì! Il suo bravo cognato, il banchiere, avrà un'altra bella sorpresa! E in fondo è vero che sono diversi, e l'hanno dimostrato anche a lei!"

Marie fece un respiro profondo. La rabbia che aveva appena provato nei confronti di Anna adesso era tutta rivolta contro quella donna insolente.

Guardò il battipanni di vimini e dovette trattenersi per non tirarglielo addosso.

Poi si riprese. "Signora Wagner, devo salire di sopra, Heinz sta per tornare da scuola."

"Sì, sì, senza offesa, signora Reichenheim, anch'io vado di fretta, sono ancora in vestaglia da casa e il mio Karl sta per rincasare dal lavoro."

Marie la lasciò lì e tornò sulle scale. Aveva dimenticato l'ora, si era fatto tardi e il figlio era davvero già nell'atrio fresco che odorava di cera. Corse da lui per abbracciarlo forte, e sentì il corpo magro che si irrigidiva: erano passati anni dall'ultima volta che le aveva gettato le braccia al collo come faceva all'inizio. Ora aveva undici anni. Per un attimo nascose il viso tra i capelli scuri e folti che profumavano ancora di bambino. Marie si staccò dal figlio e si tirò su. Lui la guardò stupito. Ogni volta si sorprendeva di quanto fossero grandi e scuri i suoi occhi a mandorla, con le ciglia lunghe come quelle di una ragazza. Un bellissimo giovane, il più bello della via, anzi dell'intero quartiere.

"Cosa c'è, mamma," mormorò, e lei lo prese per mano. Insieme salirono le tre rampe di scale che portavano al loro appartamento.

Quando Heinrich tornò a casa poco dopo, cercò di scherzare con lei.

"C'è la mia castellana?" chiamò mentre apriva la porta, e Marie fu sorpresa dal fatto che ricordasse ancora quel vezzeggiativo che usava i primi tempi. Non lo faceva da anni. Poi lo vide cercare il giornale e farlo sparire in fretta. Negli anni aveva imparato a osservarlo attentamente. E senza darlo a vedere. La giovane donna con cui l'aveva scoperto il figlio della Wagner tre anni prima era stata l'ultima, pensò. Forse era acqua passata, lui aveva ormai cinquantun anni, lei cinquantadue. Guardandolo, sapeva che non era così. Era ancora elegante, snello, con un bel portamento. I suoi abiti erano di prima scelta, molto lontani dall'essere nuovi, ma lei era attenta alle camicie buone, i capelli erano tagliati con precisione. Cosa vedevano in lui le centraliniste, le dattilografe, le segretarie della sua azienda, quali speranze nutrivano?

Heinrich disse che stavolta non aveva molto tempo, doveva tornare in azienda. Parlava troppo e troppo in fretta, evitando lo sguardo di Marie. Lei non gli chiese dell'annuncio o del funerale. Il suo nome non era sull'annuncio e i fratelli di Heinrich gli avevano sicuramente detto che la moglie e il figlio non erano graditi.

Le cose tra loro si risolvevano senza parole, era da tempo che andava così. Nessuno dei due se la sentiva di parlare di certi argomenti. Se fosse una cosa buona o meno, Marie non lo sapeva. Famiglia, soldi, politica: negli ultimi anni il silenzio era diventato un muro che li divideva.

La vita era più angusta, ma forse lo era sempre stata e lei non aveva voluto vederlo. Prima rideva molto, e a Heinrich questo piaceva. Un tempo avrebbe riso della Wagner ringhiosa, ne avrebbe parlato a Heinrich e ne avrebbero riso insieme. Adesso non ci riusciva più. Così come non riusciva a parlargli dell'annuncio, della morte di sua madre e del funerale, al quale ancora una volta la sua presenza non era gradita.

Erano stati i cognati di Heinrich a decidere così? La villa dei von Klemperer era poco distante da Tittmannstraße, sul lato opposto del Großer Garten, comunque sia in un altro mondo. A volte Sophie andava a trovarli di nascosto, e più spesso da quando c'era Heinz, che la chiamava con affetto zia Fifi. Sì, Susanne e Lottchen venivano a trovarli regolarmente, ma in famiglia non ne parlavano.

Adesso che Anna era morta, nulla sarebbe cambiato.

Si sedettero a tavola in silenzio e mangiarono i Königsberger Klopse. Poi Heinrich chiese al ragazzo della scuola e dei suoi compiti.

"Stasera, quando avrai finito tutto, ci metteremo al lavoro sui nostri francobolli."

Heinz si illuminò, stava spingendo mezza polpetta avanti e indietro nel piatto, e Marie sapeva che non l'avrebbe più mangiata. Per quanto si sforzasse di cucinare tutti i suoi piatti preferiti, quel ragazzo era sempre magro.

Sentirono un rumore venire su dalla strada e Marie si avvicinò alla finestra.

"Cosa sta succedendo là fuori?" chiese Heinrich, che voleva starsene sdraiato ancora un po'.

"Camicie brune… in Borsbergstraße," rispose lei. Si strinse nel cardigan e chiuse la finestra. Il baccano si faceva sempre più vicino, e Heinrich la raggiunse alla finestra.

"Su, andiamo, altrimenti finisce che ti arrabbi di nuovo."

"Perché tu no?"

"Marie, la gente ne ha passate tante – la guerra persa, l'inflazione, la disoccupazione…"

"Ed è per questo che ora si riuniscono e marciano per le strade in uniforme? Susanne scrive che a Berlino le SA hanno demolito i negozi degli ebrei in pieno giorno!"

"Passerà, credimi. Quell'austriaco governerebbe male come chi lo ha preceduto, e l'entusiasmo per lui e per il suo popolo svanirà come una bolla di sapone."

Heinrich le diede un bacio e prese il cappotto.

Marie lo fissò, stava per dire qualcosa. Era ancora lì, quella leggerezza che un tempo aveva amato. E che adesso trovava irritante.

"E se non passa?" A tre isolati di distanza, una di quelle squadre si radunava ogni settimana e stava già rendendo la vita un inferno all'imbianchino ebreo che viveva in uno dei padiglioni del Großer Garten. Heinrich pensava che la cosa non lo riguardasse: un imbianchino ebreo, i sionisti, cosa avevano a che fare con lui? Lui era un protestante battezzato, un combattente in prima linea decorato con la Croce di Ferro, cosa poteva succedergli? Non ce l'avevano con quelli come lui. Marie ne dubitava. Ce l'avevano proprio con quelli come lui, invece, i suoi cognati, i banchieri, i ricchi imprenditori, quelli che gente come la Wagner e il suo Karl invidiava. Adesso era arrivato qualcuno che sfruttava a suo favore quell'invidia e quella malevolenza. "Cosa facciamo se non passa?"

Non molto tempo prima, Elsa Wagner aveva fatto un inchino quando aveva incontrato Marie per strada con Sophie, e chiedeva sempre informazioni sulla moglie del direttore di banca. Altri tempi.

Marie stette per un po' in silenzio con lo sguardo basso. Poi andò in cucina e si mise a lavare i piatti.

35.

Molto più tardi, quando Marie rimase sola, pensò che tutti quegli anni erano stati degli addii, lenti e dolorosi come mille punture di spillo. Più e più volte si vide in piedi alla finestra dopo il funerale di Anna, a guardare la strada dove marciavano gli uomini in camicia bruna.

In quel periodo, Heinrich era impegnato a trovare un nuovo impiego, perché alla Hartwig & Vogel avevano finito per licenziarlo. E nonostante la difficile situazione economica, l'aveva trovato. In una tipografia di Striesen a pochi passi da casa. "Sono ebrei," aveva detto, "non mi fanno difficoltà."

Marie era sorpresa da questi nuovi toni. Di solito insisteva a dire di essere tedesco e battezzato protestante. Non aveva mai voluto rendersi conto che l'odio sempre più apertamente dichiarato contro gli ebrei valeva anche per lui e per suo figlio. Quante volte avevano discusso negli ultimi mesi perché Heinrich minimizzava ciò che invece spaventava Marie: Hitler era diventato cancelliere del Reich e le bandiere con la svastica sfilavano per le strade ogni settimana.

"Devi prendere questa cosa sul serio! Non puoi ignorarla, sta accadendo qui e ora!" gli aveva urlato durante una di quelle discussioni. "E abbiamo un figlio! Otto e Susanne sono molto preoccupati! Perché tu no?"

"Susanne è sempre preoccupata," aveva risposto prendendo il cappotto e il cappello, era uscito sbattendo la porta ed era tornato a notte fonda.

Heinrich disse che concedeva a Hitler qualche mese, un anno al massimo. Poi suo cognato, il direttore ministeriale, marito della sorella Luise, fu mandato in pensione prima del tempo.

"Per chi occupa una posizione come la sua, non c'è altra via, Hitler non ama gli ebrei, ai vertici vuole mettere la sua gente. La politica è questa," aveva spiegato Heinrich a Marie.

"Victor von Leyden è stato licenziato perché la madre è ebrea. E tu credi ancora che non ci accadrà nulla?"

"Cosa deve accadermi? Non essere una delle persone in vista della mia famiglia finalmente si rivela un vantaggio. Ero un soldato, ho combattuto per la patria, ho la Croce di Ferro... Combattente in prima linea, questo conta più che essere ebreo."

Marie smise di ascoltare, era sempre la stessa storia, lui non le credeva, tirava fuori quella sua Croce di Ferro che avevano tutti, compresi i due fratelli di Elsa Wagner.

Alla fine di agosto, una sera suonò il campanello, sulla porta c'era Otto, sudato e con la giacca sgualcita. Non si era ancora tolto il cappello quando allungò loro un foglio.

"Heinrich, dobbiamo andarcene..."

"Prima entra." Heinrich accompagnò il fratello in soggiorno e gli versò un whisky. La bottiglia era quasi vuota e non potevano permettersene una nuova, "Troppo costosa," pensò Marie, mentre Otto beveva il primo sorso, infine si tolse il cappello e si sedette sul divano. Heinrich guadagnava meno di prima, e da qualche settimana gli avevano ridotto lo stipendio perché non arrivavano ordinativi. Pochi mesi dopo l'ascesa al potere di Hitler, aveva già notato dei cartelli in Prager Straße che dicevano: "Chi compra dall'ebreo distrugge l'economia tedesca". Steinthal poteva convincere i suoi clienti a stampare da lui solo abbassando drasticamente i prezzi.

Otto si asciugò il sudore dal viso con un fazzoletto. Mentre prendeva il bicchiere di whisky, Marie vide che la sua mano tremava.

"La lista, hanno pubblicato una lista. Non mandano più la gente in pensione. La mandano via, lontano dalla Germania. La cacciano, non ti rimane altro…"

"Ma come?" chiese Heinrich incredulo. "Come possono fare una cosa del genere?"

"È semplice: pubblicano una lista di persone che devono lasciare la Germania. Ti danno un termine e tu devi sparire. Ecco, questo è il primo elenco. E sopra ci sono due di noi."

"Che stai dicendo?" chiese Marie. "Noi chi?"

Otto la guardò sovrappensiero. "Della famiglia, due della nostra famiglia: Robert, il marito di Gertrud…"

"Weismann? Non era andato in pensione e non si era trasferito a Karlsbad?" domandò Heinrich.

"Se n'è andato perché non sopportava più la campagna diffamatoria che avevano lanciato contro di lui. La Nsdap non gli avrebbe dato tregua finché Robert non avesse lasciato il suo posto di segretario di stato. Non si sono dimenticati di lui, ha lavorato per troppo tempo contro di loro. Se n'è già andato e non gli è permesso tornare."

Di Robert Weismann, il marito della sorella maggiore di Heinrich, Gertrud, Marie aveva una vaga immagine che veniva da qualche foto sul giornale. Se lo ricordava dai primi tempi della loro relazione, quando erano in ballo il futuro di Heinrich e la sua eredità, all'epoca Weismann aveva spesso inviato delle lettere.

"Non può tornare indietro, e anche Alfred e Julia devono lasciare la Germania," disse Otto.

"Il raffinato Robert e il suo inviso genero e critico teatrale Alfred Kerr insieme sulla stessa lista?" chiese Heinrich, e c'era un tono di scherno nella sua voce. A quel punto Otto si infuriò.

"Heinrich, mi stai ascoltando? Sai cosa significa questo, cosa significa per tutti noi? Vogliono sbarazzarsi di Robert Weismann perché è ebreo, vogliono sbarazzarsi di Alfred Kerr perché è ebreo, vogliono sbarazzarsi di Gertrud e Julia perché sono ebree. È chiaro cosa significa tutto questo per noi, e non aspetterò di essere privato della cittadinanza o peggio ancora."

"Prendo tutto questo molto sul serio, caro fratello, ma forse sarà lecito ricordare che dramma è stato il matrimonio di Julia, qualche anno fa, con un critico teatrale e giornalista che aveva due anni più di suo padre. E quanto poco piaceva al politico la sua critica tagliente, non si addiceva alla sua posizione. Nostra madre non si preoccupava per le tresche di Robert, piuttosto era infastidita dal fatto che il signor Kerr lo prendesse in giro sul giornale, parlando di quell'attrice mediocre che aveva ottenuto una parte grazie al suo legame con il signor Weismann. Uno scandalo!" Heinrich sorrise, per un istante sembrò quasi giovane e spensierato. "A Robert la cosa non è andata giù e ha incaricato certi conoscenti esperti di pestare a sangue quel genero fastidioso, ma per favore non in presenza della sua figlioletta…"

Heinrich ridacchiò, e Otto lo guardò con rabbia prima di sbattere con forza la mano sul tavolino di fronte al divano.

"Chi se ne frega adesso di queste cose, Heinrich! Stai facendo il finto tonto o davvero non vedi cosa sta succedendo?" Otto si era alzato e Heinrich si appoggiò allo schienale.

"Scusami, ma pensa anche alla mia situazione, a come sono stato trattato in tutti questi anni..." Marie sentì la porta aprirsi alle sue spalle e si girò: Heinz era in piedi, in pigiama, quel chiasso doveva averlo svegliato e guardava lo zio con aria sorpresa.

Marie lo fece uscire in fretta dalla stanza.

"Torna a letto, lo zio Otto sarà ancora qui domani mattina. Deve discutere con papà di una cosa importante."

"Come è stato trattato papà?" chiese Heinz, ormai sotto le coperte. "E quando torna Lottchen dall'Italia?"

Marie si sedette sul letto accanto a lui. "Presto, tesoro mio, Lottchen tornerà presto, oppure andremo a trovarla noi in Italia, lì c'è sempre il sole..."

Marie si vergognò perché aveva mentito, perché mentiva ogni volta che Heinz le chiedeva di Lottchen, la sua Charlotte, che aveva incontrato un uomo a Firenze. Lotte non sarebbe tornata, Marie lo sapeva, aveva ancora davanti agli occhi Lotte l'ultima volta che era andata a trovarli a Dresda prima di partire per l'Italia, così giovane e bella con la sua fronte alta e spaziosa, gli occhi scuri e un po' malinconici, aveva detto di volersi innamorare, dell'Italia, di tutta la bellezza che c'era, e forse di non voler tornare mai più. Lottchen scriveva di tanto in tanto, infilava le sue lettere in grandi buste con tanti francobolli colorati, scriveva di quanto fosse meravigliosa l'Italia, ma che forse avrebbero dovuto andare più lontano, via dall'Europa.

Quando Heinz si addormentò, Marie tornò in soggiorno, dove i fratelli si erano calmati e Otto stava parlando dell'Inghilterra, di lasciare la Germania, di Lottchen che voleva andare in Sud America, dei suoi figli che volevano andare in Inghilterra, di Fifi che era preoccupata per la collezione d'arte e voleva vendere la villa nel Großer Garten.

Marie e Heinrich ascoltarono senza dire una parola, e Heinrich continuò a restare in silenzio quando Otto gli disse che doveva andarsene anche lui.

"Come?" chiese Heinrich a un certo punto, e c'era una stanchezza nella sua voce che spaventò Marie. Fece per prendergli la mano, ma lui se la passò tra i capelli e lei abbassò di nuovo la sua.

"E come?" chiese Heinrich con un filo di voce. "Riusciamo a malapena ad andare avanti con lo stipendio, per quanto tempo ancora potrò restare da Steinthal non lo so. Dove andrò, dove andremo?"

"Torneremo a Erie, lì troverai qualcosa," disse Marie. Era stato così facile all'epoca.

Heinrich si alzò. "Sì, quando avevo ancora il mio patrimonio, quando avevamo dei contatti e potevo andare ovunque e lavorare..."

"Anche Susanne vuole restare," lo interruppe Otto. "Piange per Charlotte ogni giorno, scrive lunghe lettere per implorarla di tornare, ma non posso assecondarla, dobbiamo partire, anche contro la sua volontà."

Più tardi, a letto, Marie non chiuse occhio, ascoltava il respiro regolare di Heinrich. Ognuno doveva provvedere a se stesso, Otto e gli altri fratelli, tutti dovevano provvedere a se stessi e nessuno sarebbe stato in grado di aiutarli ad andarsene. Il panico l'assalì.

Nelle settimane e nei mesi successivi, Heinrich minimizzava qualsiasi nuova notizia che spaventava Marie. Nel marzo del 1934 ci fu il raduno di centoventicinquemila uomini delle SA sassoni a Dresda, poi il licenziamento di Victor von Klemperer dalla Dresdner Bank, pensionamento lo chiamarono, infine Steinthal vendette la tipografia a uno dei suoi dipendenti e se ne andò in Francia. Questo accadeva nel 1936, a marzo, e all'inizio Heinrich non le disse nulla, usciva di casa al mattino e tornava nel pomeriggio come al solito, le disse per due mesi che Steinthal, al momento, non poteva pagargli lo stipendio perché era in difficoltà economiche.

Nel negozio di biancheria dietro l'angolo, la proprietaria attaccò discorso con Marie, era in pensiero e le chiese come stavano andando le cose a lei e a suo marito, ora che Steinthal aveva abbandonato tutto ed era scomparso. Marie per un attimo esitò, poi si ricompose. "Mio marito troverà presto un altro lavoro," disse con voce ferma, "ha già in mente qualcosa."

"Buona fortuna, allora," disse la donna, e Marie pagò in fretta e uscì dal negozio.

"Non volevo farti preoccupare, tu ti agiti sempre," le disse Heinrich quella sera quando gli chiese spiegazioni, e rimase ostinatamente in silenzio quando gli domandò con insistenza come avrebbero fatto ad andare avanti. Così fu lei a cercarsi un lavoro, batteva a macchina con la stessa difficoltà di trent'anni prima, ma trovò un impiego per poche ore alla settimana. E Susanne continuava a mandare denaro.

Nonostante tutto, Heinrich andava ripetendo che non sarebbe durata a lungo e che lui non era né un banchiere, né un direttore ministeriale, né un segretario di stato, nessuno si sarebbe interessato a lui. E alle obiezioni di Marie rispondeva: "Guarda come è felice Heinz al ginnasio, nessuno gli fa pesare che ha un padre ebreo! Ehrentraut vigila sul ragazzo, su questo possiamo fare affidamento".

"E se Ehrentraut venisse licenziato?" chiese Marie

furibonda. Il padre del migliore amico di Heinz, Erich, insegnava al König Georg Gymnasium e proteggeva il ragazzo come poteva, ma di quei tempi era saggio fare affidamento solo su questo?

Il preside le aveva detto di non preoccuparsi, che il ragazzo si sarebbe diplomato "anche se era un mezzosangue di primo grado". Marie gli aveva lanciato un'occhiataccia e si era alzata.

"Mio figlio non è un cane."

"Mi scusi, signora Reichenheim, la formula ufficiale è questa, non ho inventato io le leggi razziali."

Marie si era congedata e la sera aveva litigato con Heinrich sulle nuove leggi, che lui tentava di spiegarle. Anche dopo che gli ebrei persero il diritto di voto, venivano emanati ogni giorno nuovi divieti che li escludevano dal lavoro, poi non fu più permesso loro di andare in piscina, e a Weißer Hirsch comparvero grandi cartelli su cui era scritto che la stazione termale era libera da ebrei e che gli ospiti ebrei non erano più graditi né negli alberghi né nei ristoranti.

Quando nel novembre 1938 appiccarono il fuoco alle sinagoghe e devastarono i negozi ebraici, quando le orde, come le chiamava Marie, si aggiravano per le strade e saccheggiavano, quando i vigili del fuoco tiravano dritto o si limitavano a spegnere gli incendi nelle case accanto alle sinagoghe, loro tre se ne stavano alla finestra del soggiorno buio e guardavano in direzione di Borsbergstraße, dove le torce si muovevano nel vento. Marie sentì un freddo che la fece rabbrividire, anche se indossava un cardigan e la stanza era riscaldata. Si appoggiò a Heinz, che era in piedi accanto a lei e aveva scostato un po' la tenda. Adesso aveva sedici anni ed era poco più alto di Marie, aveva capelli bruni, quasi neri, e occhi scuri che rivelavano la parentela con Lotte e anche con Anna, somigliava più a loro che al padre. Quel colore bruno dava nell'occhio, era troppo scuro per i tempi che correvano, e Marie aveva paura ogni volta che Heinz usciva di casa.

Quando Waldi, il cucciolo di bassotto che avevano da qualche mese e che Heinrich aveva chiamato così in ricordo del suo primo cane, attaccò ad abbaiare, Heinrich cercò di tranquillizzarlo. Lo condusse fuori dalla stanza, ma il bassotto abbaiava sempre più furiosamente.

"Va portato fuori," disse Heinrich, e Marie gli gridò di non uscire. Furente, gli strappò di mano il guinzaglio, e con il cane che continuava ad abbaiare corse giù in cortile con addosso il cardigan e le pantofole.

Di sotto gli schiamazzi erano ancora più forti, nell'atrio vide passare alcuni uomini in uniforme e si dondolò impaziente da una gamba all'altra.

"Dobbiamo andarcene via," pensò, "andarcene via e basta, ma come?" Non avevano più soldi, non potevano permettersi una traversata in nave, e dove andare in Europa? In Francia, dove non conoscevano nessuno e non parlavano la lingua? E come avrebbero ottenuto un visto? Aveva sentito dire che la gente stava in coda per dieci ore e più, che occorreva avere delle garanzie e che per procurarsi un visto bisognava corrompere i funzionari, e lei aveva a malapena qualcosa da vendere per ungere qualche rotella. Nel frattempo aveva anche venduto i pettini d'avorio che Susanne le aveva regalato per le nozze.

Lotte era partita per il Brasile con il marito, adesso aveva un figlio piccolo e altri pensieri per la testa, e dal Brasile non era ancora arrivata neanche una lettera, per quanto Heinz l'aspettasse con ansia. I von Klemperer erano in Africa, i von Leyden in India, visto che a Garmisch, in Baviera, non erano più tollerati, i Weismann a New

York. Otto era in viaggio per l'Inghilterra, Susanne voleva sistemare alcune cose e poi raggiungerlo. Marie adesso aspettava ogni giorno loro notizie.

Tre settimane dopo arrivò una lettera sottile per posta aerea, con un francobollo inglese. L'aprì mentre Heinrich stava facendo una delle sue lunghe passeggiate con Waldi. Camminava fino all'Elba e poi verso il Blaues Wunder, ogni tanto si spingeva anche oltre, in direzione di Pillnitz, spesso si assentava per diverse ore, e ogni volta lei temeva che gli fosse accaduto qualcosa, che gli avessero fatto del male. A novembre Marie aveva insistito perché rimanesse in casa. Dopo la notte in cui le sinagoghe e le botteghe erano state date alle fiamme, per qualche giorno l'aveva assecondata, ma dopo un po' aveva ripreso il suo giro. Stava fuori per ore, e quando tornava parlava degli altri cani che aveva incontrato o di un uccello raro intravisto sui prati dell'Elba.

Marie aprì la busta azzurra che conteneva un foglio di carta scritto su una sola facciata e accuratamente piegato. Lesse le poche righe una volta, poi un'altra e un'altra ancora. Lentamente andò in cucina e si sedette al tavolo. Immaginò Susanne, Susanne con quel suo viso gentile, gli occhi scuri, le fossette quando sorrideva, Susanne in preda alla paura perché doveva partire, in lacrime perché Lotte non era tornata. Poi la vide seduta su un binario accanto a una grande valigia, un binario buio in mezzo alle correnti d'aria, la pietra grigia di fianco alle rotaie, molto a ovest, e Susanne era seduta lì, il cappotto sbottonato, piangeva perché doveva lasciare Berlino, il suo mondo che da tempo ormai non esisteva più. Nella valigia c'erano tutte le cose a cui teneva di più, i ricordi, le fotografie e i gioielli, il velo nuziale, i riccioli dei figli quando erano molto piccoli e si tagliavano i capelli per la prima volta. Se ne stava seduta lì, inquieta, ansiosa, ma il treno non arrivava. Era raffreddata, aveva mal di testa, un dolore lancinante. Già prima di partire le erano venute una leggera febbre e la tosse, una brutta tosse, tossiva fino a che la schiena e le costole le facevano male. Era tutto così faticoso, faticoso e noioso in quelle giornate grigie e fredde, piovigginava ininterrottamente, e Susanne aveva da sistemare molte cose, ritirare documenti, compilare moduli, aveva una brutta tosse, il suo vecchio medico aveva lasciato la Germania e i medici tedeschi non curavano più gli ebrei.

Non si era fermata, doveva salutare, andava a piedi perché le era vietato prendere il taxi, poi era arrivato il giorno della partenza, Otto e i suoi figli l'aspettavano a Londra, i visti erano timbrati e validati, li aveva controllati e ricontrollati più volte. Ma adesso era seduta su quel binario in attesa del treno per Ostenda, si era seduta e si disperava, perché cosa avrebbe fatto a Ostenda o in Inghilterra. Lei voleva andare nella direzione opposta, a est, a Berlino. Marie se la vedeva davanti, il cappotto aperto, accanto a lei la valigia che teneva stretta, il viso che bruciava, la febbre che saliva, e quella tosse continua. Aveva visto il treno che arrivava? O era svenuta e qualcuno aveva avuto pietà di lei e l'aveva portata in una pensione? O era salita sul treno ed era arrivata a Ostenda, in un paese straniero dove non capivano cosa diceva, vedevano solo che quella donna era malata, molto malata?

Quando Heinrich tornò con il cane, Marie gli disse: "Susanne è morta".

36.

All'inizio di dicembre, accadde ciò che Marie aveva temuto e che l'aveva fatta dormire a fatica dalla notte dell'incendio di novembre: Heinrich fu portato via. Era un martedì mattina, Heinz era appena uscito per andare a scuola e Heinrich se ne stava seduto con lei in cucina a bere un caffè allungato, quando suonò il campanello.

Marie si alzò e andò alla porta, poteva essere il postino, visto che iniziava sempre il suo giro passando da loro in Tittmannstraße. Sulla soglia c'erano due agenti di polizia.

"Mandato d'arresto per Heinrich Siegfried Julius Reichenheim," disse uno di loro.

"Purtroppo mio marito non è in casa, di cosa si tratta?" disse lei ad alta voce. Sperava che Heinrich intanto si nascondesse da qualche parte, ma a quel punto sentì i suoi passi provenire dalla cucina.

"Cosa c'è, cara?" le chiese quando le fu accanto.

"E quindi suo marito non sarebbe in casa?" chiese uno dei due con scherno, poi si rivolse a Heinrich.

"Abbiamo qui un reato fiscale del 1932 che non è stato chiarito."

Heinrich guardò i due poliziotti. "Quale reato fiscale?" chiese. "Non ricordo... ci sono state irregolarità? Posso chiedere di mostrarmi..."

"Ci segua," lo interruppe l'altro agente con impazienza, afferrandolo per un braccio. "Andiamo, non abbiamo tutto questo tempo da perdere."

Fuori faceva freddo, c'era nebbia e umidità, e Heinrich aveva avuto giusto il tempo di prendere il suo cappotto leggero. "Non preoccuparti," disse a Marie, "torno subito, le cose si risolveranno alla svelta." Poi i due poliziotti lo trascinarono fuori dall'appartamento.

Marie corse alla finestra, vide l'auto della polizia sotto casa, lo spinsero dentro senza pietà, lui batté la testa, chiusero con forza lo sportello e poi l'auto sparì. Fu presa dal panico. Cosa poteva fare? A chi poteva rivolgersi? Di che reato fiscale si trattava? Si sedette al tavolo della cucina assalita da un vortice di pensieri. Cosa significava irregolarità? Volevano soldi? Guardò in giro per la cucina, poi andò in salotto e in camera da letto. Aveva venduto sei mesi prima le posate d'argento che Heinrich aveva portato con sé in America, era passata un'eternità e le sembrava ieri. Erano decorate con ghirlande floreali e su ogni pezzo erano incise le iniziali di suo padre: JR. Quante volte aveva lucidato quelle posate, le forchette per la torta e i cucchiaini da caffè. Ne aveva tenuto uno, l'acquirente non se n'era accorto, e l'aveva nascosto nella biancheria. La settimana prima aveva portato di nascosto tre abiti di Heinrich, che comunque lui non indossava più, da una sarta che conosceva la loro situazione ed era disposta a darle in cambio qualche marco. Lo sguardo le cadde sulla sottile fascetta d'oro all'anulare.

Tre ore dopo, era andata alla stazione di polizia di Schießgasse con le banconote che aveva arrotolato e infilato nella tasca laterale della borsetta. Lì nessuno sapeva di cosa stesse parlando, le dissero che negli ultimi giorni alcuni "asociali, tra questi anche degli ebrei" erano stati portati nei campi e che sul marito non potevano fornirle nessuna informazione. Fu tutto quello che Marie riuscì a sapere, e decise di non tirare fuori i soldi dalla borsetta perché quei poliziotti neppure l'ascoltavano, evidentemente nessuno di loro poteva né voleva aiutarla.

Lentamente s'incamminò verso casa. Troppo tardi, troppo tardi: seduta al tavolo della cucina, i suoi pensieri giravano in tondo a un ritmo regolare. Era il ticchettio incessante dell'orologio appeso alla parete, troppo tardi, troppo tardi, erano in trappola, perché aveva dato ascolto a Heinrich, perché non se n'erano andati via in qualunque altro posto. Avrebbero dovuto vendere tutto quello che avevano da subito, da quando era iniziata, e andarsene, ma ormai era troppo tardi. Il ticchettio dell'orologio diventava sempre più forte e lei si coprì le orecchie. Quando Heinz tornò da scuola, non sapeva da quanto tempo era seduta al tavolo della cucina.

Heinz aveva un'aria seria, seria e determinata, prese i soldi e prima di uscire le disse di chiudere la porta a chiave e di non aprirla se qualcuno avesse suonato il campanello. Marie avrebbe voluto trattenerlo, gridargli di restare a casa, di non andare là fuori, ma era paralizzata e lui era improvvisamente cresciuto e distante, non più un bambino, ma un giovane uomo che sapeva il fatto suo. Doveva essere uscito da due ore quando Marie si alzò dal tavolo della cucina perché il mal di testa era insopportabile, e si ricordò che dalla mattina non aveva mangiato né bevuto nulla. Riuscì a mandar giù un sorso d'acqua, poi si sdraiò sul divano a fissare il soffitto, le crepe sottili disegnate sulla parete. Da un pezzo avrebbero dovuto ritinteggiare l'appartamento, pensò, e non c'erano solo le crepe nella parete, aveva appena scoperto che c'era anche umidità e si era formata della muffa, spore grigioverdi, in un angolo dietro l'armadio. Ma non avevano soldi, e l'imbianchino non andava più in casa di un ebreo, quindi pazienza. Si svegliò di soprassalto quando Heinz si fermò davanti al divano, doveva essersi addormentata.

"Dov'è papà?" chiese, e gli afferrò la mano, era fredda.

Heinz le si sedette accanto e l'abbracciò.

"Tornerà," disse. "Non preoccuparti, c'è qualcosa da chiarire, ma forse si tratta solo di un lavoro. Hanno bisogno di manodopera." Poi tirò fuori il denaro dalla tasca e glielo consegnò.

Non gli chiese dove fosse stato, probabilmente dal suo amico Erich per chiedere consiglio a lui e a suo padre. Il padre di Erich poteva dirsi fortunato se non andavano a prelevare anche lui per quello che a volte diceva in classe, anche se non era ebreo. Si alzò.

"Vieni, ti preparo un uovo al tegamino, avrai fame," disse.

Heinrich tornò quattro settimane dopo. Aveva la polmonite e il corpo pieno di lividi. La febbre continuava a salire e Marie voleva portarlo in ospedale, ma Heinz disse che era troppo pericoloso, per giunta gli ospedali erano sovraffollati e non accettavano più gli ebrei. Chiamarono il vecchio pediatra di Heinz ormai in pensione, il dottore venne e rimase al capezzale di Heinrich per due notti, finché la febbre non scese. Marie fece per dargli dei soldi, ma lui la guardò con tristezza e disse: "Li tenga, signora Reichenheim, ne avrà bisogno".

Passarono giorni prima che Heinrich fosse di nuovo in grado di parlare, di sedersi e persino alzarsi e fare qualche passo. Li guardava entrambi con aria assente, sobbalzava solo a sfiorarlo, alle domande rispondeva con un sì o con un no. Sentiva dolore, no, aveva sete, sì, voleva sdraiarsi e dormire, no, cosa era successo, no, no, no.

E così rimase. Non parlò di quelle quattro settimane nemmeno quando i lividi si attenuarono, riacquistò un po' di peso e smise di tossire. Spesso stava alla finestra del soggiorno e guardava la strada, sfogliava gli album di francobolli, e una volta Marie vide che l'album davanti a lui era capovolto. Dopo due mesi uscì di nuovo fuori con il cane, ma solo per poco tempo, tre volte al giorno, passati dieci minuti era di nuovo in piedi alla finestra.

"Non sappiamo cosa succede in quei campi," disse il padre di Erich, quando Marie andò a trovarlo a scuola. "Ho sentito brutte cose su Buchenwald. Suo marito è un combattente di prima linea, signora Reichenheim, dopo poche settimane l'hanno rilasciato. Con altri non l'hanno fatto."

Stanca, Marie tornò a casa, dormiva poco, il lavoro di dattilografa la sfiniva, faceva troppi errori, doveva sempre scrivere tutto tre volte, e le colleghe più giovani ridevano di lei o facevano commenti sprezzanti. Lei e Heinz ora sbrigavano le faccende domestiche da soli, Heinz andava a prendere il carbone in cantina, alle sei del mattino accendeva le stufe, a volte dava una mano a lavare i pavimenti, lucidare le scale o pelare le patate. Heinrich passava le giornate a ritirare le sue tessere annonarie nei punti di distribuzione per gli ebrei, dove le code diventavano sempre più lunghe.

Marie era esausta, ma non riusciva a chiudere occhio; di notte il cuore le batteva forte e ascoltava il respiro di Heinrich. Per fortuna lui dormiva, alcune notti senza incubi, ma raramente, di solito a un certo punto cominciava a rigirarsi nel letto e si lamentava o urlava e si tirava su a sedere. A volte, dopo, l'abbracciava forte, era inzuppato di sudore, un sudore freddo che sapeva di paura.

Poco dopo il diciassettesimo compleanno di Heinz, nell'agosto del 1939, scoppiò la guerra, e Marie era contenta che suo figlio fosse troppo giovane e suo marito troppo vecchio per andare al fronte. Combattente in prima linea decorato con la Croce di Ferro e troppo vecchio con i suoi cinquantotto anni. Ecco perché l'avevano lasciato andare, perché adesso lo lasciavano in pace. Era vecchio.

Heinrich passava le ore seduto davanti alla radio e girava continuamente la manopola, prima ascoltava le stazioni tedesche, poi cercava di captare un'emittente francese o inglese, a volte si dimenticava del cane per giorni, e allora Marie usciva con Waldi sotto casa. Era un settembre caldo e c'era un gran fermento nelle strade, ovunque erano montati degli altoparlanti dai quali rimbombavano voci che inneggiavano alla guerra e alla vittoria, all'onore e alla lotta per la patria. C'erano cortei in ogni strada, tutti indossavano uniformi, e lei cercava di farsi piccola piccola quando usciva con il cane, di sgattaiolare in mezzo alla bolgia senza farsi notare, di tornare svelta a casa da suo marito, che era per lo più silenzioso e non mangiava quasi nulla e, quando diceva qualcosa, si fermava a metà frase e guardava Heinz come se non lo riconoscesse.

Quando scoppiò la guerra, le lettere di Aide non arrivarono più. Otto inviò una cartolina da un campo inglese dove lui e i suoi figli erano stati rinchiusi come *alien enemy*, e scriveva che anche lì era dura.

Di tanto in tanto Heinz cercava di distrarre il padre con gli album di francobolli che prima gli piacevano tanto, ma per lo più Heinrich sedeva accanto al figlio e guardava i francobolli con aria assente. Poi chiedeva a Heinz della scuola, degli insegnanti e dei compagni di classe, se erano gentili con lui e se lo lasciavano partecipare. In quei momenti era lucido e quasi lo stesso di prima, faceva domande su domande e si tranquillizzava solo quando Heinz gli assicurava che tutti i compagni di classe lo trattavano come uno di loro, che nessuno accennava al fatto che suo padre era ebreo e che Ehrentraut lo aiutava, e così Erich.

Avevano sempre meno, le razioni sulle tessere alimentari furono ulteriormente ridotte per Heinrich, niente più razioni speciali, niente caffè, frutta, pollame, pesce e sigarette, solo gli alimenti di base e rape, cavolo cappuccio e barbabietole, verdure che Heinrich non mangiava e non aveva mai mangiato in vita sua. Con le tessere sue e di Heinz, Marie riceveva qualche sigaretta e un po' di caffè, e mentre lei e Heinrich mangiavano sempre meno, Heinz, con i suoi diciotto anni, aveva costantemente fame.

A Pasqua del 1941, Heinz avrebbe dovuto sostenere l'esame di maturità, e a gennaio Heinrich divenne irrequieto. Dormiva male, spesso passava metà della notte sveglio sul divano con la luce spenta. Quando Marie gli chiedeva se qualcosa non andava, lui non le rispondeva, o al massimo le diceva che aveva bisogno di pensare, di non preoccuparsi. Un pomeriggio di febbraio uscì con Waldi e tornò solo dopo due ore. Non era mai accaduto da quando lo avevano arrestato, di solito usciva di casa per dieci minuti al massimo, e non le aveva detto che sarebbe rimasto fuori così a lungo.

"Dov'eri?" gridò in lacrime quando lui tornò tremando di freddo nel suo cappotto troppo leggero.

"Heinz," disse lui, "devo occuparmi di Heinz, non può restare qui." Si tolse il cappotto e si avvicinò alla finestra.

"Cosa vuoi dire? Guardami, di cosa stai parlando?" Marie stava ancora piangendo, allontanò Heinrich dalla finestra, voleva spingerlo sul divano, solo una spinta leggera, ma lui era diventato così gracile che cadde sul divano come un fantoccio di pezza. Gli si sedette accanto e gli prese la mano che era ancora fredda, troppo fredda.

"Marie, il ragazzo non può rimanere a Dresda. Noi non sappiamo cosa succederà, ma ha diciannove anni, è mezzosangue e non può andare al fronte. Escogiteranno qualcosa anche per lui, e io non voglio aspettare. Dobbiamo portarlo via."

Marie lo fissò. "Non lascerò andare Heinz, resterà qui, con noi, a costo di tenerlo nascosto nel ripostiglio fino alla fine della guerra." Aveva alzato la voce, una voce stridula. Heinrich si portò l'indice alle labbra e indicò un punto in alto. Poi le accarezzò la guancia.

"Marie, Marie, ascoltami. Deve andarsene da qui, non possiamo proteggerlo in altro modo. Non sappiamo quando finirà questa guerra. E poi, cosa succederà?"

"Non portarmelo via, ti prego, non portarmelo via…"

Singhiozzava, teneva le braccia intrecciate sul petto e si cullava per calmarsi.

"Ho un vecchio commilitone a Steinbach, non lontano da qui, vicino a Mohorn, in campagna, in mezzo ai boschi. È un ricco agricoltore, ha una fattoria isolata, ha bisogno di manodopera e prenderebbe Heinz come apprendista. Ha alcuni lavoratori che vengono dalla Francia, prigionieri di guerra, quindi non darebbe nell'occhio. Belger è un brav'uomo, tratta tutti allo stesso modo e il cibo lì non manca."

Marie piangeva a dirotto, Heinrich aveva ragione, certo che aveva ragione, ma cosa avrebbero fatto senza il ragazzo, come sarebbero andati avanti e soprattutto: a che scopo?

"Qui il ragazzo è in pericolo ogni giorno di più. Per

giunta ha sempre fame, cosa gli si darà da mangiare? E come si fa a tenere nascosto un diciannovenne in un ripostiglio, magari per anni, nel bel mezzo della guerra, mentre di notte cadono le bombe? Non permetterò che prendano mio figlio."

Lei lo guardò con gli occhi sgranati. Era rimasto in silenzio per tanto tempo, sempre seduto davanti alla radio o a guardare fuori dalla finestra, mentre pianificava tutto questo. Ora il suo piano era pronto, ed era un buon piano, probabilmente l'unico possibile, ma le spezzava il cuore.

Heinrich le accarezzava la mano meccanicamente e continuava a parlare. "E può venire a trovarci di tanto in tanto, oppure possiamo andare noi da lui. È un posto bellissimo ai margini della foresta di Tharandt, ne hai mai sentito parlare? Colline boscose, piccoli ruscelli, ti piacerà, e magari una fetta di pancetta cadrà anche per noi, pure tu potresti mettere un po' di carne su queste costole." Heinrich sorrise e le diede un pizzicotto nel fianco, poi l'abbracciò.

In quelle settimane Heinrich tornò a essere quello di un tempo, parlava di Steinbach, della foresta di Tharandt e del suo amico Belger, l'agricoltore.

Dopo Pasqua – Heinz era riuscito a superare l'esame di maturità, Marie stentava a crederci quando vide il diploma – andarono tutti insieme a Steinbach. Il padre di Erich aveva la macchina e li accompagnò, Heinz si sedette di fianco al suo insegnante, Marie e Heinrich dietro. Il viaggio durò un'ora e mezza, e Marie rimase in silenzio a guardare fuori dal finestrino mentre gli uomini parlavano della fattoria e della foresta di Tharandt. Heinz era felice, l'aspettava un'avventura, un mondo nuovo, quello vecchio era diventato troppo stretto nella città in guerra, dove gli ebrei erano sempre più apertamente nel mirino. La gente non si sussurrava più all'orecchio, parlava senza remore di vendite forzate, di fuga, che però non era più possibile perché ormai nessuno riusciva a ottenere un visto. Il villaggio in mezzo ai boschi era un'opportunità, pensò Marie, e gli occhi le si riempirono di lacrime: che futuro, che possibilità aveva quel figlio tanto amato, che adesso doveva trasferirsi in un piccolo villaggio in mezzo ai boschi? Una volta Heinrich aveva immaginato per il ragazzo una carriera brillante, se avesse portato a casa dei buoni voti: avrebbe potuto studiare medicina o legge, qualcosa di importante, tutto il contrario di quello che aveva fatto lui.

Steinbach non era nemmeno un villaggio, ma un insieme di fattorie raggiungibili da Mohorn percorrendo una strada stretta e orlata di faggi che passava per colline e per valli, schivando carri e greggi di pecore. Sulle rive di un ruscello, Marie vide un grande salice piangente dal fogliame verde e tenero; anche le betulle ai margini del bosco di abeti rossi si stavano ricoprendo di gemme. Heinrich parlò con Ehrentraut della selvicoltura praticata in quei boschi, e questi a sua volta raccontò della miniera d'argento nei dintorni di Mohorn e del parco botanico forestale vicino a Tharandt. Marie non ascoltava, a chi interessavano quegli argomenti, ma Heinrich e Heinz fecero domande finché non arrivarono a una grande fattoria con la facciata di legno scuro in fondo a un sentiero sterrato. Il sentiero era fangoso, Marie vide un pascolo con alcuni cavalli, un altro con le pecore che belavano senza sosta, e poi la casa scura da cui uscirono a dare loro il benvenuto un uomo alto in tuta da lavoro e stivaloni e una donna con un foulard in testa.

Marie fece un respiro profondo, l'odore di bosco si mescolava al fetore del bestiame. Cosa ci facevano loro qui? Ma i Belger li accolsero con calore, la donna abbracciò Heinz e poi Marie, doveva aver trascorso chissà quanto tempo ai fornelli, e quando dopo tre ore risalirono in macchina, non solo erano sazi come non erano più stati da molto tempo, ma avevano anche riempito il portabagagli di borse piene di uova, patate, pane e pancetta, e in più una torta sbriciolata.

Tuttavia, Marie non riuscì a trattenere le lacrime quando Heinz divenne sempre più piccolo davanti alla fattoria scura accanto ai due Belger e infine, dopo una curva, sparì del tutto. Fecero il viaggio di ritorno senza scambiare una parola, e a Dresda Heinrich sprofondò di nuovo nel suo silenzio.

Era come se in quell'impresa avesse messo ciò che restava della sua energia. Se ne stava seduto davanti alla radio oppure in piedi alla finestra, accarezzava il cane, ma non usciva più con lui, pensava Marie a portarlo fuori, perché in realtà non gli era più permesso avere un animale domestico, era proibito come quasi tutto il resto, e mangiava poco o nulla, per fargli mandare giù qualche boccone Marie inventava piatti sempre più insoliti ed elaborati con i pochi ingredienti che aveva a disposizione.

Heinz tornava a casa ogni mese o due, il lavoro nella fattoria era duro e del tutto nuovo per lui, ma gli piaceva. I Belger lo trattavano bene e aveva stretto amicizia con i cinque francesi, prigionieri di guerra della Champagne, assegnati a Belger quando i suoi braccianti erano stati arruolati. In quei fine settimana Heinrich sembrava risorgere dall'immobilità, chiedeva a Heinz del suo lavoro, della fattoria, dei campi e del bestiame, e Marie si stupiva di quante cose sapesse il ragazzo. Vivevano entrambi di quelle visite, e a volte Marie pensava che se la guerra fosse finita presto – e doveva finire presto, stando a quanto dicevano gli inglesi alla radio – forse ci sarebbe stato un futuro per loro tre. Poi guardava Heinrich, faceva per dire qualcosa ma ammutoliva, perché in quegli occhi non c'era più traccia di speranza.

37

"Il cane deve uscire," chiamò Heinrich, e Marie si affacciò dalla cucina.

"Arrivo," disse, "altri dieci minuti e la mia treccia di pan brioche sarà pronta."

Il giorno dopo sarebbe venuto Heinz, cosa che accadeva di rado perché il pericolo era grande e aumentava ogni giorno di più. Alla fine di gennaio del 1943, la VI armata aveva combattuto a Stalingrado e a febbraio Goebbels aveva parlato di "guerra totale". Heinrich e Marie si erano seduti insieme in silenzio davanti alla radio e lo avevano ascoltato mentre annunciava che avrebbe usato "mezzi draconiani e radicali" contro gli ebrei, i colpevoli di tutto. Adesso erano a marzo, la primavera si annunciava e Marie non riusciva a credere che anche quest'anno i crochi fiorissero come sempre. Heinrich non usciva più di casa, si rifiutava di indossare il cappotto su cui Marie aveva cucito la stella gialla ebraica.

"Perché ogni passante lo sappia?"

"Ma qui ti conoscono tutti! Se non porti la stella, ti denunciano."

"Sono un tedesco, Marie, un combattente di prima linea decorato con la Croce di Ferro."

Discutere non aveva senso e Marie era contenta che Heinrich rimanesse in casa, un'ombra che si muoveva tra la camera da letto, il bagno e il soggiorno.

Ora il cane guaiva più forte. "Faccio in un attimo, Marie, vado solo in cortile, questo uggiolare è insopportabile."

Lei stava per obiettare, ma lui aveva già infilato la porta. Dalla finestra vide che la strada era vuota. Almeno in cortile due passi poteva farli, pensò, solo cinque minuti. Poi andò in cucina per vedere com'era lievitato il suo impasto.

Heinrich tornò mezz'ora dopo, bianco come un lenzuolo.

"Cosa è successo? Perché ci hai messo così tanto?" chiese.

Heinrich si tolse il cappotto con la stella.

"Ero giù in cortile e stavo per rientrare in casa, quando ho sentito arrivare la Wagner, così per non farmi vedere sono uscito veloce in strada. Ho girato l'angolo in Borsbergstraße e poi sono tornato indietro. 'Quella starà battendo il suo tappeto,' ho pensato. La signora Fröbe era davanti alla sua porta, prima mi ha salutato, poi mi ha guardato in modo strano. 'Ha ancora il suo cane, signor Reichenheim?' mi ha chiesto."

"E tu? Tu che cosa hai detto?"

"Ho detto che il cane è tuo, ma hai la febbre e non puoi uscire di casa. Cos'altro dovevo dire?" Marie abbassò la testa. "Ho incontrato la signora Fröbe dal fornaio questa mattina, era in coda dietro di me. Suo marito è rimasto a Stalingrado, piangeva mentre me lo raccontava."

"Allora non ci denuncerà," disse Heinrich. "Non crederai mica una cosa del genere, vero Marie?"

"Cosa devo credere?" gridò lei. "Cos'altro devo credere? Tu non devi più uscire di casa, altrimenti ti porteranno via, se non ci porteranno via insieme in una di quelle case ebraiche, oppure ti manderanno a est, hai capito? Perderanno la guerra, ma prima uccideranno tutti."

Heinrich le prese la mano.

"Marie, domani arriva Heinz. Calmati, per favore."

Lo guardò seduto davanti a lei, gracile come un bambino, grigio in viso e con le rughe scavate sulla fronte, intorno alla bocca e agli occhi. Il collo era smagrito e rugoso, il collo di un vecchio. "Devi andartene, Heinrich, almeno per qualche giorno, vai a Steinbach, vai da Belger, lui ti accoglierà."

"Adesso? Oggi? A piedi? Aspettiamo Heinz, ne parliamo con lui e poi vediamo."

Marie avrebbe voluto gridare: sì, devi sparire adesso, oggi, perché se la signora Fröbe ha pensato di denunciarti, allora l'ha già fatto, tra una, due, tre ore sarà troppo tardi.

Quando il mattino dopo, verso le cinque, sentì tempestare di colpi la porta, non ne fu sorpresa, nemmeno si svegliò di soprassalto dal dormiveglia in cui era scivolata a un'ora fin troppo tarda.

Lei e Heinrich non avevano più nulla da offrire, né denaro, né forza, avevano perso tutto, non erano più nulla, e adesso l'avrebbero portato via.

"L'ebreo Israel Reichenheim vive qui?" urlò uno degli uomini con il cappotto nero a cui Marie aprì la porta.

No, stava per dire, non so chi sia, ma Heinrich era già accanto a lei, l'abbracciò forte prima che quegli uomini lo tirassero via urlando, continuarono a urlare finché non furono in strada, e quelle urla le riecheggiarono in testa fino a quando Heinz arrivò nel pomeriggio e lei gli disse che avevano portato via suo padre.

38.

Marie non vide Heinrich mai più.

Subito dopo il suo arrivo a Dresda, Heinz era andato al commissariato di polizia portando con sé la Croce di Ferro, ma nessuno voleva o sapeva dargli notizie. La sera, Heinz tornò insieme a Erich e a suo padre, fino a tarda notte rimasero seduti sul divano, chiedendosi cosa fosse meglio fare. Parlarono con Heinz perché si mettesse il cuore in pace, non c'era più niente da fare. Marie aveva addosso una stanchezza infinita, sentiva le voci dei tre uomini, la stanza era invasa dal fumo delle loro sigarette, e solo con difficoltà riusciva a tenere gli occhi aperti.

Ehrentraut voleva tornare a Steinbach con Heinz, non era più sicuro nemmeno lì, diceva, troppo vicino alla città, Heinz doveva andare più lontano, doveva sparire, presto avrebbero portato via anche quelli come lui. Marie scrollò le spalle impotente, abbracciò forte Heinz per salutarlo, aveva gli occhi asciutti. "Prenditi cura di te," continuava a ripetere, "non lasciarmi sola." E lui la rassicurò: "Non preoccuparti, mamma, presto saremo di nuovo insieme, poi tornerà anche papà, non ci vorrà molto". Lei annuì senza credergli, non credette a una sola parola del figlio.

Tre giorni dopo, Ehrentraut si presentò di nuovo alla sua porta e disse di aver sistemato Heinz in un'altra tenuta, in Pomerania, presso un amico di Belger. Otto Steiger, il proprietario della tenuta che si trovava in una località chiamata Wardin, era un uomo perbene, si sarebbe preso cura di lui, e lì, in campagna, a due ore da Stettino, Heinz avrebbe attirato meno l'attenzione che a Steinbach. In ogni caso, a Dresda non doveva più tornare, e lì in Pomerania sarebbe stato al sicuro anche dalle bombe.

Marie lo ringraziò. Non aveva mai sentito parlare di Wardin, né era mai stata in Pomerania. E non riusciva a immaginare Heinz in quel posto sconosciuto, tra persone sconosciute.

Quando in autunno ricevette una lettera da Auschwitz, in Slesia, con la quale le comunicavano che Heinrich era morto di dissenteria il 3 agosto 1943, quasi si sentì sollevata di non dover più aspettare, di non dover immaginare cosa gli stavano facendo nei campi dell'Est, dicevano che da lì non si tornava più, che se uno moriva subito era da considerarsi fortunato.

Chiese al pastore della chiesa dove a volte andava con Heinz a Pasqua o a Natale se poteva celebrare un funerale.

"Siamo cristiani tedeschi, signora Reichenheim," le disse. "Non seppelliamo ebrei nel nostro cimitero."

Marie si allontanò senza rispondere né salutare.

Non le restava che aspettare notizie dalla Pomerania, che arrivarono regolarmente fino al maggio del 1944, quando ricevette una cartolina da Heinz: doveva andare al servizio di lavoro obbligatorio, il suo tempo a Wardin era scaduto. Una settimana dopo ricevette una lettera da Otto Steiger, le diceva di non preoccuparsi, Heinz era stato precettato, avevano bisogno di lui, l'avevano mandato in Francia, in una fabbrica di munizioni vicino a Parigi.

In allegato c'era un certificato per Heinz, in cui Steiger lo elogiava per il buon lavoro svolto come ispettore nella sua tenuta. Qualche settimana dopo, gli Alleati sbarcarono in Francia e Marie sperò che Heinz si salvasse.

Aspettò di nuovo qualche segno di vita, un segno qualunque che il ragazzo non fosse stato ucciso. Ma non arrivò, aspettò una settimana dopo l'altra, un mese dopo l'altro, adesso era lei che accendeva la radio ogni giorno e cercava la stazione inglese che ad agosto aveva annunciato la liberazione di Parigi.

Se Heinz era vicino a Parigi, magari adesso era al sicuro. I soldati stranieri avrebbero capito che non era un nemico? Era finito a combattere in quella guerra o i tedeschi l'avevano portato altrove prima che arrivassero gli Alleati?

Marie aspettava, stava alla finestra o andava a fare una passeggiata, si dimenticava di mangiare, coccolava il cane e continuava ad aspettare, giorno e notte, sognava di aspettare, di notte sognava di stare alla finestra ad aspettare il postino, e di giorno stava alla finestra ad aspettare il postino, un giorno dopo l'altro, una settimana dopo l'altra, per tutto l'autunno e poi l'inverno. Non arrivò nulla, e poi, in primavera, arrivarono le notti con i bombardamenti.

Dresda era già stata bombardata in autunno e Marie si era abituata ad andare con una piccola borsa nella cantina di un palazzo vicino, designato come rifugio antiaereo. Nella borsa aveva messo alcune foto, il cucchiaio d'argento della famiglia di Heinrich e due album di francobolli di valore. Non c'era spazio per altro, e finora Tittmannstraße, casa sua, non era stata colpita.

Nel rifugio antiaereo tutti conoscevano Marie, alcuni ammutolivano non appena entrava, e i più si giravano dall'altra parte. Nessuno chiedeva di Heinrich o Heinz, come se non fossero mai esistiti. Nel pomeriggio del 13 febbraio 1945 – era una mite giornata invernale – Marie vide dei bambini che giocavano davanti alla panetteria, due erano travestiti da cowboy e tre da indiani. Carnevale, sì, era carnevale e qualche bambino era rimasto in città, anche se sarebbero dovuti partire tutti con il Klv, il programma di evacuazione dei bambini, perché c'era da aspettarsi il peggio. Marie si era fermata a guardare i ragazzini. I costumi indiani erano cuciti con i sacchi di patate, sui copricapo erano incollate delle piume di piccione, e uno degli indiani si era probabilmente dipinto il viso da guerriero con un avanzo di rossetto della madre. Le scappò un sorriso. A Heinz non piaceva travestirsi, ma lei si era divertita a cucire costumi elaborati: mago, principe, c'era stato persino un pirata. Quella sera, le sirene avevano suonato di nuovo e lei era scesa nel rifugio con la sua borsa, ma stavolta il rombo degli aerei a bassa quota e l'esplosione delle bombe non finivano mai. Verso mezzanotte lasciò il rifugio, non ce la faceva più, perché dopo che una bomba era caduta a pochi metri da loro, una donna aveva iniziato a piangere e a urlare ed era scoppiato il panico, e lei si era sentita mancare il respiro, credeva di soffocare. Le scale del seminterrato erano ingombre di detriti, tossendo sempre più forte aprì con forza la porta che dava sulla strada. Fu investita dalle urla, dal fumo e da un vento sferzante, e vide che era stata colpita la casa di fronte.

Marie scappò con la sua borsa verso i prati dell'Elba e vide la città vecchia in fiamme. La tempesta diventava sempre più forte, l'aria si riempiva di fumo, le fiamme divampavano dappertutto e lei, stretta nel suo cappotto invernale, tremava di freddo. Le sirene suonavano di nuovo e Marie non sapeva più dove andare.

"Via dalla città, via," gridò un vecchio, "qui nessuno ne cava le gambe!" E Marie si unì a un gruppo di quattro donne che stavano correndo lungo l'Elba verso Pillnitz. Quando arrivarono altri aerei sulla città, non erano andate lontano, stava diluviando, e Marie si rannicchiò contro un terrapieno sulla riva del fiume perché il frastuono era insopportabile. In seguito, non avrebbe saputo dire quanto tempo aveva aspettato. Quando il rombo degli aerei si dissolse, vide che Striesen e Blasewitz, Strehlen e Johannstadt erano in fiamme. Camminando lentamente tornò indietro. La tempesta e il fuoco si erano combinati formando un uragano caldo che imperversava tra le macerie, i feriti correvano per le strade fiancheggiate da rovine infuocate, urlavano, piangevano, alcuni erano impazziti, andavano alla ricerca di parenti, di cose che erano appartenute a loro. Marie non riuscì a trovare Tittmannstraße, tra le rovine in fiamme e le strade bloccate dalle macerie perse l'orientamento, inciampava nei corpi carbonizzati e a un certo punto si arrese.

Non si voltò indietro quando il giorno dopo partì con la sua borsa verso casa, a Burg bei Magdeburg.

Marie tornava a mani vuote, proprio come era partita più di quarantacinque anni prima. Una delle sorelle l'accolse suo malgrado, non chiese niente, ma Marie vide che era sollevata quando a maggio tornò a Dresda.

La guerra era finita, la Germania si era arresa, Hitler era morto. E Heinz dov'era? Doveva essere a Dresda quando Heinz tornava. In quale altro modo l'avrebbe trovata?

"Nessuno di loro, comunque, è sopravvissuto," aveva detto sua sorella con voce vibrante di freddo disprezzo.

Quindi non era finita, pensò Marie mentre tornava a Dresda, speriamo che sia a Parigi se è ancora vivo, speriamo che non ritorni. Nonostante tutto tornò indietro nella città che non conosceva più, dove le macerie erano state messe ai lati delle strade alla meno peggio. Rimase dagli Ehrentraut e andò ogni giorno all'ufficio del Servizio di ricerca che avevano istituito. Servizio di ricerca dei tedeschi dispersi, si chiamava così, e lei non sapeva nemmeno se era quello il posto giusto per cercare Heinz. Era da considerarsi di nuovo un tedesco? Una volta, in Tittmannstraße, dove andava regolarmente come spinta da una specie di fede insensata nel fatto che Heinz potesse trovarsi lì, davanti all'imbuto pieno di macerie che un tempo era stata la sua casa, incontrò una vicina, i suoi quattro figli erano caduti in guerra. Le disse a muso duro che era stata fortunata se i suoi uomini erano riusciti a evitare di combattere. Marie divenne sempre più taciturna, dal panettiere, la cui moglie era originaria di Weimar, sentì parlare delle montagne di cadaveri scoperte nel campo di concentramento di Buchenwald, e di come alla gente di Weimar avessero ordinato di andare a vederle, quelle montagne di cadaveri, per capire cosa avevano fatto.

Passarono mesi senza che arrivassero notizie. Marie si dilaniava tra la speranza e la disperazione, vedeva Heinz a Parigi o con Otto a Londra, poi di nuovo sotto le macerie di una casa bombardata o ucciso in un campo da qualche parte.

Nel gennaio del 1946, Heinz era davanti alla porta di Ehrentraut. Marie non lo riconobbe subito ed esitò un istante prima di abbracciarlo: la sua andatura era quella di un vecchio, camminava a fatica, appoggiandosi a un bastone come se non riuscisse a tenersi in equilibrio. Aveva una grande benda intorno alla testa, i capelli scuri sotto erano rasati. Si reggeva in piedi a malapena e ci vollero giorni prima che riuscisse a raccontare di essere stato portato via da Parigi quando gli Alleati si facevano sempre più vicini. L'avevano portato a Brema, e lì aveva dovuto lavorare per un'azienda di trasporti fino alla liberazione della città da parte dei britannici in aprile. Poi si era messo in viaggio per tornare a casa, a Dresda, lontana centinaia di chilometri. Aveva saputo che era stata bombardata, aveva sentito parlare dei campi di concentramento, eppure aveva voluto correre a casa nell'assurda speranza che tutto fosse come prima, il padre, la madre, il bassotto, l'appartamento in Tittmannstraße. Aveva camminato giorni e giorni, e poi degli sconosciuti lo avevano aggredito. Heinz non sapeva chi o dove esattamente, lo avevano picchiato e lasciato lì, e non ricordava cosa fosse successo dopo. Si era risvegliato in un ospedale, dov'era dovuto rimanere a lungo. Gli avevano tolto un rene, era stato gravemente ferito alla testa e aveva perso il senso dell'equilibrio.

Ma era tornato, era di nuovo con lei, e Marie era felice contro ogni ragione.

39

Quando Marie entrò nella stanza, vide Heinz infilare svelto una grande busta sotto il giornale smilzo. S'insospettì, ma non lo diede a vedere.

"Tre patate, una bella fortuna, ci cucinerò una zuppa. C'è ancora un po' di pancetta."

"Sì." Era distratto.

"Quando andrai a Lipsia?"

"La prossima settimana."

Lo diceva già da un po' di tempo, la prossima settimana. L'avevano ammesso all'università, Economia Nazionale. Doveva andare a Lipsia, immatricolarsi, poi avrebbe potuto studiare. Facevano sul serio? Se avesse creduto nei nuovi slogan, se avesse dato la sua adesione, avrebbe fatto parte di quel mondo?

Andò in cucina e si appoggiò al lavandino. Era davvero cambiato tutto?

Aveva visto la Wagner che camminava in Tittmannstraße insieme al suo Karl. Dopo averla salutata, le avevano chiesto di Heinz. Volevano sapere se era tornato, come se fosse la cosa più ovvia del mondo. Karl portava un distintivo che lei non conosceva.

Erano ancora tutti lì, a tirare avanti come prima. Cos'altro potevano fare, cos'altro poteva fare anche lei? Quante volte aveva guardato il passaporto, il suo passaporto americano scaduto. Forse doveva andare nella zona di occupazione americana e farsi registrare, magari poi avrebbe potuto partire. Adesso? Ancora due anni e ne avrebbe compiuti settanta, e Heinz era tornato da lei. Lipsia non era lontana, anche se il viaggio durava un'eternità. Ma un giorno i trasporti sarebbe tornati a essere più veloci. Avrebbero potuto farsi visita spesso. Lui avrebbe studiato e trovato un buon lavoro.

Tagliò il pezzetto di pancetta a dadini minuscoli. Mentre sbucciava la cipolla, cominciò a lacrimare.

A cena si sedettero uno di fronte all'altra in silenzio. Heinz aveva lo sguardo assente; Marie non riusciva a immaginare cosa gli passasse per la mente. Il suo cucchiaio batteva sul piatto di latta da quattro soldi. Era da lì che doveva venire quel sapore, pensò lei. O magari era il cibo, le poche patate, il pane raffermo, a volte un uovo, se ne avevano uno. Tutto aveva un sapore metallico e scialbo.

Quando finì di lavare i piatti e di riporli nella piccola credenza sopra il lavandino, Heinz aveva già sistemato le lenzuola sul divano e tirato fuori la coperta e il cuscino dall'armadio.

"Sono stanco," disse.

"Allora fila a dormire, il medico ha detto che hai bisogno di riposare. Di dormire molto, comunque."

Aspettò in cucina finché il respiro di Heinz non si fece regolare. Da uno spiraglio della porta della cucina aperta un raggio di luce si allungava nel soggiorno. Nella penombra, il viso di Heinz sembrava tranquillo. Sereno e infantile. La fronte era liscia, i folti capelli scuri circondavano quel viso spigoloso come fossero una corona. Si avvicinò e gli accarezzò la testa.

Poi prese il giornale dal tavolo. Sotto non c'era nulla. Si guardò intorno. Non c'erano molti posti per nascondere qualcosa, una stanza, una camera, una cucina, era tutto quello che avevano. Poi andò all'armadio dove Heinz teneva i suoi pochi vestiti. Due maglioni, due paia di pantaloni, un po' di biancheria. Già da bambino aveva nascosto dei tesori nell'armadio, proprio come aveva fatto lei. Era suo figlio. Tra i maglioni trovò la busta marrone e se la portò in cucina.

I francobolli erano colorati, sopra avevano molti timbri. Brasile. Lottchen. Non aveva dimenticato la cugina. Perché Heinz le aveva nascosto quella lettera? Quando vide i moduli ancora più zeppi di timbri, le mancò il respiro. Su una cartolina era scritto: "Mio caro Heini, è tutto pronto, il visto e il biglietto della nave, ora devi solo venire…".

La vista le si offuscò. Svelta infilò di nuovo tutto nella busta e la fece scivolare sotto il maglione grigio.

Più tardi, sul divano nella stanza stretta, non riusciva ad addormentarsi.

Ora devi solo venire, solo venire, solo venire.

Non si sarebbero rivisti mai più. Due o tre lettere all'anno, poi il silenzio. Avrebbe conosciuto una donna: una, due, tre, molte. Ne avrebbe sposata una, sarebbero nati dei figli. E lei non li avrebbe mai visti.

E allora, pensò, e allora. Lei era vecchia, doveva rimanere lì per lei? In quel paese, con quella gente? Che non aveva nemmeno chiesto scusa, anzi: quante volte si erano sentiti dire che lui non era stato al fronte.

Quando si svegliò verso le sei, ebbe la sensazione di non aver dormito, solo di essersi appisolata.

Un futuro in Brasile, con Lottchen, che era sempre stata buona con lui.

Otto sarebbe andato presto a trovarla e sarebbe rimasto per qualche mese, così aveva scritto, e anche lui era favorevole a che Heinz lasciasse la Germania. Non avevano mai conosciuto il marito di Lottchen, l'italiano Piero Brentani, né Jackel, il loro unico figlio. Lei gli aveva inviato una foto, sembrava un divo del cinema. Straniero e bello.

Quando Heinz le toccò la spalla e le disse "Buongiorno", lei trasalì.

Non ne parlarono mai. Ogni sera, mentre Heinz dormiva, Marie controllava se la busta era ancora sotto il suo maglione. Dopo qualche tempo, una sera se ne dimenticò, poi se ne dimenticò per diverse sere di fila. A un certo punto la busta scomparve. Ma a quel punto lei aveva già smesso da un pezzo di pensare al Brasile, perché lui parlava di Lipsia, dei suoi studi, che sarebbero finalmente iniziati nell'autunno del 1948.

Dal Brasile non arrivarono altre lettere. Lottchen, Piero, Jackel e Otto, neanche loro venivano più nominati. A volte Marie pensava ancora a loro, appartenevano a un'altra epoca, a un altro mondo. Stavano bene? Questo non aveva più nessuna importanza.

40

Da cinque anni, Marie viveva a Moritzburg, vicino a Dresda, in una casa di riposo di fronte al castello. Nei suoi ultimi anni di vita, era tornata a essere una specie di castellana, ed era un peccato che Heinrich non lo sapesse. Gliene parlava spesso quando si affacciava alla finestra della sua stanza e guardava fuori. Il castello aveva un aspetto imponente, circondato da un grande stagno, quasi un lago, in cui nuotavano due cigni a cui dava spesso da mangiare quando le avanzava del pane che era diventato raffermo. Ormai lei mangiava poco.

La maggior parte del tempo Marie era altrove: a Erie o a New York, a bordo del transatlantico che l'aveva portata da Napoli a New York, a Ravello o a Dresda. Insieme a Heinrich, che era morto da oltre dieci anni eppure era sempre con lei. Non c'era più un presente, figurarsi un futuro.

Cos'era rimasto? Non le persone, non i luoghi. Di notte Marie sognava l'acqua, scura e gorgogliante, ovunque. Vedeva se stessa su un'isola, con le onde che le lambivano i piedi. Si svegliava di soprassalto, in un bagno di sudore. Pensava a Pifchen, il bassotto che aveva portato in Germania da Erie. E non sapeva perché si fosse improvvisamente ricordata di lui. Il suo abbaiare da cucciolo sembrava il piagnucolio di un neonato, e all'epoca l'aveva quasi fatta impazzire. Era quando ancora sperava di avere un figlio suo.

A parte lei, nessun altro pensava al suo strano modo di abbaiare. Né a Heinrich, a quanto fosse smunto e grigio alla fine, alla fatica che faceva per chinarsi ad accarezzare Waldi, alla sua lentezza quando camminava su e giù per la stanza. Quando adesso pensava ad Anna – cosa che accadeva sempre più spesso – doveva ammettere che aveva avuto ragione lei. Gli altri fratelli, quelli che erano rimasti nella vita che Anna aveva concepito per loro, erano sopravvissuti, erano scappati. Mentre lei non era stata capace di proteggere Heinrich, non era stata capace di stare al suo fianco, non sapeva nemmeno come fosse stata la sua morte.

Heinz veniva a trovarla raramente, e per lei il viaggio fino a Lipsia era troppo faticoso. Lui aveva una nuova vita con una moglie e una figlia piccola, e Marie sperava che fosse una vita buona. Quando sarebbe morta, l'avrebbe seppellita lui. Heinz credeva nel futuro, credeva in quello che gli avevano detto gli uomini che volevano costruire un paese nuovo con lui. Per l'appunto con lui, pensò, dopo che i padri, le madri, i fratelli e le sorelle di quella gente avevano ucciso suo padre e cacciato la sua famiglia. Per Heinrich non c'era nemmeno una tomba. Si alzò: la tomba, doveva scrivere a Heinz, perché bisognava pur seppellirla.

Scrisse su un foglio dell'agenda, nemmeno due facciate. Ci mise poco, ma quando posò la penna era esausta. Infilò il foglio in una busta, sulla quale scrisse: "Per mio figlio Heinrich Reichenheim" e, sotto, l'indirizzo di Lipsia che sapeva a memoria.

Qualche settimana dopo, era seduta alla finestra e guardava fuori, gli occhiali sollevati sulla fronte, il quaderno con il cruciverba sulle ginocchia. Non riusciva ad andare avanti, "Piccola città nella valle del Saale", cinque lettere, non le veniva in mente. All'inizio pensò di avere un capogiro, ma era seduta in poltrona e non era più una ragazzina con la pressione bassa. Una nebbia le si posò sugli occhi, tutto era lontano, molto lontano, gli occhiali le scivolarono giù dalla fronte e le caddero in grembo, sentì una pressione nella testa, vedeva e non vedeva più, in lontananza c'era la finestra, Heinrich e il ragazzo che le tendeva le braccia. Chiuse gli occhi.

Mio caro Heini!
Anche dopo la mia morte, ti ringrazio per tutto l'amore che mi hai dato.
Riceverò duecento marchi, e se venderai le mie cose, potrai farmi cremare. Fa' in modo di trovare un posticino per me, dove l'urna possa entrare.
Ti auguro tutto il meglio, e così alla tua famiglia. Grazie ancora.
Tua madre

Più tardi

Mio nonno parlava spesso di Marie, la chiamava "mia madre che non era mia madre", la donna che l'aveva portato via dall'orfanotrofio.

Cinquant'anni dopo essere stato accolto da Marie, anche mio nonno era dovuto andare in un orfanotrofio, questa volta a Gera, per prendere me. I miei avevano cercato di lasciare il paese portandomi con loro, ma la fuga era fallita. Non avevo nemmeno quattro anni e sapevo che lasciare il paese era una cosa che non si poteva fare: era proibito. Lo sapevo quando mi sono nascosta con mio padre e mia madre nel bagagliaio della macchina che doveva servire alla nostra fuga, e per sicurezza l'avevo anche ripetuto, sebbene gli uomini che erano venuti a prenderci avessero fretta. Eppure li avevamo aspettati per due ore sul ciglio della strada in un sobborgo di Lipsia, e non era la prima volta. Un giorno eravamo andati a Berlino per incontrarli davanti al Märchenbrunnen, la fontana delle fiabe, nel Volkspark Friedrichshain. Eravamo rimasti fermi lì ore e ore, mio padre con la sua cartellina, dentro c'erano i documenti più importanti, mia madre con i suoi gioielli e il suo violino sotto il braccio. Non ci sarebbe stato spazio per molto altro nel bagagliaio in cui saremmo entrati tutti insieme, ma almeno mia madre, che era violinista, aveva con sé il suo strumento, mentre mio padre il suo, il pianoforte, aveva dovuto lasciarlo. A un certo punto avevamo passato in rassegna tutti i personaggi delle fiabe, Cenerentola, la Bella Addormentata, Biancaneve, il Gatto con gli stivali, Cappuccetto Rosso e Hansel e Gretel che qui se ne stavano ciascuno a cavallo di un'anatra. Era una fredda giornata di fine novembre, e che una donna con un violino, un uomo con una cartellina e una bambina piccola rimanessero fermi davanti alla fontana delle favole per due ore di fila, la sera sotto la pioggia, poteva risultare sospetto. Così siamo tornati a Lipsia, nell'appartamento che i miei pensavano di non rivedere mai più. L'indomani, mia madre compiva venticinque anni.

Neanche tre mesi dopo, eravamo a febbraio, il 19 febbraio 1977, un altro appuntamento, e finalmente gli uomini sono arrivati. La macchina, una Bmw, era più grande di tutte le macchine che avevo visto in vita mia.

Mio padre aveva detto paziente che avevo ragione, lasciare il paese era proibito, ma se stavo zitta e buona, forse avrebbe funzionato. Mi sono infilata nel bagagliaio tra i miei genitori, ero al caldo e mi sono addormentata.

La speranza di mio padre non si è realizzata e, benché sapessi che stavamo facendo qualcosa di proibito, non sapevo cosa sarebbe accaduto quando la macchina si è fermata al confine, le voci sono diventate più forti, la macchina è ripartita, ha fatto lentamente pochi metri e poi ha frenato di nuovo: prima il latrato dei pastori tedeschi, il loro ansimare e il rumore delle zampe sul bagagliaio che alla fine è stato aperto, poi i soldati con le armi che ci portavano via. Un'auto della polizia mi ha accompagnato a Gera, in un istituto di cui non ho quasi nessun ricordo. Un dormitorio buio, dei letti a castello, una sensazione: solitudine.

I miei nonni sono arrivati a carnevale. Da quando mi ero separata dai miei genitori erano passati istanti, un'eternità, pochi giorni. Indossavo un costume da farfalla e le educatrici erano contente che fossero venuti a prendermi. Quando ho visto i miei nonni, ho smesso di piangere e insieme siamo tornati a Lipsia. Da quel giorno in poi ho dormito nella cameretta che era stata di mia madre da bambina; il tragitto per andare all'asilo era appena più lungo di quello per andare a casa dei miei.

A un certo punto mio nonno è dovuto andare in un ufficio dove gli hanno chiesto se voleva crescere la nipotina nell'interesse del paese.

No, non voleva.

"I bambini appartengono ai loro genitori," ha detto. Era la risposta sbagliata, una di quelle che a loro non piacevano.

Quando è accaduto, era di nuovo autunno, un anno e mezzo dopo il viaggio nel bagagliaio. In primavera è arrivata una lettera in cui si diceva che mi era stata tolta la cittadinanza e che dovevo lasciare il paese entro ventiquattro ore.

Con mio nonno se la sono presa non solo per la risposta sbagliata che aveva dato quel giorno d'autunno. Anche la figlia che non voleva restare era già uno stigma.

Mio nonno era nel partito, gli avevano dato opportunità che non aveva mai avuto prima. Forse a volte credeva nell'idea del paese, almeno all'inizio.

Nella famiglia ha sempre creduto, nonostante tutto.

Ringraziamenti

Questo libro è un romanzo basato su personaggi ed eventi reali. Le cose potrebbero essere andate in questo modo o anche in un altro, e non mi interessava ricostruire gli eventi storici con la massima precisione possibile.

Tutte le lettere, i documenti e gli articoli di giornale che ho inserito tali e quali nel romanzo sono frutto di ricerche.

Fatti e cifre provengono in gran parte da una cronaca familiare scritta da Ludwig Herz nel 1936. Si tratta di un'opera scritta su commissione e destinata alla stretta cerchia familiare, che si stava disperdendo: *N. Reichenheim und Sohn: Geschichte eines Werkes und einer Familie* (N. Reichenheim & Figlio: storia di una fabbrica e di una famiglia) è il titolo, e descrive il destino della famiglia Reichenheim e della sua azienda fra il 1700 e il 1936. Qui ho trovato tutti i dettagli sulle tessiture e le filature prodotte a Bradford e a Wüstegiersdorf, nonché sulle stoffe che commerciavano i Reichenheim, oltre al menu descritto nel capitolo 11.

La fiaba all'inizio del romanzo si basa su una fiaba delle isole della Micronesia intitolata "Eijawanoko", che si può leggere in tedesco nella raccolta *Mondmärchen*, a cura di Wanda Markowska e Anna Milska (Varsavia 1972).

Il ritratto a olio di Anna Reichenheim dipinto da Karl Gussow è irreperibile. Nei "Monatshefte" pubblicati da Velhagen & Klasing nel dicembre 1926, c'è però una fotografia che la ritrae come esempio che attesta la moda degli anni ottanta del XIX secolo.

Molti dettagli quotidiani dell'infanzia e della giovinezza di Anna Reichenheim provengono dal diario che Anna Waldeck, una parente berlinese dei Reichenheim, tenne a tredici anni nel 1848 e di cui è in possesso David Rickham, un cugino di mio nonno.

Sono molte le persone che mi hanno sostenuta nelle mie ricerche e che vorrei ringraziare: primo fra tutti Sebastian Panwitz, che ha messo insieme molti fatti, ha svolto ricerche negli archivi leggendo e rileggendo più volte, e nel corso di varie conversazioni e di tante passeggiate mi ha fatto conoscere la Berlino ebraica del XIX secolo.

Grazie a Bożena Kubit, curatrice della mostra permanente allestita nella Casa della memoria degli ebrei dell'Alta Slesia, presso il Museo di Gliwice, che mi ha sostenuto nelle mie ricerche in Slesia e mi ha guidato attraverso il cimitero ebraico di Gliwice.

E a Wojciech Płosa, responsabile degli archivi del Memoriale di Auschwitz, che mi ha aiutato a ricostruire le ultime settimane di vita del mio bisnonno.

Grazie anche a Jane Ingold, responsabile degli archivi Hammermill di Erie, Pennsylvania, che mi ha inviato molti documenti e articoli di giornale sul mio bisnonno, risalenti agli anni trascorsi negli Stati Uniti, e mi ha dato un'idea della vita che vi aveva condotto.

A Susanne Heim e Jean-Marc Dreyfus per il loro sostegno nella ricerca sugli anni del nazionalsocialismo e sulla situazione degli ebrei e dei cosiddetti "mezzosangue di primo grado".

A Bert Hoppe per la sua attenta lettura e revisione della parte finale del romanzo.

A tutti i membri della mia famiglia che hanno ricordato: David Rickham, Flora Veit-Wild, Alexis Ritter Gubbay, Diana Kerr, Flora Veit-Wild, ma soprattutto Gudrun Reichenheim e mia madre Eva-Maria Neumann.

A Katja Oskamp, Julia Franck, Florian Illies e mio marito Frank-H. Häger per la loro lettura e per tutti i suggerimenti e i consigli che mi hanno dato.

A Hermann Hülsenberg per la sua ospitalità a Dresda e nell'Uckermark, e per la possibilità che ho avuto di scrivere in pace.

A Gunnar Cynybulk e Monika Boese per il loro entusiasmo quando il romanzo era ancora in fase embrionale, e a Monika Boese per il suo continuo sostegno e l'editing eseguito con intelligenza.

Al mio editore Karsten Kredel per il suo sostegno, per lo scambio di vedute e per aver avuto fiducia in questa storia.

E grazie a Matthias Landwehr, senza il quale questo libro non esisterebbe.

Constanze Neumann

Indice